Vicente Blasco Ibáñez

El préstamo
de la difunta

Barcelona **2024**
Linkgua-ediciones.com

Créditos

Título original: El préstamo de la difunta

© 2024, Red ediciones S.L.

e-mail: info@linkgua.com

Diseño de cubierta: Michel Mallard.

ISBN tapa dura: 978-84-1126-444-0.
ISBN rústica: 978-84-9953-115-1.
ISBN ebook: 978-84-9953-114-4.

Sumario

Créditos _____ **4**

Brevísima presentación _____ **9**
   La vida _____9

El préstamo de la difunta _____ **11**
   I _____ 11
   II _____ 18
   III _____ 27
   IV _____ 33

El monstruo _____ **43**
   I _____ 43
   II _____ 45

El rey de las praderas _____ **49**
   I _____ 49
   II _____ 52
   III _____ 58
   IV _____ 62

Noche serbia _____ **67**
   I _____ 67
   II _____ 68
   III _____ 69

Las plumas del caburé _____ **73**
   I _____ 73
   II _____ 76
   III _____ 85

Las vírgenes locas _____ **91**

I		91
II		93
III		94
IV		96

La vieja del cinema — **98**

I		98
II		103
III		107
IV		112

El automóvil del general — **118**

I		118
II		120
III		123
IV		127
V		130

Un beso — **137**

La loca de la casa — **143**

I		143
II		147
III		151
IV		154

La sublevación de Martínez — **158**

I		158
II		164
III		170

El empleado del cochecama — **179**

I		179
II		180

III _____ 182

Los cuatro hijos de Eva _____ **186**
I _____ 186
II _____ 196
III _____ 205

La cigarra y la hormiga _____ **210**

Libros a la carta _____ **217**

Brevísima presentación

La vida

Vicente Blasco Ibáñez (1867-1928). España.

Nació en Valencia el 29 de enero de 1867. Estudió Derecho pero no ejerció esa profesión y se dedicó a la política y la literatura.

Con veintiún años se inició en la Masonería el 6 de febrero de 1887 y adoptó el nombre simbólico de Danton en la Logia Unión n.º 14 de Valencia y después en la logia Acacia n.º 25.

Allí recibió el encargo del presidente Raymond Poincaré de escribir una novela sobre la guerra: *Los cuatro jinetes del Apocalipsis* (1916), que fue un auténtico éxito de ventas en los Estados Unidos.

Blasco Ibáñez murió en Menton (Francia) el 28 de enero 1928.

El préstamo de la difunta

I

Cuando los vecinos del pequeño valle enclavado entre dos estribaciones de los Andes se enteraron de que Rosalindo Ovejero pensaba bajar a la ciudad de Salta para asistir a la procesión del célebre Cristo llamado «el Señor del Milagro», fueron muchos los que le buscaron para hacerle encomiendas piadosas.

Años antes, cuando los negocios marchaban bien y era activo el comercio entre Salta, las salitreras de Chile y el Sur de Bolivia, siempre había arrieros ricos que por entusiasmo patriótico costeaban el viaje a todos sus convecinos, bajando en masa del empinado valle para intervenir en dicha fiesta religiosa. No iban solos. El escuadrón de hombres y mujeres a caballo escoltaba a una mula brillantemente enjaezada llevando sobre sus lomos una urna con la imagen del Niño Jesús, patrón del pueblecillo.

Abandonando por unos días la ermita que le servía de templo, figuraba entre las imágenes que precedían al Señor del Milagro, esforzándose los organizadores de la expedición para que venciese por sus ricos adornos a los patrones de otros pueblos.

El viaje de ida a la ciudad solo duraba dos días. Los devotos del valle ansiaban llegar cuanto antes para hacer triunfar a su pequeño Jesús. En cambio, el viaje de vuelta duraba hasta tres semanas, pues los devotos expedicionarios, orgullosos de su éxito, se detenían en todos los poblados del camino.

Organizaban bailes durante las horas de gran calor, que a veces se prolongaban hasta medianoche, consumiendo en ellos grandes cantidades de *mate* y toda clase de mezcolanzas alcohólicas. Los que poseían el don de la improvisación poética cantaban, con acompañamiento de guitarra, *décimas*, *endechas* y *tristes*, mientras sus camaradas bailaban la *zamacueca* chilena, el *triunfo*, la *refalosa*, la *mediacaña* y el *gato*, con relaciones intercaladas.

Algunas veces, este viaje, en el que resultaban más largos los descansos que las marchas, se veía perturbado por alguna pelea que hacía correr la sangre; pero nadie se escandalizaba, pues no es verosímil que una gente que va con armas y ha hecho viajes a través de los Andes pueda vivir en común durante varias semanas, bailando y bebiendo con mujeres, sin que los cuchillos se salgan solos de sus fundas.

Ahora ya no habían arrieros gananciosos que dedicasen unas cuantas docenas de onzas de oro al viaje del Niño Jesús y de sus devotos. Los más ricos se habían ido del pueblecillo; solo quedaban arrieros pobres, de los que aceptan un viaje a El Paposo en Chile o a Tarija en Bolivia por lo que quieren darles los comerciantes de Salta.

Rosalindo Ovejero era el único que deseaba seguir la tradición, bajando a la ciudad para acompañar al Señor del Milagro en su solemne paseo por las calles.

Desde que anunció su viaje, el rancho de adobes con techumbre sostenida por grandes piedras, que había heredado de sus padres, empezó a recibir visitas. Todos acompañaban su encargo con un billete de a peso.

Las mujeres le narraban, sin perdonar detalle, las grandes enfermedades de que las había salvado la imagen milagrosa. Sus entrañas dolorosamente quebrantadas por la maternidad se habían tranquilizado después de varios emplastos de hierbas de la Cordillera y de la promesa de asistir a la procesión del Cristo de Salta. Ellas no podían hacer el viaje, como en otros años; pero Rosalindo iba a representarlas, pues el Señor del Milagro es bondadoso y admite toda clase de sustituciones. Lo importante era pagar un cirio para que ardiese en su procesión.

—Tomá, hijo, y cómpralo de los más grandes —le decían las mujeres al entregarle el dinero—. Te pido este favor porque fui muy amiga de tu pobre mamá.

Después iban llegando los varones: pobres arrieros, curtidos por los vientos glaciales de la Cordillera que derriban a las mulas. Algunos, durante las grandes nevadas, habían quedado aislados meses enteros en una caverna —lo mismo que los náufragos que se refugian en una isla desierta—, teniendo que esperar la vuelta del buen tiempo, mientras a su lado morían los compañeros de hambre y de frío.

—Tomá, Rosalindo, para que me lleves un cirio detrás del Señor. Él y yo sabemos lo mucho que le debo.

Todos mostraban una fe inmensa en este Cristo que había llegado al país poco después de los primeros conquistadores españoles, a través de las soledades del Pacífico, en un cajón flotante, sin vela ni remo, el cual fue a detenerse en un puerto del Perú. La imagen había escogido a Salta como punto de residencia, y desde entonces llevaba realizados miles y miles de milagros.

Pero las gentes sencillas de la Cordillera no aceptaban que esta divinidad omnipotente traída por los blancos pudiese vivir sola, y su imaginación había creado otras divinidades secundarias. Respetaban mucho al Cristo de Salta, pero les inspiraba más miedo la «Viuda del farolito», una bruja que se aparecía de noche con un farol en una mano a los arrieros perdidos en los caminos. El que la encontraba debía hacer inmediatamente sus preparativos para irse al otro mundo, pues seguramente ocurriría su muerte antes de que se cumpliese un año.

Rosalindo Ovejero contó los encargos antes de salir de su casa. Eran catorce cirios los que debía llevar en la procesión, y él solo se creía capaz de sostener ocho, cuatro en cada mano, metidos entre los dedos. Luego pensó que siempre encontraría en los despachos de bebidas de Salta algún «amigazo» de buena voluntad que quisiera encargarse de los restantes, y emprendió el camino montado en un jaco que por el momento era toda su fortuna.

Para representar dignamente a los convecinos pidió prestadas unas grandes espuelas que, según tradición, habían pertenecido a cierto gaucho salteño de los que a las órdenes de Güemes combatieron contra los españoles por la independencia del país. Se puso el menos viejo de sus ponchos, de color de mostaza, y un sombrero enorme, por debajo de cuyos bordes se escapaba una melena lacia e intensamente negra, uniéndose a sus barbas de Nazareno. La silla de montar tenía a ambos lados unas alas fuertes de correa, llamadas «guardamontes», para librar las piernas del jinete de los arañazos y golpes de los matorrales. De lejos, estas alas hacían del pobre jaco una caricatura del caballo de las Musas.

Los dos orgullos del joven salteño eran su cabalgadura y su nombre. El nombre lo debía a una mestiza sentimental que había estudiado para maestra en la ciudad, llevando al pueblecito de los Andes el producto de sus desordenadas lecturas. Quiso crear una generación con arreglo a sus ideales poéticos, y a él le puso Rosalindo, a un hermano suyo que había muerto lo bautizó Idilio, y a una hermana que estaba ahora en Bolivia aconsejó que la llamasen Zobeida, como la esposa del sultán de *Las mil y una noches*.

Rosalindo llegó a Salta el mismo día de la procesión. Era en septiembre, cuando empieza la primavera en el hemisferio austral, y las calles estaban impregnadas del perfume de flores que exhalaban sus viejos jardines. Volteaban las campanas en las torres de iglesias y conventos, esbeltas construcciones de gran audacia en un país donde son frecuentes los temblores del suelo. Un regimiento de artillería de montaña acantonado en Salta por el gobierno de Buenos Aires iba a dar escolta al Señor del Milagro. Los frailes de los diversos monasterios circulaban por las calles, de aspecto colonial, y por la antigua Plaza de Armas, rodeada de soportales lo mismo que una vieja plaza de España. Sobre algunas puertas quedaba aún el escudo de piedra, revelador del orgullo nobiliario de los que construyeron el caserón en la época que aún no había nacido la República Argentina y el país era gobernado por los representantes de la monarquía española.

Se presentó Ovejero puntualmente en la iglesia a la hora de la procesión. Desfilaron primeramente las diversas imágenes de los pueblos con su acompañamiento de devotos. Habían venido éstos de muchas leguas de distancia, bajando las montañas como rosarios de hormigas multicolores. Los hombres, al abandonar su caballo con alas de cuero y lazo formando rollo a un lado de la silla, marchaban con una torpeza de centauro, haciendo resonar a cada paso sus enormes espuelas. Con el sombrero sostenido por ambas manos y la cabeza inclinada, precedían humildemente a sus imágenes. Confundidos entre ellos pasaban sus chicuelos envueltos en ponchos rayados de rojo y negro, y sus mujeres, gordas y lustrosas mestizas, que parecían vestidas de máscaras a causa de sus faldas de colores chillones, verde, rosa o escarlata.

Las cofradías de la ciudad eran las que escoltaban al Cristo milagroso. Las señoritas de Salta iban de dos en dos, siguiendo las banderas y estandartes llevados por unos frailes ascéticos que parecían escapados de un cuadro de Zurbarán. Todas estas jóvenes aprovechaban la fiesta para estrenar sus trajes primaverales, blancos, rosa, de suave azul, o de color de fresa. Cubrían sus peinados con enormes sombreros de altivas plumas; en una mano llevaban una vela rizada y sin encender, envuelta en un pañuelo

14

de encajes, y con la otra se recogían y ceñían al cuerpo la falda, marcando al andar sus secretas amenidades.

Esta devoción primaveral no tenía un rostro compungido. Las señoritas alzaban la cabeza para recibir los saludos de la gente de los balcones, o acogían con ligera sonrisa las ojeadas de los jóvenes agrupados en las esquinas. La emoción religiosa solo era visible en la muchedumbre rústica que ocupaba las aceras, gentes de tez cobriza, ademanes humildes y voces cantoras y dulzonas. Las mujeres iban cubiertas con un largo manto negro, igual al de las chilenas; los hombres con un poncho amarillento y ancho sombrero, duro y rígido como si fuese un casco. Todos se conmovían, hasta llorar, viendo entre las nubes de incienso de los sacerdotes y las bayonetas de los soldados al Cristo prodigioso clavado en la cruz, sin más vestido que un hueco faldellín de terciopelo.

Detrás de la imagen arcaica desfilaba lo más interesante de la procesión: el ejército doliente de los que deseaban hacer pública su gratitud al Señor del Milagro por los favores recibidos. Eran «chinitas» de juvenil esbeltez y frescura jugosa, con una vela en la diestra y un manto negro sobre la falda hueca de color vistoso y amplios volantes. Por debajo de las rizadas enaguas aparecían sus pies desnudos, pues habían hecho promesa al Cristo de seguirle descalzas durante la procesión. Pasaban también ancianas apergaminadas y rugosas —como debía ser la «Viuda del farolito»—, que lanzaban suspiros y lágrimas contemplando el dorso del milagroso Señor. Y revueltos con las mujeres desfilaban los gauchos de cabeza trágica, barbudos, melenudos, curtidos por el Sol y las nieves, con el poncho deshilachado y las botas rotas. Muchas de estas botas parecían bostezar, mostrando por la boca abierta de sus puntas los dedos de los pies, completamente libres.

Ni uno solo de estos jinetes de perfil aguileño, andrajosos, fieros y corteses, dejaba de llevar con orgullo grandes espuelas. Antes morirían de hambre que abandonar su dignidad de hombres a caballo.

Todos atendían a las pequeñas llamas que palpitaban sobre sus puños cerrados, cuidando de que no se apagasen. Algunos llevaban hasta cuatro velas encendidas entre los dedos de cada mano, cumpliendo así los encargos de los devotos ausentes. Rosalindo figuraba entre ellos, y un amigo que iba a su lado era portador de los seis cirios restantes. Los dos, por ser jóvenes, procuraban marchar entre las devotas de mejor aspecto.

Ovejero no había dudado un momento en cumplir fielmente los encargos recibidos. Con la imagen milagrosa no valían trampas. Únicamente se permitió comprar los cirios más pequeños que los deseaban sus convecinos, reservándose la diferencia del precio para lo que vendría después de la procesión.

Los entusiastas del Cristo que no habían podido comprar una vela necesitaban hacer algo en honor de la imagen, y metían un hombro debajo de sus andas para ayudar a los portadores. Pero eran tantos los que se aglomeraban para este esfuerzo superfluo y tan desordenados sus movimientos, que el Señor del Milagro se balanceaba, con peligro de venirse al suelo, y la policía creía necesario intervenir, ahuyentando a palos a los devotos excesivos.

Cuando terminó la procesión, Rosalindo apagó los catorce cirios, calculando lo que podrían darle por los cabos. Luego, en compañía de su amigo, se dedicó a correr las diferentes casas «de alegría» existentes en la ciudad.

En todas ellas se bailaba la *zamacueca*, llamada en el país la *chilenita*. Cerca de medianoche, sudorosos de tanto bailar y de las numerosas copas de aguardiente de caña —fabricado en los ingenios de Tucumán— que llevaban bebidas, entraron en una casa de la misma especie, donde al son de un arpa bailaban varias mujeres con unos jinetes de estatura casi gigantesca. Eran gauchos venidos del Chaco conduciendo rebaños; hombretones de perfil aguileño y maneras nobles, que recordaban por su aspecto a los jinetes árabes de las leyendas.

El arpa iba desgranando sus sonidos cristalinos, semejantes a los de una caja de música, y los gauchos saltaban acompañados por el retintín de sus espuelas, persiguiendo a las mestizas de bata flotante que balanceaban cadenciosamente el talle agitando en su diestra el pañuelo, sin el cual es imposible bailar la *chilenita*.

Los punteados románticos del arpa tuvieron la virtud de crispar los nervios de Rosalindo, agriándole la bebida que llevaba en el cuerpo. Su amigo experimentó una sensación igual de desagrado, y los dos dieron forma a su malestar, hasta convertirlo en un odio implacable contra los gauchos del

Chaco. ¿Qué venían a hacer en Salta, donde no habían nacido?... ¿Por qué se atrevían a bailar con las mujeres del país?...

Los dos sabían bien que estas mujeres bailaban con todo el mundo, y que las más de ellas no eran de la tierra. Pero su acometividad necesitaba un pretexto, fuese el que fuese, y al poco rato, sin darse cuenta de cómo empezó la cuestión, se vieron con el cuchillo en la mano frente a los gauchos del Chaco, que también habían desnudado su facones.

Hubo un herido; chillaron las mujeres; el hombre del arpa salió corriendo llevando a cuestas su instrumento, que gimió de dolor al chocar con las rejas salientes de la calle; acudieron los vecinos, y llegaron al fin los policías, que rondaban esta noche más que en el resto del año, conociendo por experiencia los efectos de la aglomeración en la fiesta del Señor del Milagro.

Rosalindo se vio con su amigo en las afueras de la ciudad, al perder la excitación en que le habían puesto su cólera y la bebida.

—Creo que lo has matado, hermano —dijo el compañero.

Y como era hombre de experiencia en estos asuntos, le aconsejó que se marchase a Chile si no quería pasar varios años alojado gratuitamente en la penitenciaría de Salta.

Todas las mujeres de la «casa alegre», así como los gauchos, habían visto perfectamente cómo daba Rosalindo la cuchillada al herido. Además, su arma había quedado abandonada en el lugar de la pelea.

El camino para huir no era fácil. Tendría que atravesar la Quebrada del Diablo, siguiendo después un sendero abrupto a través de los Andes, hasta llegar al puerto del Pacífico llamado El Paposo. Muchos chilenos, huyendo de la justicia de su país, hacían este viaje, y bien podía él imitarlos por idéntico motivo, siguiendo la misma travesía, pero en sentido inverso.

Rosalindo intentó ir a la mísera posada donde había dejado su caballo, pero cuando estaba cerca de ella tuvo que retroceder, avisado por el fiel camarada. La policía, más lista que ellos, estaba ya registrando los objetos de la pertenencia de Ovejero, entreteniendo así su espera hasta que se presentase el culpable.

—Hay que huir, hermano —volvió a aconsejar el amigo.

Juzgaba peligrosa, después de esto, la ruta más corta que conduce a la provincia de Copiapó en la vecina República de Chile. Era camino muy frecuentado por los arrieros, y la policía podía darle alcance. Ya que no tenía montura, lo acertado era tomar el camino más duro y abundante en peligros, pero que solo frecuentan los de a pie. Como su ausencia iba a ser larga y le era preciso ganarse el pan, resultaba preferible esta ruta, pues al término de ella encontraría las famosas salitreras chilenas, donde siempre hay falta de hombres para el trabajo, y a veces se pagan jornales inauditos.

Rosalindo conocía de fama este camino, llamado del Despoblado. Detrás del tal Despoblado se encontraba algo peor: la terrible Puna de Atacama, un desierto de inmensa desolación, donde morían los hombres y las bestias, unas veces de sed, otras de frío, y en algunas ocasiones caían abrumadas por el viento.

Ovejero se guardó las espuelas en el cinto, renunciando a su dignidad de jinete para convertirse en peatón.

—Si tienes suerte —continuó el camarada—, tal vez en veinte días o en un mes llegues al puerto de Cobija o a las salitreras de Antofagasta. Hay arrieros que han hecho el camino en ese tiempo.

Y con la ternura que inspira el amigo en pleno infortunio, le dio su cuchillo y toda la pequeña moneda que pudo encontrar en los diferentes escondrijos de su traje.

—Tomá, hermano; lo mismo harías tú por mí si yo me hubiese «desgraciado». ¡Que el Señor del Milagro te acompañe!

Y Rosalindo Ovejero volvió la espalda a la ciudad de Salta, tomando el camino del Despoblado.

II

Lo conocía sin haber pasado nunca por él, como conocía todos los caminos y senderos de los Andes, donde hombres y cuadrúpedos son menos que hormigas, trepando lentamente por las arrugas y las aristas de unas montañas tan altas que impiden ver el cielo.

Su padre se había dedicado al arrieraje, y todos sus antecesores vivieron del ejercicio de la misma profesión. Llevaban productos del país a los puertos del Pacífico, para traer en sus viajes de vuelta objetos de procedencia europea, pues Buenos Aires y los demás puertos argentinos están muy lejos.

En su casa, Rosalindo solo había oído hablar de peligrosos viajes a través de los Andes y de la altiplanicie desolada de Atacama.

Después, en su adolescencia, fue de ayudante con algunos arrieros, cuidando las mulas en los malos pasos para que no se despeñasen. En estos viajes por las interminables soledades no temía a los hombres ni a las bestias. Para el vagabundo predispuesto a convertirse en salteador, tenía su cuchillo, y también para el puma, león de las altiplanicies desiertas, no más grande que un mastín, pero que el hambre mantiene en perpetua ferocidad, impulsándole a atacar al viajero. Lo único que le infundía cierto pavor en esta naturaleza grandiosa y muda, a través de la cual habían pasado y repasado sus ascendientes, eran los poderes misteriosos y confusos que parecían moverse en la soledad.

Ovejero tenía un alma religiosa a su modo y propensa a las supersticiones.

Creía en el Cristo de Salta, pero al lado de él seguía venerando a las antiguas divinidades indígenas, como todos los montañeses del país. El Señor del Milagro disponía indudablemente del poder que tienen los hombres blancos, dominadores del mundo, pero no por esto la Pacha-Mama dejaba de ser la reina de la Cordillera y de los valles inmediatos, como muchos siglos antes de la llegada de los españoles.

La Pacha-Mama es una diosa benéfica que está en todas partes y lo sabe todo, resultando inútil querer ocultarle palabras ni pensamientos. Representa la madre tierra, y todo arriero que no es un desalmado, cada vez que bebe, deja caer algunas gotas, para que la buena señora no sufra sed. También cuando los hombres bien nacidos se entregan al placer de mascar coca, empiezan siempre por abrir con el pie un agujero en el suelo y entierran algunas hojas. La Pacha-Mama debe comer, para que el hambre no la irrite, mostrándose vengativa con sus hijos.

Rosalindo sabía que la diosa no vive sola. Tiene un marido que es poderoso, pero con menos autoridad que ella: un dios semejante a los reyes consortes en los países donde la mujer puede heredar la corona. Este espíritu omnipotente se llama el Tata-Coquena, y es poseedor de todas las riquezas ocultas en las entrañas del globo.

Muchos naturales del país se habían encontrado con los dos dioses cuando llevaban sus arrias por los desfiladeros de los Andes; pero siempre ocurría tal encuentro en días de tempestad, como si los dioses solo pudieran dejarse ver a la luz de los relámpagos y acompañados por los truenos que ruedan con un estallido interminable de montaña en montaña y de valle en valle.

La Pacha-Mama y el Tata-Coquena eran arrieros. ¿Qué otra cosa podían ser, poseyendo tantas riquezas?... Los que les veían no alcanzaban a contar todas las recuas de llamas, enormes como elefantes, que marchaban detrás de ellos. Las «petacas» o maletas de que iban cargadas estas bestias gigantescas estaban repletas de coca, precioso cargamento que emocionaba más a los arrieros de la Cordillera que si fuese oro.

Los del país no conocían riqueza que pudiera compararse con estas hojas secas y refrescantes, de las que se extrae la cocaína y que suprimen el hambre y la sed.

El padre de Rosalindo se había encontrado algunas veces con la Pacha-Mama en tardes de tempestad, describiendo a su hijo cómo eran la diosa y su consorte, así como el lucido y majestuoso aspecto de sus recuas. Pero siempre le ocurría este encuentro después de un largo alto en el camino, en unión de otros arrieros, que había sido celebrado con fraternales libaciones.

Al emprender su marcha por el Despoblado, pensó Rosalindo al mismo tiempo en el Cristo de Salta y en la Pacha-Mama. Las dos sangres que existían en él le daban cierto derecho a solicitar el amparo de ambas divinidades. Entre sus antecesores había un tendero español de Salta, y el resto de la familia guardaba los rasgos étnicos de los primitivos indios calchaquíes. Si le abandonaba uno de los dioses, el otro, por rivalidad, le protegería.

Después de esto se lanzó valerosamente a través del Despoblado.

Los más horrendos paisajes de la Cordillera conocidos por él resultaban lugares deliciosos comparados con esta altiplanicie. La tierra solo ofrecía una vegetación raquítica y espinosa al abrigo de las piedras. A veces encontraba montones de escorias metálicas y ruinas de pueblecitos y capillas, sin que ningún ser humano habitase en su proximidad. Eran los restos de establecimientos mineros creados por los conquistadores españoles cuando se extendieron por estos yermos en busca de metales preciosos. Los indios calchaquíes se habían sublevado en otro tiempo, matando a los mineros, destruyendo sus pueblos y cegando los filones auríferos, de tal modo, que era imposible volver a encontrarlos.

El paisaje se hacía cada vez más desolado y aterrador. Sobre esta altiplanicie, donde caía la nieve en ciertos meses, sepultando a los viajeros, no había ahora el menor rastro de humedad. Todo era seco, árido y hostil. Las riquezas minerales daban a las montañas colores inauditos. Había cumbres verdes, pero de un verde metálico; otras eran rojas o anaranjadas.

En ciertas oquedades existía una capa blanca y profunda, semejante al sedimento de un lago cuyas aguas acabasen de solidificarse. Estos lagos secos eran de borato.

Caminó después días enteros sin encontrar ninguna vegetación. Únicamente en las quebradas secas crecían ciertos cactos del tamaño de un hombre, rectos como columnas espinosas. Estos cactos, vistos de lejos, daban la impresión de filas de soldados que descendían por las laderas en orden abierto.

Rosalindo, en las primeras jornadas, encontró las chozas de algunos solitarios del Despoblado. Eran pastores de cabras —el rebaño del pobre— que realizaban el milagro de poder subsistir, ellos y sus animales, sobre una tierra estéril. Más adelante ya no encontró ninguna vivienda humana. La soledad absoluta, el silencio de las tierras muertas, la profundidad misteriosa de la carencia de toda vida, se abrieron ante sus pasos para cerrarse inmediatamente, absorbiéndolo.

Para darse nuevos ánimos recordaba lo que había oído algunas veces sobre los primeros hombres blancos que atravesaron este desierto. Eran españoles con arcabuces y caballos, guerreros de pesadas armaduras que no sabían adonde les llevaban sus pasos e ignoraban igualmente si la horrible Puna de Atacama tendría fin. Su jefe se llamaba Almagro y había abandonado a Pizarro en el Perú para atravesar esta soledad aterradora, descubriendo al otro lado del desierto la tierra que luego se llamó Chile.

«¡Qué hombres, pucha!», pensaba Rosalindo.

Y se consideraba con mayores fuerzas para continuar el viaje. Él a lo menos sabía con certeza adonde se dirigía, y encontraba todos los detalles topográficos del terreno de acuerdo con los informes que le había proporcionado su camarada y los solitarios establecidos en los linderos del desierto.

Ninguno de éstos, al darle hospitalidad en su vivienda, le hizo preguntas indiscretas. Adivinaban que huía por haberse «desgraciado», y como este infortunio le puede ocurrir a todo hombre que usa cuchillo, se limitaron a darle explicaciones sobre el rumbo que debía seguir, añadiendo algunos pedazos de carne de cabra seca, para que no muriese de hambre en su audaz travesía.

Cuando hubo consumido todas sus vituallas, no por esto perdió el ánimo. Mientras conservase una bolsa que llevaba pendiente de su cinturón, no temía al hambre ni a la sed. En ella llevaba su provisión de coca, alimento maravilloso para los indígenas, porque da la insensibilidad de la parálisis y suspende el tormento de las necesidades, esparciendo a la vez por todo el organismo un alegre vigor. Gracias a este anestésico —considerado en el país como un manjar de origen divino— podría vivir días y días, sin que el hambre ni la sed dificultasen su viaje.

Buscaba al cerrar la noche el abrigo natural de las piedras o de los muros en ruinas que revelaban el emplazamiento de algún establecimiento minero arrasado dos siglos antes. Solo reanudaba su marcha con la luz del Sol, para ir guiándose por las señales que le habían indicado, evitando el perderse en esta tierra monótona, sin árboles, sin casas, sin ríos, que le pudiesen servir de punto de orientación.

Lo que más le preocupaba era la posibilidad de que se levantase de pronto uno de los terribles vientos glaciales que barren la Puna. Mientras la atmósfera se mantuviese tranquila no se consideraba en peligro de muerte. El frío huracán, en esta altiplanicie donde es imposible encontrar refugio, resultaba tan temible como la nieve que sepulta.

La rarefacción de la atmósfera representaba igualmente una fatiga mortal para los que cruzaban por primera vez las altiplanicies andinas. Pero Ovejero, habituado a respirar en las grandes alturas, estaba libre del llamado «mal de la Puna». Tenía el corazón sólido de los montañeses y su pecho dilatado le permitía respirar sin angustia en unas tierras situadas a más de tres mil metros sobre el Océano.

Una mañana adivinó que había llegado al punto más culminante y difícil de su camino. Dos o tres jornadas más allá empezaría su descenso hacia el Pacífico.

«Debo estar cerca de la difunta Correa», pensó.

Conocía de fama a la «difunta Correa», como todos los hijos de la tierra de Salta.

Era una pobre mujer que se había lanzado a través del desierto a pie y con una criatura en los brazos. Su deseo era llegar a Chile en busca de un hombre: tal vez su marido, tal vez un amante que la había abandonado. Los vientos glaciales de la Puna la envolvieron en lo más alto de la planicie, y ella y su criatura, refugiadas en una oquedad del suelo, murieron de frío y de hambre. Meses después la descubrieron otros viandantes en el mismo estado que si acabase de morir, pues los cadáveres se mantienen en las secas alturas de la Puna en una conservación absoluta que parece desafiar a la muerte.

La piedad de los vagabundos andinos abrió una fosa en el suelo estéril para enterrar a esta mujer, apellidada Correa, y a su niño, colocando sobre los cadáveres un montón de piedras como rústico monumento.

Se extendió por todo el país la fama de la «difunta Correa». Eran muchos los que habían muerto en los senderos de la altiplanicie llamados «travesías», pero ninguno de los vagabundos fallecidos podía inspirar el mismo interés novelesco que esta mujer.

La tumba de la difunta Correa fue en adelante el lugar de orientación para los que pasaban de Salta a Chile. Todo viandante se consideró obligado a rezar una oración por la difunta y a dejar una limosna encima de su sepulcro. Uno de los solitarios del Despoblado se instituyó a sí mismo administrador póstumo de la difunta, y cada seis meses o cada año hacía el viaje hasta la tumba para incautarse de las limosnas, dedicándolas al pago de misas.

Este asunto era llevado con una probidad supersticiosa. El dinero de las limosnas permanecía meses y meses sobre la tumba, sin que los viajeros —en su mayor parte hombres de tremenda historia— osasen tocar la más pequeña parte del depósito sagrado. Muy al contrario, todos procuraban dar aunque solo fuesen unos centavos, por creer que una limosna a la difunta Correa era el medio más seguro de terminar el viaje felizmente.

Rosalindo encontró al fin la tumba. Era un montón de piedras adosado a otras piedras que parecían la base de un muro desaparecido. Dos maderos negros y resquebrajados por el viento formaban una cruz, y al pie de ella había una vasija de hojalata, un antiguo bote de carne en conserva venido de Chicago a la América austral para acabar sirviendo de cepillo de limosnas sobre la sepultura de una mujer.

Ovejero examinó su interior. Una piedra gruesa depositada en el fondo del bote servía para mantenerlo fijo sobre la tumba y que no lo arrebatase el viento. Al levantar la piedra, su mirada encontró el dinero de las limosnas: unos cuantos billetes de a peso y varias piezas de níquel. Tal vez había transcurrido un año sin que el administrador de la muerta viniese a recoger las limosnas.

El gaucho conocía su deber, y se apresuró a cumplirlo. Con el sombrero en la mano, rezó todas las oraciones que guardaba en su memoria desde la niñez. «¡Pobre difunta Correa!...» Luego buscó en su cinto, a través de diversos objetos, el pañuelo anudado en cuyo interior guardaba toda su moneda.

Sacó a luz lo que poseía. Únicamente le quedaban 3 pesos con algunos centavos. Durante los primeros días del viaje había tenido que pagar en algunos altos del camino, pues los habitantes de las chozas no eran simples pastores, como los del desierto, y se ayudaban para vivir dando posada a los arrieros. Le quedaba muy poco para hacer una limosna espléndida.

Pensó también con inquietud en lo que le esperaba al otro lado del desierto, cuando ya no estuviera solo y al encontrarse entre los primeros hombres renacieran otra vez las exigencias y los gastos de la vida social. Necesitaba dinero para continuar su viaje por tierra civilizada, para subsistir antes de que encontrase trabajo, y la cantidad que poseía no era suficiente.

Empezaba a olvidarse, abismado en estos cálculos, de la difunta y de todo lo que le rodeaba, cuando un personaje inesperado le hizo volver a la realidad con su inquietante aparición.

No estaba solo en el desierto. Vio al otro lado de la fila de piedras en forma de muro un perro enorme que gruñía, con la piel dorada cubierta de manchas de rojo oscuro. Vio también, al hacer un movimiento este animal, que tenía cabeza de gato, con bigotes hirsutos y unos ojos verdes que esparcían reflejos dorados.

Rosalindo conocía a esta bestia y no le inspiraba miedo. Era un puma que parecía dudar entre la audacia y el temor, entre la acometividad y la fuga.

El hombre lo espantó con un alarido feroz, enviándole al mismo tiempo un peñascazo que le alcanzó en una pata.

La fiera huyó en el primer momento, pero se detuvo a corta distancia. Aquel terreno lo consideraba como suyo. Sin duda permanecía junto a la tumba todo el año, por ser este el lugar más frecuentado en la soledad del desierto, resultándole fácil el nutrirse con los despojos de las caravanas o el sorprender a un hombre o a una bestia de carga en momentos de descuido.

Al quedar lejos no quiso Rosalindo hostilizarle por segunda vez. Veía en él a un guardián de la tumba. Hasta pensó supersticiosamente si este felino de la altiplanicie, mezcla de león y de tigre, tendría algo del alma de la difunta, pues en los cuentos del país había oído hablar muchas veces de espíritus de personas que continúan su existencia dentro de cuerpos de animales.

Dejó de ocuparse del puma para seguir mirando el bote de las limosnas. Una idea digna de ser tenida en cuenta acababa de surgir en su pensamiento en el mismo instante que le distrajo la presencia de la fiera.

Él estaba vivo y tenía poco dinero; en cambio la difunta Correa estaba muerta hacía años y no necesitaba comer ni le era forzoso ir a Chile como él. Aquellas limosnas iban a quedar meses y meses debajo del pedrusco, hasta que se le ocurriese venir al encargado de recogerlas. ¿No podían hacer un negocio honrado la difunta y él?...

Rosalindo no quiso aceptar ni por un instante la idea de apoderarse de este dinero. Por ser de una muerta tenía un carácter sagrado, y además representaba cierta cantidad de misas para la salvación eterna de la madre y su criatura. Pero era posible una operación de crédito entre los dos, que no resultaba completamente nueva.

Sabía por los arrieros y peatones de los Andes para lo que servían muchas veces estas tumbas con su depósito de limosnas. Como abundan las sepulturas en las diversas travesías de la Cordillera, los viandantes faltos de recursos se llevan con toda reverencia el dinero dedicado a los difuntos, pero dejando a éstos un recibo con la promesa solemne de devolverles una cantidad mayor.

Ovejero pensó que él podía hacer lo mismo. La difunta Correa era una buena mujer y aceptaría seguramente desde el fondo de su tumba de piedras este préstamo. Él, por su parte, siempre había sido fiel a su palabra y además empeñaba su firma. Lo que se llevase lo devolvería quintuplicado, y la difunta iba a ganar como réditos de la operación un gran número de misas.

Con la tranquilidad que comunica la pureza de la intención, fue recogiendo toda la moneda depositada en el fondo del bote. La contó: 8 pesos y 40 centavos. Luego buscó en su cinto un lápiz corto y romo, arrancando también un pedazo de papel de un diario viejo de Salta.

La redacción del documento fue empresa larga y difícil. En su niñez había figurado entre los mejores alumnos de la escuela de su pueblecillo, pero siempre consideró la ortografía como el más horripilante de los tormentos de la juventud, a causa de la diferencia entre letras mayúsculas y minúsculas.

En el borde blanco del periódico declaró que tomaba a préstamo de la difunta Correa la expresada cantidad, comprometiéndose a devolvérsela sobre la misma tumba en el plazo de un año; y para hacer más solemne su compromiso, metió en cada palabra dos o tres mayúsculas. Después puso su firma: *Rosalindo Ovejero*, con las letras todo lo más grandes que le permitió la escasez del papel.

Cuando se hubo guardado el dinero en el cinto, depositó su recibo en el fondo del bote, colocando la piedra exactamente sobre él, para que en ningún caso pudiera llevárselo el viento.

Nada le quedaba que hacer allí. Ahora que se veía con más dinero para afrontar la existencia entre los hombres civilizados, deseaba salir cuanto antes del desierto.

El puma se había ido aproximando con un gruñido hipócrita, como si esperase verle de espaldas para caer sobre él. Rosalindo se inclinó, enviándole otro peñascazo que le hizo huir por segunda vez de aquella tumba que consideraba como su guarida.

Continuó el gaucho su marcha. Al día siguiente vio unos guanacos salvajes que corrían por el límite del horizonte. La vida vegetal y animal empezaba a reaparecer en el desierto. En los días siguientes los guanacos salieron a su encuentro formando manadas y los matorrales fueron más espesos y altos. La atmósfera resultaba más respirable; el terreno iba en descenso.

A la semana siguiente el fugitivo de Salta encontró hombres y durmió en viviendas que formaban míseros pueblos.

Siguió bajando, y al fin encontró el camino que se remonta a Bolivia y que en dirección opuesta iba a conducirle a la costa del Pacífico.

III

Pasó cerca de un año trabajando en las explotaciones salitreras establecidas por los chilenos en la costa del Pacífico. Vivió unas veces cerca de Antofagasta, otras en Iquique y hasta en Arica, junto a la frontera del Perú. El trabajo no era extremadamente duro y se ganaban buenos jornales. Europa necesitaba abono para sus campos, y especialmente en Alemania los arenales del Brandeburgo se negaban a dar patatas y remolachas si no recibían antes la nutrición del ázoe solidificado en las llanuras chilenas.

Todos los pueblos vivían entonces en paz, y era preciso aumentar la producción del suelo para que una humanidad exuberante en demasía no se quedase sin comer. Llegaban vapores y veleros a los puertos del Pacífico cargados de carbón, y partían semanas después llevando sus bodegas repletas de salitre. Miles y miles de hombres trabajaban en el arranque de esta tierra blanca contenedora de un excitante fertilizador. Los brazos eran pagados con generosidad y el dinero corría abundantemente.

Rosalindo celebró como una protección de la suerte el haber huido de su país natal, librándose para siempre de su pobre y ruda profesión de arriero. En pocas semanas ganó lo que al otro lado de los Andes le hubiese costado un año de trabajo. Además, su existencia era mucho más fácil y dulce en esta tierra de emigración.

Hombres de diversos países trabajaban en las salitreras, y casi todos ellos vivían sin familia, pudiendo gastar alegremente sus considerables jornales. De aquí que, en días de fiesta, los obreros de gustos alcohólicos se entregasen a las más desordenadas fantasías en los cafés y los despachos de licores. No sabían cómo acabar su dinero en esta tierra de vida improvisada y escasas diversiones. Algunos disparaban sus revólveres escogiendo como blanco las botellas alineadas en la anaquelería detrás del mostrador. Era un lujo destrozar a tiros las botellas de champaña traídas de Europa, pagándolas luego a unos precios que hubiesen escandalizado a muchos ricos. Otros, para beber un simple vaso de vino, hacían abrir la espita de un tonel, dejando que chorrease en su vaso durante mucho tiempo lo mismo que una fuente, perdiéndose enormes cantidades de líquido. Luego pagaban con orgullo, delante de todos, para que se enterasen de su vanidad.

Con estas fantasías y otras menos confesables engañaban su tedio en este país abundante en dinero pero de aspecto entristecedor. La riqueza estaba en la profunda capa de salitre que cubría el suelo; pero esta tierra blanca que servía para fertilizar los campos de Europa no toleraba aquí ninguna vegetación. Una esterilidad valiosa pero triste rodeaba las nuevas poblaciones. El mayor lujo de los ricos era tener en sus casas unas cuantas macetas de flores. El agua para su riego había costado tan cara como los vinos más célebres.

Las interminables recuas de mulas, al acarrear del interior a los puertos las cargas de salitre, parecían acordarse melancólicamente de los campos donde habían nacido, con árboles, hierbas y arroyos. En las casas inmediatas a los caminos de esta tierra estéril, los dueños evitaban pintar sus cercas de verde, pues los pobres animales, engañados por el color, empezaban a roer los barrotes de madera, tomándolos por vegetales surgidos del suelo.

Rosalindo acabó por adquirir el mismo aspecto de los obreros del país. Ya no quedaba nada en él del gaucho salteño. Se había cortado las melenas y transformado su traje. Además, siguió con atención, en los diversos lugares de su trabajo, las predicaciones de algunos obreros procedentes de Europa que hablaban contra las compañías salitreras, incitando a los compañeros a la revuelta. Pero una huelga seguida de incendios y saqueos fue sofocada inmediatamente por los soldados chilenos con abundante empleo de ametralladoras, lo que devolvió la prudencia a Rosalindo y a la mayoría de sus camaradas.

Cuando llevaba ocho meses trabajando, experimentó una gran alegría al encontrarse con un hombre de su país que deseaba regresar a Salta.

La vida de este hombre en las salitreras había sido menos agradable y fructuosa que la de Ovejero. Trabajó y ganó buenos jornales en los primeros meses; pero era jugador, y todas sus ganancias se quedaron en las llamadas casas «de remolienda». Al final, sus deudas y sus continuas peleas le obligaban a abandonar el país.

Rosalindo, por ser un compatriota, atendió todas sus peticiones de dinero. Él no era jugador. Su vicio dominante había sido siempre la bebida, y aquí que ganaba mucho podía satisfacerlo con largueza, lo mismo que un caballero.

Al saber que su compatriota iba a volver a Salta por la Puna de Atacama, el gaucho, que era hombre de honor, incapaz de olvidar sus compromisos, pensó en la antigua deuda, que le preocupaba con frecuencia y hasta algunas noches le había quitado el sueño.

Mientras obsequiaba a su compatriota en un café de Antofagasta, le fue explicando su asunto.

—Tú pasarás por donde la difunta Correa, ¿no es eso, hermano?... Pues bien; cuando llegues a su sepultura, le dejas bajo la piedra estos 30 pesos. Ella me dio 8 y unos centavos, pero hay que ser rumboso con los que nos favorecen, y además la pobre tal vez está necesitada de misas.

Pidió también a su camarada que retirase el recibo escrito en un pedazo de periódico que había dejado en la tumba o que fuese en busca del encargado de recoger las limosnas para pedirle el tal documento. Los asuntos de dinero deben llevarse con limpieza, sobre todo si hay muertos de por medio. Cuando el camarada tuviese el recibo en su poder, debía enviárselo por correo para su tranquilidad... Y le entregó unos cuantos pesos más por la molestia que le pudiese ocasionar el encargo.

Transcurrieron varios meses. Rosalindo trabajaba todos los días como un obrero de buenas costumbres. A pesar de que había sido hombre de pelea, evitaba las cuestiones en este mundo compuesto de gentes bravas y de todas procedencias, que para ir a ganarse el jornal llevaban siempre el cuchillo y el revólver. Él deseaba únicamente que le dejasen embriagarse en paz. De día trabajaba en la salitrera y de noche se emborrachaba en algún cafetín predilecto, hasta que ganaba su alojamiento tambaleándose, o lo llevaba hasta él un compañero casi a rastras.

De pronto se sintió enfermo. El médico, un joven recién llegado de Santiago, atribuyó su dolencia a los excesos alcohólicos; pero él creía saber mejor que este chileno presuntuoso cuál era la verdadera causa de su enfermedad.

Dormía mal y su sueño estaba cortado por terribles visiones. Esta vida de alucinación dolorosa había empezado para él cierta noche en que se dirigía a su casa completamente ebrio.

Una mujer le salió al paso: una mujer enjuta de carnes, con la tez algo cobriza y unos ojos grandes, negros, ardientes. Iba envuelta en un manto oscuro que había perdido su primer tinte y era del color llamado «ala de mosca». Agarrado a una de sus manos marchaba un niño cuya cabeza apenas le llegaba a las rodillas.

Rosalindo no conocía a la difunta Correa ni jamás encontró a alguien que pudiera describírsela. Pero al ver a esta mujer por primera vez, quedó convencido de su identidad. Era la difunta Correa; no podía ser otra, ¡Aquellos ojos!... ¡Aquel niño que la acompañaba!...

Se quitó el sombrero con la misma expresión reverente que cuando había rezado ante su tumba.

—¿En qué puedo servirla, señora? —dijo—. ¿Qué desea de mí?...

La mujer permaneció muda, y sus ojos redondos, de un ardor oscuro, le miraron fijamente. Al entrar en su casucha cerró la puerta, y la difunta, siempre con su niño de la mano, se filtró a través de las maderas.

Dormía Rosalindo en una pieza grande con siete compañeros más, pero aquella hembra dolorosa, como venía del otro mundo y todos los seres de allá dan poca importancia a las preocupaciones morales de la tierra, se metió entre tantos hombres, sin vacilación, permaneciendo erguida junto a la cama de Ovejero.

Cada vez que éste abría los ojos la encontraba frente a él, inmóvil, rígida, mirándole con sus pupilas ardientes y fijas, no alteradas por el más leve parpadeo.

A la mañana siguiente, el gaucho creyó haber atinado con la explicación de este encuentro. La pobre difunta había venido indudablemente a darle las gracias por los enormes réditos con que había acompañado la devolución del préstamo. Si permanecía muda y con aquellos ojos que infundían espanto, era porque las almas en pena no pueden mirar de distinto modo.

Afirmado en esta creencia, no experimentó sorpresa alguna cuando, en la noche siguiente, al regresar ebrio de su cafetín, tropezó con la enlutada y su niño cerca de la casa.

Por segunda vez se quitó el sombrero, gangueando sus palabras con una amabilidad de borracho.

—No tiene usted nada que agradecerme, señora. La palabra es palabra, y lo que siento es no haber podido enviarle más para que la digan misas. El año que viene, cuando algún amigo mío vaya para allá, tal vez le haga otra remesa.

Pero la mujer parecía no oírle y continuó fijando en él sus ojos inmóviles, mientras la cara del niño —una cara de muerto— se agitaba con el temblor de un llanto sin lágrimas y sin ruido... Y la difunta le acompañó otra vez hasta su cama, manteniéndose inmóvil junto a ella, y desapareciendo únicamente con las primeras luces del amanecer.

Este encuentro se fue repitiendo varias noches. Rosalindo bebía cada vez más, viendo en el alcohol un medio seguro de sumirse en el sueño y evitar tales visiones; pero contra su opinión, las visitas de la difunta se hacían más largas así como él aumentaba su embriaguez. Algunas veces, hasta en pleno Sol, cuando trabajaba en el arranque de las rocas de salitre, la difunta surgía frente a él durante sus minutos de descanso. En vano le dirigía preguntas. La enlutada era muda y únicamente sabía mirarle con sus pupilas redondas y severas, mientras el niño continuaba su eterno llanto sin humedad y sin eco.

«Hay en este asunto algo que no comprendo —pensaba Rosalindo—. ¿No le habrá entregado aquel amigazo el dinero que le di?»

Se dedicó a averiguar el paradero de su compatriota. Pensó por un momento si se habría quedado con los pesos que le entregó para la muerta; pero inmediatamente repelió tal sospecha. Su camarada, aunque algo bandido y de perversas costumbres, era muy temeroso de Dios e incapaz de ponerse en mala situación con las ánimas del Purgatorio, a las que tenía gran respeto y no menos miedo.

Al fin, un vagabundo que iba de boliche en boliche por las diversas salitreras para robar con sus malas artes de jugador el dinero de los trabajadores, le dio noticias sobre el desaparecido, después de repasar los recuerdos de su propia vida complicada y aventurera. A su amigo lo habían matado meses antes en un despacho de bebidas cerca de la Cordillera, cuando se dirigía desde Cobija a tomar el camino de la Puna. La cuchillada mortal había sido por cuestiones de juego.

El gaucho, que no quería dudar de que la difunta hubiese recibido su préstamo con todos los intereses, quedó aterrado al recibir esta noticia.

Empezó a calcular los meses transcurridos desde que dejó su recibo en la tumba del desierto. Hizo un gesto de satisfacción, como si acabase de resolver un problema difícil, al convencerse de que iba transcurrido más de un año, plazo que él mismo fijó en su papel. La difunta tenía derecho a reclamar. Ahora comprendía sus ojos severos fijos en él y la expresión dolorosa de aquella carita de muerto, que lloraba y lloraba con el tormento de un hambre del otro mundo, por faltarle el sustento de las misas... ¡Y él, que despilfarraba sus jornales en bebidas y otros vicios menos confesables, estaba retardando la salvación de estos dos seres infelices al no devolverles un dinero que necesitaban para la salud de su alma!...

Deseó que llegase pronto la noche y se le apareciese la difunta para darle sus explicaciones de deudor honrado. Pero por lo mismo que su deseo era vehemente, no pudo encontrarla en las cercanías de su casucha por más vueltas que dio en torno de ella, y eso que en la presente noche, para evitar palabras confusas y tergiversaciones en el negocio, había bebido muy poco. Fue cerca de la madrugada cuando Ovejero, que había conseguido dormirse, la vio al abrir sus ojos.

—Señora, la falta no es mía; es de un amigo que se ha dejado matar, perdiendo mi dinero. Pero yo pagaré. Voy a buscar alguien que se encargue de devolver el préstamo, aunque tenga que costearle los gastos de viaje. Además aumentaré los intereses...

No pudo seguir hablando. La difunta desapareció con su niño, como si la hubiesen tranquilizado estas promesas. Huía tal vez igualmente de los gritos y blasfemias de los otros obreros, que habían sido despertados por Rosalindo al hablar en voz alta. Estaban irritados contra el salteño porque todas las noches mostraba predilección en su borrachera por conversar con una mujer invisible. Y esta noche, en vez de hablar buenamente, había dado gritos. Todos ellos empezaron a tener por loco a su camarada.

En mucho tiempo no volvió Ovejero a encontrarse con su acreedora. Esta ausencia le parecía natural. Las almas del otro mundo no necesitan esforzarse para conocer lo que hacen los vivos, y ella sabía que su deudor se ocupaba en devolverle el préstamo.

Trabajó horas extraordinarias, bebió menos, fue reuniendo economías, pues deseaba hacerse perdonar con su generosidad el retraso en el pago de la deuda. Al mismo tiempo buscaba un hombre que se encargase de ir a depositar la cantidad sobre la tumba del desierto.

Por más averiguaciones que hizo en los diversos campamentos salitreros y por más que escribió a los camaradas que tenía en otros puertos del Pacífico, no pudo encontrar un viajero que se propusiera volver al Norte de la Argentina siguiendo el desierto de Atacama.

«Tendré que enviar un hombre a mis expensas —pensó—. Esto será caro, pero no importa; lo principal es dormir con tranquilidad y que no se me aparezca la pobre difunta llevando el niño de la mano...»

¡Ay, el niño, con su llanto silencioso y su carita de muerto!... Este era el que le aterraba más en la lúgubre visión. La mujer le infundía respeto, pero no miedo; mientras que solamente al recordar el llanto extraño del hijo, sentía correr un espeluznamiento da pavor por todo su cuerpo. Era necesario redoblar su trabajo para reunir el dinero y encontrar a un hombre que lo llevase hasta la tumba...

Y este hombre lo encontró al fin.

IV

Era un chileno viejo llamado señor Juanito; pero las gentes del país, siempre predispuestas a cortar las palabras, solo dejaban dos letras del tratamiento respetuoso a que su edad le daba derecho, llamándole *ño* Juanito.

Siempre que abría su boca dejaba sumido a Ovejero en una resignada humildad. Su admiración por el viejo era tan grande, que consideró detalle de poca importancia el hecho de que no hubiese atravesado nunca la Puna de Atacama, ni conociera el lugar donde estaba el sepulcro de la difunta Correa. Un hombre de sus méritos solo necesitaba unas cuantas explicaciones para hacer lo que le encargasen, aunque fuera en el otro extremo del planeta.

Había vivido en la perpetua manía ambulatoria de algunos «rotos» chilenos, que llevan de la infancia a la muerte una existencia vagabunda. Deleitaba a Rosalindo contándole sus andanzas en el Japón, su vida de marinero a bordo de la flota turca y sus expediciones siendo niño a la California, en compañía de su padre, cuando la fiebre del oro arrastraba allá a gentes de todos los países. ¡Lo que podía importarle a un hombre de su temple lanzarse por la Puna de Atacama, hasta dar con la tumba de la difunta Correa!... Cosas más difíciles tenía en su historia, y no iba a ser la primera ni la décima vez que atravesase los Andes, pues lo había hecho hasta en pleno invierno, cuando los senderos quedan borrados por la nieve y ni los animales se atreven a salvar la inmensa barrera cubierta de blanco.

Escuchaba con impaciencia los detalles facilitados por Rosalindo, al que llamaba siempre «el cuyano», apodo que los chilenos dan a los argentinos.

—No añadas más —decía—. Desde aquí veo con los ojitos cerrados el rumbo que hay que seguir y la sepultura de la difunta, como si no hubiese visto otra cosa en mi vida... Pero hablemos de cosas más interesantes, «cuyano»... ¿Cuánto piensas enviar a esa pobre señora?

El gaucho, teniendo en cuenta lo que iba a costarle el mensajero, insistía en repetir un envío de 30 pesos. Pero ño Juanito protestaba de la cifra, juzgándola mezquina.

—Piensa que la difunta te está aguardando hace muchos meses. ¡A saber lo que llevará penado en el Purgatorio por no haber recibido tu dinero a tiempo! Tal vez le faltaban unas misas nada más para irse a la gloria, y tú se las has retardado... Creo, «cuyano», que deberías rajarte hasta 50 pesos.

Rosalindo acabó por aceptar la cifra, ya que este desembolso iba a librarle de nuevos encuentros con la difunta.

Más difícil fue llegar a un acuerdo con ño Juanito sobre sus gastos de viaje.

Por menos de 100 pesos no se movía de su tierra natal. Él era muy patriota, y como estaba viejo, solo por una suma decente podía correr el riesgo de que lo enterrasen fuera de Chile. Además, era justo que «el cuyano» lo indemnizara por los grandes perjuicios profesionales que iba a sufrir. Y enumeró todas las tabernas, llamadas «pulperías», y todas las casas «de remolienda» donde por la noche tocaba la guitarra cantando *cuecas* y relatando cuentos verdes.

—Tú mismo puedes ver cómo buscan en todas partes a ño Juanito, y eso te permitirá apreciar el dinero que pierdo por servirte... Pero lo hago con gusto porque me eres simpático, «cuyano».

Y el gaucho, convencido de que no debía insistir, se dedicó a juntar la cantidad acordada, para que el viaje se realizase cuanto antes.

Al fin entregó un día los 150 pesos a *ño* Juanito.

—Mañana mismo —dijo el viejo— salgo para la Puna, y recto, recto, me planto no más en la tumba de esa señora. No añadas explicaciones; conozco la travesía. Antes de un mes me tienes aquí con el recibo.

Y se marchó.

Ovejero pasó unos días en plácida tranquilidad. Seguía bebiendo, pero esto no le impedía trabajar briosamente, pues le era necesario reunir nuevas economías después de permitirse el lujo de enviar un emisario especial al desierto de Atacama. Aunque volvió muchas noches a su casucha tambaleándose o apoyado en el brazo de un compañero, jamás le salía al encuentro la mujer del manto negro llevando el niño de una mano. Tampoco despertaba a sus camaradas durante la noche con los monólogos de un ensueño violento.

Transcurrió un mes sin que regresase el viejo. Rosalindo no se alarmó por esta tardanza. El tal *ño* Juanito era un aventurero aficionado a cambiar de tierras, y tal vez había encontrado la de Salta muy a su gusto y andaba por las casas «de alegría» de la ciudad tañendo su guitarra y haciendo bailar la *chilenita* a las mestizas hermosotas. Pero al transcurrir el segundo mes sin que llegase carta, Ovejero se mostró inquieto.

Precisamente así que perdió su tranquilidad, la mujer del manto con el niño al lado volvió a aparecérsele. Tenía los ojos más redondos y más ardientes que antes. Su cara era más enjuta y cobriza, como si estuviese tostada por las llamas del Purgatorio. Y el niño... ¡ay, el niño! El gaucho no podía mirarle sin un estremecimiento de terror.

En vano habló a gritos para que le entendiese esta mujer que parecía sorda y muda, concentrando toda su vida en la mirada.

—¿Qué ocurre, señora?... Yo he enviado el dinero. ¿No ha visto usted a *ño* Juanito?

Pero un estallido de maldiciones le cortó la palabra, haciendo huir a la visión.

—¡Cállate, «cuyano» del demonio! —le gritaban los compañeros de alojamiento—. Ya estás hablando otra vez de la difunta y de la plata... ¿Es que mataste alguna mujer allá en tu tierra, antes de venirte aquí?

Al día siguiente, Rosalindo estaba tan preocupado que no acudió al trabajo.

—Algo pasa que yo no sé —se decía—. ¿Habrán matado a *ño* Juanito, lo mismo que mataron al otro?...

Como necesitaba adquirir noticias del ausente, se fue al puerto de Antofagasta, donde el viejo chileno tenía numerosos amigos.

Le bastó hablar con uno de ellos para convencerse de que *ño* Juanito no había muerto y estaba a estas horas en pleno goce de su salud y su alegría vagabundas. La misma persona empezó a reír cuando «el cuyano» le habló de la marcha audaz del viejo a través de la Puna de Atacama. Ya no tenía piernas *ño* Juanito para tales aventuras terrestres, y por eso sin duda había preferido embarcarse con dirección al Sur en uno de los vapores chilenos que hacen las escalas del Pacífico. Según las últimas noticias, él y su guitarra vagaban por Valparaíso, para mayor delicia de los marineros que frecuentan las casas alegres.

Rosalindo lamentó que Valparaíso no estuviese más cerca, para interrumpir las *cuecas* cantadas por el viejo con una puñalada igual a la que le había hecho huir de Salta... El sacrificio de los 150 pesos resultaba inútil, y la difunta vendría a turbar de nuevo sus noches con aquella presencia muda que parecía absorber su fuerza vital, dejándole al día siguiente anonadado por una dolencia inexplicable.

Acudió fielmente la muerta a esta cita que él mismo la había dado en su imaginación.

Todas las noches le esperó en el camino, entre el café y su alojamiento, deslizándose luego en éste, a pesar de que el gaucho se apresuraba a cerrar la puerta, dándose con ella en los talones. ¡Imposible librarse de su presencia y de la de aquel niño, cuya cara de muerto seguía espantándole a través de sus párpados cerrados!...

—Tendré que ir yo mismo —se dijo con desesperación—. Debo hacer ese viaje, aunque me siento enfermo y sin fuerzas. Es preciso... es preciso.

Pero retardaba el momento de la partida, por flojedad física y por la atracción de un país en el que ganaba desahogadamente el dinero y no se sentía perseguido por los hombres.

Acabó por familiarizarse con la terrible visión que le esperaba todas las noches. Cuando por casualidad estaba menos ebrio y la mujer del manto y su niño tardaban en presentarse, el gaucho experimentaba cierta decepción.

Una noche, con gran sorpresa suya, no vio a la difunta y a su pequeño. Permaneció despierto en su cama hasta el amanecer, aguardando en vano la terrible visita.

«Va a venir», pensaba, encontrando incomprensible esta ausencia, mientras en torno de él roncaban los compañeros exhalando un vaho alcohólico.

La tranquilidad de la noche acabó por infundirle un nuevo miedo, más intenso que todos los que llevaba sufridos.

Adivinó que iba a pasar algo extraordinario, algo inconcebible, cuyo misterio aumentaba su pavor.

Y así fue.

A la noche siguiente, una mujer le esperaba en el mismo lugar donde otras veces había salido a su encuentro la difunta Correa. Pero esta mujer no estaba envuelta en un manto negro ni la acompañaba un niño. Avanzó sola hacia él, y al estar cerca, sacó un brazo que llevaba oculto en la espalda, mostrando pendiente de la mano una luz.

Rosalindo la reconoció, aunque no la había visto nunca. Era la «Viuda del farolito» y al mismo tiempo era también la difunta Correa.

El brazo seco y verdoso, que parecía interminable, se extendió ante él, sirviendo de sostén a un farol rojizo que empezó a balancearse... Y sintiendo el empujón de una fuerza irresistible, el gancho marchó hacia su alojamiento, iluminado por la linterna danzante, que esparcía en torno un remolino de manchas sangrientas y fúnebres harapos.

Entró en la casa, y la luz tras de él. Se tendió en la cama, y el farol quedó inmóvil ante sus ojos. Más allá de su resplandor columbró en la penumbra el rostro de la «viuda», que era el mismo de la difunta, pero no inmóvil y severo, sino maligno, con una risa devoradora.

Al fin, el hombre empezó a gritar, tembloroso de miedo:

—¡Yo pagaré! ¡Es la falta de los otros!... Pero ¡por Dios, apague el farol; que yo no vea esa luz!

Y como en las noches anteriores, los durmientes se despertaron lanzando juramentos; mas a pesar de sus protestas, Rosalindo siguió viendo a la «Viuda del farolito» y su terrible luz.

—¡Ahí! ¡ahí! —gritaba despavorido, señalando al invisible fantasma.

Las camaradas convinieron en la necesidad de obligar a este loco a que buscase otro alojamiento; pero la expulsión no impresionó gran cosa a Rosalindo. ¡Para lo que le quedaba de vivir allí!... Ya que era imposible hacer llegar hasta la tumba de su acreedora el dinero prestado, iría él mismo a pagar su deuda.

Inmediatamente abandonó el trabajo e hizo sus preparativos de viaje. El tiempo no era propicio para emprender la travesía de la Cordillera por el desierto de Atacama. Iba a empezar el invierno. Pero Rosalindo movía la cabeza de un modo ambiguo cuando le aconsejaban que desistiese del viaje. Los otros no podían adivinar que su resolución no aceptaba demoras.

La «Viuda del farolito» era una bruja implacable, y su aparición significaba un plazo mortal. El que la encontraba debía perecer antes de un año. Pero él tenía la esperanza de que si iba a pagar su deuda inmediatamente la amenaza quedaría sin efecto. ¿Cómo podría castigarle la bruja después de haber cumplido su compromiso?

La falta de voluntad, consecuencia de su embriaguez, le hizo demorar el viaje algunas semanas. Sus compañeros de alojamiento toleraban que continuase entre ellos, con la esperanza de que partiría de un momento a otro. Transcurrió el tiempo sin que volvieran a presentarse la enlutada con el niño, ni la viuda con el farol. Ovejero bebía y su embriaguez no se poblaba de visiones. Pero una noche dio un alarido de hombre asesinado que despertó a sus camaradas.

No veía a nadie, pero unas manos ocultas en la sombra tiraban de una de sus piernas con fuerza sobrenatural. Hasta creyó oír el crujido de sus músculos y sus huesos. A pesar de que los amigos rodeaban su cama las manos invisibles siguieron tirando de la pierna, mientras él lanzaba rugidos de suplicio.

En la noche siguiente se repitió la misma tortura, acabando con la quebrantada energía del gaucho. Sintió un terror pueril al pensar que este suplicio podía repetirse todas las noches. Se acordaba de lo que había oído contar sobre los tormentos que la justicia aplicaba en otros siglos a los hombres. Iba a perecer descuartizado por aquellas manos invisibles que le oprimían como tenazas, tirando de sus miembros hasta hacerlos crujir.

No dudó ya en emprender el viaje. Necesitaba ir a la tumba del desierto, no solo para recobrar su tranquilidad; le era más urgente aún librarse del dolor y de la muerte.

Malvendió todos los objetos que había adquirido en su época de abundancia, cuando no sabía en qué emplear los valiosos jornales; cobró varios préstamos hechos a ciertos amigos y de los que no se acordaba semanas antes. Así pudo comprar víveres y una mula vieja considerada inútil para el acarreo del salitre.

Los dueños de las «pulperías» enclavadas en la vertiente de los Andes sobre el Pacífico le vieron pasar hacia la Puna de Atacama con su mula decrépita pero todavía animosa. Tenía la energía de los animales humildes, que hasta el último momento de su existencia aceptan la esclavitud del trabajo. En vano aquellos hombres dieron consejos al gaucho para que volviese atrás. Un viento glacial soplaba en la desierta extensión de la altiplanicie. Los últimos arrieros que acababan de bajar de la Puna declaraban el paso inaccesible para los que vinieran detrás de ellos. Rosalindo seguía adelante.

Todavía encontró en los senderos de la vertiente del Pacífico a un arriero boliviano, con poncho rojo y sombrero de piel, que guiaba una fila de llamas, cada una con dos paquetes en los lomos. Venía huyendo de los huracanes de la altiplanicie.

—No pase —dijo el indio—. Créame y siga camino conmigo. Allá arriba es imposible que pueda vivir un cristiano. El diablo se ha quedado de señor para todo el invierno.

Pero Ovejero necesitaba ir al encuentro del diablo, para hacerse amigo de él y que no lo atormentase más.

Siguió adelante, hasta llegar a la terrible Puna. Entró en el inmenso desierto sin agua y sin vegetación. Se infundía valor comparando su viaje actual con el que había hecho dos años antes. Ahora no iba solo. Una mula llevaba los víveres necesarios para un mes de viaje. Además, podía montar en ella al sentirse cansado, por ser actualmente sus jornadas más largas que cuando pasó a pie por estos mismos sitios... Pero ¡ay! entonces, aunque no tenía víveres, contaba con el vigor de la coca, o mejor dicho, con la fuerza de una juventud sana que había ido disolviéndose allá abajo, en la orilla del mar.

Le envolvieron los huracanes fríos de la altiplanicie, que parecían levantados por las alas de aquel demonio glacial, señor del desierto, de que hablaba el indio boliviano. La mula se negaba algunas veces a marchar, temiendo que el huracán la echase al suelo; pero el gaucho se agarraba a su lomo para no verse derribado igualmente por el viento y pinchaba al animal con la punta del cuchillo, obligándola así a reanudar su trote.

«¡Adelante! ¡adelante!» Marchaba como un sonámbulo, concentrando toda su voluntad en el deseo de llegar pronto a la tumba.

Pasó días enteros sin tocar las alforjas de víveres. No sentía hambre, y detenerse a comer representaba una pérdida de tiempo. Hacía alto al cerrar la noche para no perderse en la oscuridad; pero apenas se extendían las primeras luces del amanecer sobre este mundo desierto, reanudaba la marcha. Su pan se lo pasaba a la mula, dándole además generosamente los piensos guardados en un saco sobre las ancas del animal. Podía comerlos todos: lo importante era que continuase marchando... Pero una mañana, en mitad de la jornada, cuando Ovejero se creía cerca de la tumba, el animal dobló sus patas y acabó por tenderse en el suelo. Fue inútil que lo golpease; y al fin, comprendiendo que no podría contar más con su auxilio, el hombre siguió adelante. Volvería al día siguiente para recoger lo que aún quedaba en las alforjas. Por el momento, lo urgente era llegar hasta la difunta Correa.

Al marchar solo, sin el resguardo proporcionado por el cuerpo de la mula, se vio envuelto en las trombas que giraban sobre la desolada inmensidad, levantando columnas de una arena cortante, polvo de rocas. Repetidas veces tuvo que tenderse, no pudiendo resistir el empuje de los torbellinos. En una de ellas, sintió que el viento tiraba de sus piernas poniéndolas verticales, mientras él se mantenía agarrado a un pedrusco.

Era tal su voluntad de avanzar, que marchó a gatas, aprovechando los intervalos entre las ráfagas. Hubo una larga calma, y entonces caminó verticalmente, reconociendo algunos detalles del paisaje que indicaban la proximidad del lugar buscado por él.

Consideraba como una salvación poder marchar incesantemente. El frío de la altiplanicie había penetrado hasta sus huesos, dejándole yertos los brazos. En torno de su boca el aliento se convertía en escarcha. Los pelos de su bigote y de su barba se habían engruesado con una costra de hielo. Todo el calor de su vida parecía concentrarse en su cabeza y sus piernas.

Ya distinguía la fila de pedruscos semejante a las ruinas de una pared. Después vio el montón que formaba la tumba y los dos maderos en cruz.

Empezaba a soplar de nuevo el huracán cuando llegó ante el rústico mausoleo del desierto. Pero el gaucho parecía insensible a las ferocidades de la atmósfera y de la tierra. Toda su atención la concentraba en sus ojos, y vio al pie de la cruz el mismo bote que servía para recoger las limosnas, la misma piedra que ocupaba su fondo para sostenerlo, todo igual que dos años antes. Únicamente la vasija tenía su metal más oxidado y tal vez la piedra que la sujetaba no era la misma.

«¡Al fin!...» ¡Cómo había deseado este momento!... Intentó quitarse el sombrero antes de hablar con la difunta, pero no pudo. No tenía manos, ni tampoco brazos. Pendían de sus hombros, pero ya no eran de él.

Consideró como un detalle insignificante permanecer con el sombrero calado, y quiso hablar. Pero aunque hizo un esfuerzo extraordinario, no salió de su boca el más leve sonido. Tampoco dio importancia a este accidente. Su pensamiento no estaba mudo, y bastaría para que él y la difunta se entendiesen.

—Aquí estoy, difunta Correa —dijo mentalmente—. He tardado un poco, pero no fue por mi culpa: bien lo sabe usted y su hijito. Traigo el préstamo, con los intereses que le prometí. Son 40 pesos... No he podido traer más... Me ha sido imposible juntar más...

Fue a sacarlos de su cinto para que los viese la difunta, depositándolos después bajo la piedra, en el mismo lugar donde dejó su recibo, pero sus manos le habían abandonado. Hizo un esfuerzo desgarrador, sin conseguir tampoco que sus brazos se moviesen. ¡Muertos para siempre!... La misma parálisis había empezado a extenderse por sus piernas al quedar inmóviles, sin el cálido aceleramiento de la marcha.

De pronto se doblaron y cayó de rodillas. Luego, sin saber por qué, y contra el mandato de su voluntad, que le gritaba: «¡No te tiendas! ¡no te entregues!», se fue acostando lentamente, como si la tierra tirase de él proporcionándole una voluptuosidad dolorosa.

Quería dormir, pero al mismo tiempo el deseo de dejar bien claras las cuentas le hizo continuar sus explicaciones mentales. Él había traído el dinero: ¿por qué no quería aceptarlo la difunta? «Le digo, señora —continuó—, que no fue culpa mía. Me engañaron todos los que yo envié cuando era tiempo... Pero ¿es que no quiere usted escucharme?...»

Notó repentinamente que alguien le oía. Un ser viviente había surgido entre las piedras de la tumba, y avanzaba hacia él arrastrándose. Esta manera de moverse no le pareció extraordinaria. También él vivía en este momento a ras de tierra.

Como le era imposible levantar su cabeza del suelo, oyó cómo se aproximaba aquel ser viviente, pero sin poder verlo. Debía ser la difunta Correa, que, apiadada de su inmovilidad, había abandonado la tumba para tomarle el dinero del cinto. Tal vez venía con ella la «Viuda del farolito».

Escuchó también cierto ruido de dilatación, semejante al bostezo de un hambre larga y fiera. Pensó, con un estremecimiento mortal, si estas dos larvas implacables se arrastrarían hacia él para chupar su sangre, adquiriendo de este modo un nuevo vigor que les permitiera seguir apareciéndose a los hombres.

Algo enorme y oscuro se interpuso entre su cara y la luz del desierto invernal. El gaucho vio unos ojos redondos junto a sus propios ojos, que parecían mirarse en el fondo de sus pupilas. Se acordó de las miradas fijas y ardientes de la difunta. Éstas tenían el mismo fulgor amenazante, pero no eran negras, sino verdes y con reflejos dorados.

Inmediatamente sonó a un lado de su cráneo un rugido, que retumbó para él como un trueno capaz de conmover todo el desierto.

Se abrió ante sus pupilas un abismo invertido de color de púrpura, con espumas babeantes y erizado de conos de marfil, unos agudos, otros retorcidos. Al mismo tiempo, sobre su pecho cayeron dos columnas duras como el hueso, apretándole contra la tierra, manteniéndolo en la inmovilidad de la presa vencida...

Era el puma.

El monstruo

I

Durante una semana, de cinco a siete de la tarde, el «todo París» de los té tango y los tés donde simplemente se murmura habló con insistencia del casamiento de Mauricio Delfour —heredero de la casa Delfour y Compañía, 250 millones de capital— con la bella Odette Marsac, nieta de un parlamentario célebre y casi olvidado que había sido candidato dos veces a la presidencia de la República.

El matrimonio de un rey de la industria con una princesa republicana no es un suceso extraordinario en la vida de París, y solo da motivo para media hora de conversación. ¡Pero estos dos eran tan interesantes!...

Él había cruzado muchos ensueños femeninos como la personificación de todas las gracias y sabidurías humanas: copa de honor en carreras de jinetes *chic*, copa de honor en innumerables concursos de esgrima y tiro de pichón, copa de honor en la gran lucha de automóviles París-Nápoles. Su despacho iba tomando aspecto de comedor por el número de vasijas gloriosas que se alineaban sobre los muebles.

Ahora añadía a sus triunfos corporales cierto prestigio de hombre de ciencia, dedicándose a la aviación, volando casi todas las semanas, y frunciendo el ceño con aire misterioso cuando alguien hablaba en su presencia de problemas de mecánica.

Ella era Odette para sus amigas, la incomparable Odette, y para el resto del mundo mademoiselle Marsac, un nombre famoso, pues figuraba en todas las crónicas elegantes, en todos los estrenos, en todas las revistas de modas.

Los meditabundos y sublimes modistos de la *rue de la Paix* contaban con ella para lanzar en las grandes solemnidades de la vida parisién sus innovaciones de artista calenturiento. Su cuerpo incomparable hacía palidecer y suspirar a las mujeres: cincuenta y dos kilos de peso; un escote «ideal»; las clavículas marcando sus elegantes aristas como si fuesen un zócalo de la frágil columna del cuello; los omoplatos despegándose de la espalda lo mismo que alas nacientes; las piernas largas y casi rectas asomando tranquilas, sin miedo a la tentación, por el borde de la falda; una capa de substancia carnal repartida con parsimonia para recubrir solamente las rudezas del interno andamiaje; un cuerpo casi «aéreo», un pretexto para que los vestidos contuviesen algo en su interior y no se movieran solos. Y sobre este organismo supremamente distinguido un rostro alargado por el mentón en punta, con un pequeño redondel rojo, la boca; dos almendras enormes y negras, los ojos; dos tirabuzones sobre las orejas iguales a las patillas de un «toreador», y una torre de pelo mixto, con rizos propios y ajenos. La Venus moderna, tal como la adora en sus geniales ensueños un iluminador de figurines.

A principios de 1914, un nuevo *sport* había enloquecido a todas las gentes distinguidas de París y de las capitales de Europa y América que forman sus arrabales. El mundo decente movía las caderas bailando el tango. Y a la cabeza de esta humanidad «tangueante» figuraron Mauricio y Odette.

Él se había encerrado con un profesor argentino, jurando a los dioses no volver a la luz hasta poseer esta nueva ciencia, como poseía las otras. Y una tarde empezó a recibir la admiración del mundo, moviendo sus acharolados pies con altos tacones, su talle encorsetado por el ceñido *chaquet*, su cabeza de brillante laca con el pelo rígido y echado atrás, bajo las lámparas eléctricas de un hotel de los Campos Elíseos.

Ella compartía la misma admiración en otro extremo de la escena, y los dos se buscaron con la atracción de dos astros que se presienten, con el irresistible impulso de dos afinidades electivas, para no separarse más.

Bailaron en adelante el uno para el otro. Imposible encontrar el ritmo sublime en brazos distintos. Y sin romper el misterioso silencio de la danza sagrada, mientras se contoneaban, graves y meditabundos, con todas las potencias intelectuales fijas en el movimiento de los pies, reconocieron los dos la necesidad de no perder la pareja para seguir bailando eternamente.

Así se amaron, así se casaron, y el «todo París» se levantó una mañana dos horas antes que de costumbre para asistir a una ceremonia nupcial adornada con la presencia de todos los poderosos de la industria y un sinnúmero de personajes políticos, amigos del abuelo de la desposada.

El amor idílico de los recién casados no ofrecía dudas. Mauricio había procedido como un verdadero enamorado, diciendo ¡adiós!, sin esperanza de retorno, a sus varias amantes, sacerdotisas de las más nobles artes: la comedia, la ópera y el baile. ¡Se acabaron las locuras! Su mujercita y los estudios serios nada más. Ella seguía coqueteando como antes, pero por costumbre, sin dar pretexto a osados avances, queriendo añadir a la felicidad del esposo el incentivo del peligro.

Habían instalado su dicha en el hotel de los Delfour, suntuoso edificio elevado por el primer millonario de la familia junto al parque Monceau, entre las viviendas de sus compañeros de riqueza y con la fachada posterior sobre el mismo jardín. La viuda Delfour se refugió en el último piso con los muebles de su antiguo esplendor, dejando libre el resto de la casa a su hijo y su nuera, para que ésta pudiese satisfacer sin obstáculo sus gustos decorativos.

Todas las fantasías e incoherencias del estilo bizantino-persa, incubado en Múnich, hicieron irrupción en esta casa de salones rojos y dorados e imponentes sillerías del tiempo de Napoleón III.

Mamá Delfour, siempre vestida de negro, con el aire grave y reflexivo de una mujer que conoce el precio de la vida, presenció impasible las invenciones de la recién llegada: fiestas orientales que alborotaban el tranquilo hotel; tés danzantes; túnicas de lino transparente, estrechas como fundas y con enormes flores de realce, en las que encerraba su magra desnudez.

Como su hijo adoraba a Odette, ella se esforzó en justificar todos los caprichos y saltos de humor de la nuera. ¡Pobre niña! Se había criado sin madre, viviendo como un muchacho.

II

Y vino la guerra. Uno de sus primeros efectos fue dilatar los ojos de la nueva señora Delfour con una expresión de asombro. ¡Pero era posible esta calamidad!... ¡Ahora que la gente se divertía más que nunca!...

La suegra pareció crecerse, saliendo de su tímido encogimiento. Su mirada se posó sobre personas y cosas con grave lentitud, como si las reconociese de nuevo. Había visto mucho. Sus primeras palabras de amor con el fabricante Delfour se cruzaron en 1870, durante el sitio de París. Luego, de recién casada, había presenciado la tragedia de la *Commune*.

El hijo se fue cuando su mujer empezaba a admirarle como un hombre nuevo, viendo realzadas sus gracias varoniles por las ventajas del uniforme. Quiso entrar en la aviación, pero la aviación marchaba mal al principio de la guerra, y para ser de una utilidad inmediata, permaneció en la artillería.

También Odette quiso ser útil a su patria. Todas sus amigas frecuentaban los hospitales. Y se lanzó a ser enfermera, admirando el uniforme blanco con su capa azul y su alba toca: algo sencillo y nuevo que sentaba perfectamente a su belleza. Su afán por lucir esta última moda le hacía abandonar muchas veces a los enfermos, paseando en automóvil por el Bosque de Bolonia la blanca túnica con cruces rojas en las mangas y en el pecho. Mientras tanto, la viuda Delfour, sin abandonar su eterno traje negro de burguesa, pasaba días y noches en un hospital.

La guerra ofrece sus satisfacciones y deleites. ¡Los tés entre mujeres, sin la presencia de hombres molestos que agobian con sus galanteos; vestidas todas ellas de blanco, como criadas de balneario, recibiendo las ojeadas envidiosas de las que no llevan uniforme, y fabricando géneros de punto para los soldados con la torpe suficiencia de una labor enseñada recientemente por la doncella!...

—Mi marido combate en Alsacia... ¿Y el señor Delfour, dónde está?...

El señor Delfour andaba del lado de Bélgica; y su esposa, lanzando en torno una mirada de orgullo, hacía el relato de sus glorias. Dos citaciones en la orden del día: cruz, segundo galón. Pero llovían héroes, y Odette experimentaba cierto despecho al oír que todas las otras casi decían lo mismo de sus hombres.

¡No poder distinguirse!...

Un día el hotel del parque Monceau se conmovió con una terrible crisis de nervios y de lágrimas, acompañada de choque de puertas, llegada de automóviles, desfile de médicos. El teniente Delfour estaba herido de gravedad por la explosión de una granada. Odette quiso marchar al lado de su esposa inmediatamente... ¡Imposible!

Luego quiso morir, mientras la madre permanecía erguida, silenciosa, pálida, con los ojos parpadeantes y secos, mordiéndose los labios.

Al volver Odette a las reuniones íntimas, experimentó cierta satisfacción. Ninguna amiga osaba ya compararse con ella.

—Mauricio está herido... gravemente herido.

Y todas se apiadaban del esposo seductor maltratado por la guerra.

La general admiración hizo que acabase por familiarizarse con las misteriosas heridas. ¿Cómo serían éstas?... Se imaginó a su marido cojeando, con una mano en un bastón y la otra apoyada en su brazo. Formarían una pareja interesante. El porvenir les reservaba aún largas horas de felicidad. Ella le protegería y le alegraría con ternuras de madre y caricias de amante.

Una tarde, en la *rue Royale*, vio a un subteniente de pocos años, casi un niño, que marchaba al lado de su novia con una manga vacía. Mauricio también había perdido un brazo; estaba segura de ello. Por eso sus cartas breves, de una alegría penosa, eran siempre dictadas... ¡No importa! Ella sería el apoyo de su esposo; su brazo sustituiría al brazo ausente. Lo interesante era volver a contemplar su rostro, mirarse en sus ojos claros, acariciadores y graciosamente irónicos. ¡Ay, cómo le amaba!...

Las amigas la acogían siempre con la misma pregunta: «¿Cómo sigue el herido?...». Y ella contestaba con seguridad: «Mejor. Pronto vendrá a París».

Y pasaron meses; y llegaron cartas y más cartas de letra extraña, dictadas por él. La madre, inquieta, interrogaba a, los antiguos amigos de la familia, graves varones que indudablemente ocultaban algo.

—Las heridas son muchas; pero ya está fuera de peligro. ¡Valor! Lo importante es que viva.

Una mañana Odette saltó de su lecho, súbitamente despertada por algo extraordinario que conmovía el hotel. Al levantar la cortina de una ventana, vio al otro lado de la verja un automóvil cerrado, con cruces rojas. La marquesina de cristales de la escalinata apenas le dejó distinguir a un grupo de hombres que subían cuidadosamente algo envuelto, como un mueble frágil. Su corazón dio un salto. ¡Mauricio!...

Cuando, mal vestida, se deslizó por la escalera, corriendo a un salón del piso bajo, los domésticos, azorados y trémulos, pretendieron detenerla.

Entró, reconociendo inmediatamente la dolorosa cabeza que descansaba sobre las almohadas de un diván. Era él, atrozmente desfigurado, con las mejillas surcadas por el lívido arabesco de las cicatrices... pero era él.

De sus ojos solo quedaba uno. La falta del otro estaba oculta por una venda negra que moldeaba la cuenca vacía. Luego vio su pecho cubierto por el paño azul de una blusa vieja de oficial.

Pero al llegar aquí, la mujer vaciló sobre sus pies, como si la sorpresa le asestase un puñetazo demoledor. Lanzó un grito... El herido *no continuaba*. Le faltaban los brazos, le faltaban las piernas, era un tronco nada más, conservado por los prodigios de la cirugía; un harapo rematado por una cabeza viviente.

—¡Odette!... ¡Odette! —murmuró la boca negruzca humildemente, como si pidiese perdón por su desgracia.

Pero Odette había huido, atropellando a los criados que se agolpaban en la puerta. Corrió por los pisos superiores sin saber lo que hacía, dando alaridos como una mujer de la tragedia griega, chocando con muebles y paredes, mesándose los sueltos cabellos, loca de sorpresa, de miedo, de repugnancia... ¡Y aquel monstruo era su marido!... ¡Y habría de permanecer junto a él toda su existencia!...

—¡Odette!... ¡Odette! —seguía gimiendo abajo la voz humilde y dolorosa.

El ojo único se fue cubriendo de lágrimas. Todos huían. Hasta los criados le contemplaban a distancia, buscando ocultarse cada uno detrás del compañero, queriendo escapar y avanzando la cabeza al mismo tiempo, con una expresión doble de curiosidad y repugnancia.

Evitaban el tocarle, como si fuese algo gelatinoso y repelente: un pulpo con las extremidades rotas; una mucosidad informe de la guerra. Él, que tenía millones y tanto amaba la vida, quedaba al margen de la vida para siempre.

Su miseria había creado el vacío. Hasta su perro favorito gemía a corta distancia, avanzando y retrocediendo en violentas alternativas de lealtad y de espanto.

Y así sería siempre... ¡Ay, morir! ¡Morir cuanto antes!

De pronto, el grupo de domésticos se deshizo. Alguien había entrado con violencia. El monstruo vio un peinado blanco que venía hacia él; sintió en sus cortadas mejillas el contacto de una boca que acababa por acariciar frenética el vendaje de su órbita hueca. Un rocío tibio mojó su cuello; unos brazos nerviosos de pasión abarcaron su tronco informe, como si fuesen a mecerle...

—¡Mamá!... ¡Oh, mamá!

—¡Hijo mío! ¡hijo mío!

El rey de las praderas

I

Durante su último año en la Universidad de mujeres donde hacía sus estudios, la impetuosa Mina Graven expresó siempre el mismo deseo.

Sus compañeras las *senior*, instaladas en el mismo cuerpo de edificio que ella, hablaban de la nueva vida que iban a encontrar al salir del colegio; y las *junior*, que empezaban sus estudios, las oían en un silencio respetuoso de seres inferiores.

Una de las amigas de Mina pensaba casarse apenas volviese a su casa; era asunto convenido por las familias de los dos novios. Y este matrimonio de estudiante apenas emancipada de la vida escolar daba motivo para que todas las otras soñasen despiertas, a la hora del té, describiendo cada una de ellas la posición social y el aspecto físico del futuro esposo que aún se mantenía oculto en el misterio del porvenir.

—Yo quiero casarme con un millonario que me pague los mayores lujos.

—Yo, con un hombre que me quiera mucho y me obedezca en todo... ¿Y tú, Mina?

La intrépida señorita Graven daba siempre la misma respuesta:

—Yo me casaré con un hombre célebre.

Ella no necesitaba soñar con un millonario. Todas sabían que allá, en el Oeste, existen minas de oro y pozos de petróleo cuyo valor figura en forma de pedazos de papel, y que muchas de tales acciones estaban a su nombre en los libros del millonario James Foster (padre), su tutor.

El viejo Craven había empezado su caza del dólar, como simple peón de mina, en California. La fortuna pareció divertirse siguiendo los pasos de este hombre que apenas sabía leer ni escribir. Un espíritu diabólico salido de las entrañas de la tierra le hablaba al oído, guiando sus manos.

Allá donde él cavaba surgía oro, plata, o, cuando menos, cobre. Perforaba un pozo para que los mineros de su campamento no muriesen de sed, y, en vez de encontrar agua, saltaba petróleo de su fondo. Detrás de su avance victorioso iban constituyéndose sociedades anónimas y sindicatos de capitalistas. En el Wall Street, los grandes capitanes del dinero recibían al viejo Craven como a un igual cuando se le ocurría perder una semana en el ferrocarril yendo de San Francisco a Nueva York.

Podía haber dejado a su hija una fortuna inmensa; pero el minero era hombre de acción más que de administración, y se gozaba en emprender cada año un nuevo negocio, abandonando los mejores provechos de los anteriores a los consocios fríos y marrulleros que quedaban a sus espaldas. Él necesitaba ir siempre adelante, olvidando la buena suerte de ayer para soñar con la nueva fortuna de mañana.

El señor Foster (padre), su compañero de miseria cuando ambos eran simples jornaleros, poseía una fortuna mayor que la suya, por haberse limitado a seguirle en las explotaciones seguras, dejándole avanzar solo en las que consideraba aventuradas. Pero, aun así, el día en que Graven murió, aplastado por la caída del andamiaje de un pozo de petróleo, su desconsolado camarada Foster, que era su albacea testamentario, se encontró, al hacer el balance, con que la única hija de su amigo representaba para el que se casase con ella unos 60 millones de dólares.

Por esto Mina, al oír hablar a sus amigas de un marido rico, sonreía con cierto desprecio. Ella no necesitaba dinero, y podía casarse con quien le placiese.

Con no menos indiferencia acogía la imagen del atleta, hábil en todos los deportes, que evocaban otras. A la señorita Craven le bastaba con su propio atletismo. Su padre la había enviado a la famosa Universidad cuando era una pequeña salvaje de trece años, acostumbrada a galopar días enteros en las llanuras de Arizona sobre caballos domados por ella misma. Su madre, una mujer sencilla, había muerto como abrumada por la avalancha de millones que iba derrumbándose sobre su hogar; y Craven, preocupado por esta hija algo indómita que no le dejaba dedicarse con tranquilidad a sus negocios, la había metido en un colegio célebre para que fuese una gran señora como las que él había visto de lejos en las ciudades. La fama de este centro de enseñanza, establecido en un bosque de varias leguas, con lagos, montañas y palacios, había llegado confusamente hasta sus oídos. Le bastaba con saber que vivían en él varias hijas y sobrinas de antiguos presidentes. Y allá, envió a Mina, poco antes de su muerte.

Ésta, aburrida y furiosa al verse encerrada en el enorme parque, que a ella le parecía pequeño, ideó varios planes terribles, que, afortunadamente, no puso nunca en práctica. Pensó incendiar el palacio en que estaba el gabinete de Física con sus instrumentos, creados únicamente para aburrir a las pobres muchachas; pensó igualmente, durante los primeros meses, en matar a tiros de revólver a cierto vejete que explicaba matemáticas y se había reído sarcásticamente de su ignorancia. Luego abandonó tales proyectos, y, con la ambición de demostrar que no era una salvaje, se entregó al cultivo de todas las artes que estaban de acuerdo con sus facultades.

Llegó a ser la primera en el gimnasio. Saltó horas y horas el caballo de madera, con un volteo incansable, riendo de este ejercicio pueril con la superioridad de una amazona acostumbrada a ponerse de pie sobre caballos en pelo, apeándose y volviendo a subir en el animal sin que éste detuviese su carrera. Fue capitana de *polo-water*, atravesando como una náyade el profundo cristal de la piscina del gimnasio. En la clase de esgrima cansaba al profesor con su florete impetuoso y sus piernas de acero. La directora de la Universidad empezó a inspirarle cierta antipatía por haberle prohibido que tirase al revólver en un rincón del parque, lo mismo que tiraba de pequeña en algunos de los campamentos de Craven, ante los viejos mineros.

La gloria estaba para ella en los ejercicios físicos, dejando a sus compañeras los laureles de las ciencias y de las letras. De todo el profesorado, amaba a la maestra de francés, porque podía hablar con ella de París y las artistas célebres como de un mundo lejano entrevisto en los periódicos de modas. También amaba a la maestra de español, que le describía cómo eran las corridas de toros y le enseñaba a ponerse la mantilla lo mismo que una andaluza.

No necesitó de estudios penosos y áridos para sobrepasar a todas. La admiraban por su hermosura física de bello animal sano, vigoroso y de líneas correctas. Cada vez que en el *polo-water* se arrojaba en la piscina de cabeza, sin más vestido que un ligero mallón de muchacho, el público lanzaba un murmullo aprobador, a pesar de la identidad de sexo. Los viejos profesores del establecimiento y los visitantes, que eran siempre personas graves, se sentían inquietos ante su cabellera de un rubio subido, igual a la llama de una antorcha, y la fijeza algo insolente y dominadora de sus ojos claros. Los hombres se ruborizaban sin saber por qué, apartando la mirada, como si no pudieran resistir el encuentro de sus pupilas.

Ni millonarios, ni hombres de *sports*. Ella tomaría a quien quisiera escoger. Los hombres iban a ofrecerse a Mina Craven formando legión, satisfechos y felices si se dignaba hacerlos sus esclavos. Estaba segura de ello... Y pasaba por su memoria la imagen de James Foster (hijo), un muchacho de orejas demasiado separadas del cráneo, fuerte mandíbula y ojos de perro bueno, que tenía un año más que ella.

Inmediatamente, como un síntoma de cariño fraternal, sus dientes castañeteaban de cólera y se le cerraban los puños. ¡Qué deseos tan vehementes tenía de aporrear a este compañero de juegos infantiles!...

Todos los veranos, al vivir juntos durante las vacaciones en la casa del tutor, Mina daba de puñetazos a su amigo, el cual, perdida la paciencia, acababa por devolverle los golpes.

Y la señorita Graven, que había aprendido recientemente a batirse a la japonesa, deseaba, al abandonar el colegio, medirse con James definitivamente. Quería hacerlo caer a sus pies, como un adversario aborrecido y apreciado al mismo tiempo.

II

El viejo Foster, que nunca tenía bastantes horas para los negocios, aprobó con alegre laconismo los propósitos de la hija de su amigo. Su cargo de tutor le había proporcionado muchas inquietudes, y celebraba librarse de Mina por algún tiempo.

Luego de salir de la Universidad, la joven había desaparecido, con gran espanto de Foster, que creyó en un secuestro o un asesinato. Transcurrieron dos meses, y antes de que la policía hubiese averiguado su paradero, se presentó Mina tranquilamente en el despacho de su tutor. Quería conocer la vida de cerca, tal como es, y para esto había huido a Chicago, viviendo como una obrera. Pero las crueldades de la realidad le hicieron arrepentirse muy pronto de esta escapatoria, sugerida por ciertas lecturas, y volvió en busca de su tutor y de las comodidades que corresponden a una muchacha millonaria.

Una dama vieja y pobre fue la encargada por Foster de acompañar a Mina, dando cierta respetabilidad a su juventud independiente y poco miedosa de la opinión ajena. El millonario, después de ordenar esto, ya no supo qué otra cosa podía hacer. Por eso se alegró cuando su pupila le dijo que pensaba viajar por Europa, acompañada de su escudero femenino.

Mina Craven, atrevida de maneras como un muchacho, ganosa de desafiar la curiosidad de las gentes con sus audacias y excentricidades, fue una americana de las que pueden llamarse «de exportación». El viajero observador atraviesa los Estados Unidos, de Nueva York a San Francisco y de Chicago a Nueva Orleáns, viendo mujeres que son iguales a las de todas partes: buenas madres, buenas esposas, o excelentes muchachas que aspiran a ser lo uno y lo otro. Solo rodando por el viejo mundo, en París, en Londres o en Roma, se encuentra la americana atrevida, arrolladoramente hermosa y de voluntad refractaria a los escrúpulos, la cual ha servido de modelo para tantos personajes de novela y de comedia.

Los condes y marqueses deseosos de una heredera rica se agolparon en torno de miss Craven en los grandes hoteles, en las playas de moda y las estaciones invernales de Suiza. ¡Diecinueve años, y 60 millones de dólares!...

—Miss, cásese usted —decía la dama acompañante, como si, a pesar del enorme sueldo que le había señalado el tutor, quisiera libertarse de la esclavitud que suponía aguantar el carácter desigual e imperioso de la joven.

—Yo solo me casaré con un hombre que sea célebre.

Y Mina quedaba pensativa después de esta declaración. ¿Qué celebridad podía encontrar?...

En Londres había creído enamorarse de un duque que databa del tiempo de los Estuardo. Después olvidó este amor, adivinando que en el porvenir tendría celos de la cuadra de dicho personaje. El duque la olvidaría por sus caballos de carreras. En Francia puso sus ojos en varios escritores célebres. Pero todos eran casados o arrastraban desde su primera juventud compromisos ineludibles. Además, ¡tan viejos vistos de cerca! ¡tan prosaicos en sus costumbres íntimas, a pesar de las raciones de idealismo y poesía que servían al público en forma de libros y piezas de teatro!...

En Italia se interesó por dos pintores, y anduvo como loca durante una semana por un tenor de fama universal. Pero le bastó invitar una noche a comer a este ruiseñor humano, para desprenderse de sus ilusiones. ¡Qué torrente de necedades cuando hablaba! ¡Qué feo y vulgar al despojarse de sus trajes escénicos y limpiarse los colores del rostro!...

Estando en Sevilla durante la Semana Santa, sintió interés por un torero joven al que adoraba España entera. El rey era su amigo; el presidente del Consejo de ministros preguntaba por su salud siempre que recibía una cornada. Era una gloria nacional, y Mina le siguió durante unas semanas de plaza en plaza. Pero, al fin, el héroe tuvo la misma suerte que los otros. No se atrevía a resistir la mirada de la millonaria; balbuceaba al contestarle. Además, descubrió de pronto que este gladiador, que parecía un gigante en medio del circo, tendiendo la fiera cornuda muerta a sus plantas, apenas sobrepasaba con su cabeza los hombros de ella.

Pensó, después de esto, si su felicidad consistiría en casarse con un boxeador campeón del mundo; pero le bastó presenciar un encuentro entre dos hombres medio desnudos, que parecían dos fardos de músculos barnizados de sudor, para renunciar a tal idea.

¡Ay, el hombre célebre! ¿Dónde encontrarlo?... ¿En qué debía consistir su celebridad?...

Mientras tanto, James Foster (hijo) le salía al encuentro en los lugares donde menos podía sospecharse su presencia. Se presentaba ruboroso, balbuciente, tímido, como un señor que desea pedir algo importante y asegura que ha venido a visitar a un amigo, por casualidad, aprovechando el haber pasado por cerca de la casa.

—Estoy de paso para Australia; y al enterarme de que vivimos en el mismo hotel...

Y la entrevista ocurría, por ejemplo, en Madrid. Según el joven Foster, todo el mundo era camino para ir adonde él deseaba. Otras veces, al encontrar a su compañera de infancia en Bucarest, decía ruborizándose:

—Vengo de América, con dirección al Transvaal, y al pasar por aquí la encuentro. ¡Qué feliz casualidad!

Foster (hijo) podía justificar con un motivo glorioso estos viajes incesantes que le hacían cruzar la tierra en todas direcciones. Mientras Foster (padre) reunía nuevos millones y defendía la integridad de los antiguos, él se dedicaba a la tarea de hacer su nombre célebre. Tal vez sentía este deseo a impulsos de una antigua rivalidad con Mina; tal vez aspiraba a la celebridad únicamente por serle grato.

Buscaba la gloria siguiendo el camino de sus aficiones, y por esto se había dedicado a cazador, persiguiendo y matando animales peligrosos en todas las latitudes del planeta. La señorita Craven recibía con frecuencia periódicos deportivos con el retrato de James carabina en mano, vestido de viajero ártico o cubierto con un gran fieltro de cazador del centro de África. Los artículos contaban sus hazañas, las heridas que llevaba recibidas, las aventuras tenebrosas de las que había salido con vida milagrosamente.

Los ojos de ella pasaban sobre todo esto con fría curiosidad.

—¡Pobre James! ¡Tan insignificante!... Será un buen marido para una mujer de inteligencia corta.

Otras veces recibía regalos del cazador, que continuaba sus hazañas en el otro hemisferio del planeta: colmillos de elefante, astas de antílopes rarísimos, pieles de animales gigantescos. Y Mina, que admiraba estos envíos en el primer instante, acababa por despreciarlos al recordar a James.

—¡Infeliz muchacho!... Si yo me dedicase a cazar, haría, seguramente, más que él... Todo lo que cuentan los periódicos de sus hazañas debe pagarlo a tanto la palabra.

Una primavera, encontrándose en Florencia, cambió instantáneamente la orientación de su vida. Vio su verdadero camino; se enteró de dónde estaba la celebridad.

En aquel momento solicitaba su mano un conde del país, de una palidez aceitunada y ojos de brasa, el cual permanecía días enteros en el salón de espera del hotel, lo mismo que un empleado de agencia de viajes, para acompañarla en todas sus salidas.

Mina era la vigésima millonaria americana a la que pretendía elevar, ofreciéndole su corona condal. Diecinueve antes que ella habían renunciado a tan alto honor. Este heredero de un gran nombre histórico le enseñaba las fotografías de los diversos palacios de su familia, hermosos y venerables edificios, en los que no quedaba ni un cuadro ni un mueble, pues todo lo habían vendido sus antecesores. La aspiración suprema del nieto de tantos *condottieri* era establecer el *comfort* moderno en sus palacios. Con calefacción central, con baños y con *water-closets*, ¡qué vida tan dulce podía pasarse en estos edificios creados por los grandes artistas del Renacimiento! La millonaria venida del otro lado del Atlántico podía realizar este milagro solo con cederle su mano.

Para conmoverla, enseñaba cartas de Maquiavelo, de Miguel Ángel, de Benvenuto Cellini y otros florentinos célebres, dirigidas a sus remotos ascendientes, únicos recuerdos de familia que se habían salvado, no se sabe cómo, de la rapacidad de los anticuarios. Mina reía de sus juramentos de amor acompañados de gestos trágicos, y lo convidaba a comer, exigiéndole que no faltase a sus costumbres y siguiera fumando entre plato y plato un largo cigarro atravesado por una paja, que esparcía un olor pestilente.

Una noche, el conde, para agradecer sin duda estas amabilidades, la invitó a un cinematógrafo. Un verdadero dispendio: una lira por persona; ¡pero cuando se aspira a casarse con una millonaria!...

Mina tuvo que aguardar en la puerta unos minutos, mientras su enamorado tomaba los billetes, parlamentando largamente con el empleado de la taquilla. Llegó a sospechar si estaría pidiendo una reducción en el precio, por ser dos los billetes comprados.

Un cartel de colores distrajo su atención. Un hombre aparecía en él a caballo, con la cara afeitada, gran sombrero, un pañuelo rojo sobre los hombros y dos revólveres en la cintura. Era una reproducción algo teatral de los jinetes que ella había conocido en su infancia. Encima de esta figura vio un nombre: «Lionel Gould». No era nuevo para ella; lo había oído alguna vez. Al pie del cartel encontró otro nombre: «El rey de las praderas». ¡Ah, sí! Este era el apodo de un artista americano llamado Gould, que había obtenido una celebridad universal interpretando el papel de *cowboy* vengador y caballeresco en un sinnúmero de dramas cinematográficos cuya acción se desarrollaba, invariablemente, a través de las llanuras del Sur de los Estados Unidos.

Por primera vez miró Mina con atención al célebre artista de la tragedia silenciosa. Estaba segura de haberle visto en *films* de los que solo guardaba un vago recuerdo; pero ahora «El rey de las praderas» ofrecía para ella el encanto de una novedad.

Le siguió con palpitaciones de verdadero interés mientras se batía, solo y a puñetazos, con un grupo de bandidos. Luego mató a un tigre; después los indios lo amarraron a un poste para quemarle vivo. ¡Cómo respiró al verle en salvo milagrosamente!... No había poder, en el cielo ni en la tierra, capaz de acabar con este buen mozo. Y por la atracción del contraste, miró un momento con ojos compasivos al conde de los palacios desamueblados, al nieto del protector de Miguel Ángel, que la hablaba de amor, pretendiendo separar su atención de las cosas interesantes que se desarrollaban sobre la blanca pantalla.

Hubo un momento en que creyó que un alfiler olvidado sobre su pecho se le metía carne adentro. «El rey de las praderas» quedaba visible únicamente de busto, con una cabeza enorme, y anonadado por lo angustioso de su situación, bajaba la mirada. Luego iba elevando sus ojos, para fijarlos directamente en el público con una expresión de dolor pueril. Era un héroe, indudablemente; pero un héroe bueno y simple, lo mismo que un niño, y Mina sintió un deseo de consolarle, de protegerle, como si acabase de despertar la confusa maternidad que toda mujer lleva dormida en su interior. Después tuvo la intuición de que la tal mirada iba a significar mucho en su vida futura.

A partir de esta noche, Lionel Gould le salió al encuentro en todas las ciudades de Italia que fue visitando y en las de otras naciones de Europa. De día, si se inmovilizaba su automóvil por una aglomeración de vehículos en una calle, era siempre frente a un cinematógrafo, y en la puerta figuraba «El rey de las praderas» a caballo, con su gran sombrero, sus revólveres y su pañuelo rojo. Si entraba en una sala de espectáculos, tenía la seguridad de que se apagarían inmediatamente las bombillas eléctricas, para que galopase por el lienzo iluminado el intrépido Lionel.

Sus hazañas resultaban interminables. Jamás caballero andante ni héroe de novela moderna pasó por tantas aventuras. Le vio en peligro de muerte un sinnúmero de veces. Además, mataba gente como si matase moscas. Llevaba exterminadas muchas fieras, especialmente tigres, y a él nunca le ocurría un contratiempo que fuese irremediable. Le herían frecuentemente, le sometían a tormentos atroces; pero sanaba, al fin, con una rapidez portentosa. Y en casi todas las representaciones, ¡su mirada, aquella mirada de héroe niño, que hacía sentir a Mina el pinchazo de un alfiler olvidado!...

Algunas damas encontradas en sus viajes contribuían, sin saberlo, a aumentar su preocupación:

—Usted, que es americana, ¿ha visto alguna vez personalmente a Lionel Gould?...

Una noche, Mina se convenció de que su acompañante era una vieja estúpida. La había llevado a ver una aventura sorprendente de «El rey de las praderas», y cuando el héroe lanzaba su mirada de angustia, miss Craven le preguntó en voz baja, con temblores de emoción:

—¿Qué le parece?... ¿Verdad que es muy guapo?...

La acompañante movió la cabeza. Sí, guapo; pero muy ordinario. Ella no amaba los *cowboys*. Prefería los *films* en que aparecen señoras elegantes y todos los hombres van vestidos de frac.

De pronto, Mina mostró un patriotismo rabioso. ¿Qué hacía en Europa?... Solo los *snobs* podían perder su tiempo y su dinero en un continente viejo y aburrido. Ella era americana, y debía vivir en América.

Y se embarcó, pensando que es necedad rodar por el mundo cuando, las más de las veces, lo que buscamos lo tenemos en la propia casa.

III

Al saber, en Nueva York, que Foster (padre) estaba en San Francisco, atravesó inmediatamente los Estados Unidos.

Se había vuelto de repente mujer de orden; deseaba enterarse del estado de sus negocios; creía necesario conferenciar con su tutor. No sabía ciertamente qué podría decirle; pero consideraba urgente el verle, por el solo hecho de que vivía en California.

Cuando llegó a San Francisco, supo que Foster se hallaba en una propiedad suya, a dos horas de ferrocarril, y desistió de su visita. Ya le vería más adelante; estaba cansada; le asustaba estas dos horas de tren, después de haber pasado una semana entera en vagón. Y, a pesar del tal cansancio, salió inmediatamente para Los Ángeles, un viaje cinco veces mayor.

Pero tampoco en Los Ángeles estaba su reposo, y no paró hasta tres cuartos de hora más allá, en el pueblo de Hollywood, donde se fabrican la mayor parte de los *films* que entretienen a la humanidad presente.

Admiró la fresca hermosura de una población creada en pocos años, por la necesidad de Sol y de cielo límpido que tiene la cinematografía. Vio avenidas formadas solamente de jardines y de estudios. Varios miles de artistas de ambos sexos, de maquinistas escénicos y de fotógrafos constituyen su único vecindario. En las calles, a la hora del *lunch*, se encuentran odaliscas arrastrando sus velos, españolas con mantilla, o pieles rojas con penachos de plumas, según es el *film* que está en ejecución. Las figurantas van a sus casas a almorzar sin quitarse el traje, por no perder tiempo.

Sobre las vallas de los estudios se elevan, unas veces, la torre Eiffel, si la obra transcurre en París, y otras, el palacio de los Dogas venecianos o los agudos minaretes de una mezquita oriental. Cuando el fotógrafo termina de dar vueltas a la última película, los albañiles demuelen estas sólidas construcciones de cemento para levantar otras inmediatamente, cambiando el aspecto de la «ciudad-camaleón».

Mina fue rectamente en busca de lo que le había atraído cuando estaba al otro lado de la tierra. Avanzó con resolución, por lo mismo que estaba segura de que le esperaba un cruel desengaño. Esta celebridad sería, seguramente, como las otras.

Una agencia de informes había puesto en movimiento sus detectives para hacer conocer a la millonaria todo el pasado de «El rey de las praderas».

Lionel Gould —un nombre de teatro— había sido estudiante; pero su afición a la vida intensa y a las novelas de aventuras le hicieron abandonar la casa de sus padres a los diecisiete años, yéndose a Texas para llevar la existencia ruda de los *cowboys* que tantas veces había admirado en los libros. A los veintidós años, otro cambio de aficiones. El jinete de las llanuras, cansado de guardar vacas, se había hecho actor, sufriendo la vida errante y no menos aventurera que llevan en los Estados Unidos las gentes de teatro mediocres, saltando de pueblo en pueblo para trabajar una noche nada más.

El éxito universal de la cinematografía le sacó de pronto de esta miserable situación. Todo lo que había aprendido en las praderas de Texas le sirvió para su gloria artística. Ningún actor supo como él montar a caballo, echar el lazo, batirse a puñetazos, manejar las armas. Allá, entre vaqueros de verdad, había sido un discípulo mediocre, un muchacho de la burguesía empeñado en hacerse *cowboy* bajo la obsesión de ciertas lecturas. En el cinematógrafo no tuvo rival, y fue al poco tiempo «El rey de las praderas».

Antes de los treinta años había juntado una fortuna considerable y su nombre era famoso en la tierra entera.

Un ayuda de cámara irlandés se encargaba de contestar, imitando su firma, los centenares de cartas femeniles que llegaban semanalmente de todos los extremos del planeta pidiendo a Gould un autógrafo sentimental.

Mina vio su casa, elegante edificio de madera, verde y blanco, entre jardines siempre primaverales. Después lo vio a él, una tarde que trabajaba en el interior del estudio cinematográfico, bajo una luz lívida. «El rey de las praderas» se batía en aquellos momentos a silletazos y tiros de revólver con todos los parroquianos de una taberna del desierto.

La primera impresión no fue buena. Miss Craven le vio alto, fornido, de arrogantes movimientos, tal como lo había contemplado muchas veces en los *films*, pero con la cara pintada de blanco, lo mismo que un Pierrot. La luz lívida y sepulcral de los tubos de mercurio exigía esta pintura de artista de circo.

Pero Gould, impresionado por la presencia de la millonaria que era hija del difunto Craven y tenía por tutor a Foster (padre), dos nombres ilustres del Oeste, la saludó con una torpeza conmovedora. En su confusión, lanzó la mirada, la famosa mirada de héroe niño que parecía pedir auxilio, y Mina dejó de ver la cara cubierta de almidón, para fijarse únicamente en sus ojos implorantes.

Desde este día, el gran artista terminó más pronto sus trabajos, para ir a Los Ángeles, donde miss Craven le había invitado a comer, o para acompañarla en sus interesantes paseos a la hora en que muere el Sol.

Lionel recitaba versos, estaba más enterado que Mina de las cosas literarias, y ella acabó por admirarle como un espíritu delicado, como un «alma romántica», capaz de llenar de poesía la existencia de una mujer. Además, era «El rey de las praderas», el atleta irresistible que ningún hombre podía domeñar.

Una visita inesperada perturbó esta existencia idílica.

Se presentó en el lujoso hotel de Los Ángeles Foster (hijo), con todo su equipaje de escopetas y demás aparatos para la caza de bestias feroces.

—¡Mi querida Mina! ¡Qué casualidad encontrarnos!... Vengo de Nueva York, para embarcarme en San Francisco. Voy al Congo...

Y ruborizándose por este absurdo rodeo geográfico, se apresuró a añadir:

—Quiero cazar donde no cazó el coronel Roosevelt. Voy a correr los países que él no visitó nunca.

Un secreto instinto le avisaba, sin duda, el peligro, y venciendo esta vez la cortedad de su carácter, manifestó sus deseos. Mina Craven y James Foster (hijo) podían hacer una linda pareja. ¿Por qué no se casaban?...

El gesto de lástima simpática que puso ella fue para acobardar al más valeroso cazador.

—Yo solo me casaré con un hombre célebre.

Foster quiso protestar. Él no tenía la celebridad de un boxeador o de un cantante de ópera; pero era alguien. Los periódicos hablaban de él.

—Yo solo me casaré con un héroe —añadió Mina.

James creyó necesario insistir en sus méritos. Hizo memoria de los regalos enviados a Mina, especialmente de dos pieles de oso, enormes, con unas cabezas que metían espanto. Él, completamente solo, los había matado en Alaska.

—¡Unos osos! —dijo ella, levantando los hombros—. Eso lo mata cualquiera... ¿Cuántos tigres ha cazado usted, James?...

El hijo de Foster inclinó la cabeza. Apenas quedaban tigres en el mundo. Él había pasado varios meses en la India, y, después de largas esperas, gastos y penalidades, solo había conseguido matar uno.

—¡Un tigre nada más!...

Mina sonrió otra vez de lástima. Ella conocía a un cazador que llevaba matados más de treinta ante sus propios ojos, y no con largos intervalos, sino todas las noches.

Foster (hijo), como hombre práctico, abandonó inmediatamente sus pretensiones, juzgándolas imposibles. «¡Adiós, Mina!» Ya no pensó en sobrepasar las hazañas africanas de Roosevelt. Lo que deseaba era tropezar en el Congo con un hipopótamo, un león o cualquiera otra bestia misericordiosa, que, al desgarrarlo en pequeños pedazos, le librase del recuerdo de miss Craven la ingrata.

Después de esta entrevista, la millonaria creyó necesario acelerar los acontecimientos. Ella fue la que tomó la iniciativa, sabiendo que «El rey de las praderas» se mostraba tímido en su presencia, quedando como adormecido bajo el poder de sus ojos.

—Ya estoy cansada de ser miss Craven. Ahora deseo ser mistress Gould. ¿Está usted conforme, Lionel?

Aunque él hubiese dicho que no, Mina habría preparado lo mismo el matrimonio.

Llevando tras de ella al célebre Lionel, como si lo raptase, se marchó a San Francisco para visitar a su tutor. Esta vez Foster (padre) estaba en su despacho.

—Le presento a mi futuro esposo. Me caso esta misma semana con «El rey de las praderas».

El millonario abrió la boca a impulsos de la sorpresa, mostrando todo el oro y el marfil de su interior. Luego pensó que un hombre de negocios no debe asombrarse nunca, y acabó por reír, con una carcajada ruidosa que dejó visible otra vez toda la riqueza de su dentadura.

—¡Original!... ¡Verdaderamente original!

IV

Mina se consideró la mujer más feliz de la tierra. El escándalo de unas amigas y los comentarios burlones de las otras fueron para ella un motivo de orgullo.

—¡Envidiosas!... ¡De qué buena gana me quitarían mi «rey de las praderas»!

Gould era aún más dichoso. Los millones de su esposa suponían poco en esta felicidad. Él ganaba miles de dólares por semana... Pero le enorgullecía haberse casado, siendo un simple cómico, con la hija única de Craven, llamado en vida «el Cristóbal Colón del petróleo».

Un gran contento físico vino a confundirse, además, con este amor admirativo.

Gould estaba harto de sus compañeras de trabajo. Un convencionalismo de la cinematografía americana, inventado no se sabe por quién, exige que todos los actores sean grandes, y las artistas, liliputienses. Lionel, que admiraba las hembras de su talla, tenía que trabajar con muñecas que apenas le pasaban del codo, mujeres «de bolsillo», que podía meter en cualquiera abertura de su traje.

A su esposa, la esbelta y fuerte Mina, la besaba de frente, sin necesidad de bajar la cabeza y doblar las vértebras. Además, las otras iban pintadas de blanco, como payasos; llevaban pegadas a los párpados unas tirillas erizadas de pelos, que fingían larguísimas pestañas, y en los momentos de emoción se colocaban unas gotitas de glicerina, que luego, en el film, resultaban lágrimas... En cambio, la nueva mistress Gould era de una esplendidez corporal, fresca y firme, que parecía esparcir el perfume de los bosques cuando despiertan bajo el soplo de la primavera. ¡Oh, adorada Mina!

Se lanzaron a viajar por el mundo. Ella exigió que Lionel abandonase el arte cinematográfico. Más adelante, ¿quién sabe?... Un hombre célebre se debe a su celebridad. Pero, por el momento, «El rey de las praderas» debía ser para ella únicamente.

La vida conyugal no le trajo ninguna decepción. El célebre Gould fue, al mismo tiempo, un marido enamorado y un servidor respetuoso. Además, ¡cómo se sentía ella protegida al lado del héroe! ¡Qué impresión de orgullo y de seguridad cuando se abrazaba a él, percibiendo la fuerza almacenada en su vigoroso organismo!...

Muchas veces, al marchar apoyada en su brazo, tocaba amorosamente el bíceps contraído. Era fuerte, pero no de un vigor extraordinario. Ella había visto en los circos y en los pugilatos de boxeadores musculaturas más poderosas. Pero inmediatamente pensaba en las hazañas de «El rey de las praderas». La cinematografía tiene sus *trucs* y sus misterios, como todas las cosas teatrales; pero la verdad siempre es la verdad, y ella había visto a su Lionel levantar troncos enormes, agarrar a un enemigo y arrojarlo por la ventana como si fuese un pañuelo, echar puertas abajo...

«Y es que el músculo —pensaba Mina— no lo es todo; vale más la energía interior y misteriosa, que solo poseen los héroes.» Su Lionel, indudablemente, era a modo de una batería eléctrica, que en ciertos momentos de excitación podía desenvolver una fuerza inmensa. Ella le había visto batiéndose con ocho a la vez, y sabía hasta dónde era capaz de llegar.

—¡Oh, Lionel!... ¡Mi hércules adorado!

Una noche, estando en Marsella de paso para Egipto, Mina quiso pasear por el Puerto Viejo, a la luz de la Luna. ¡Ver los buques antiguos del Mediterráneo dormidos sobre las aguas de plata! ¡Creerse en tiempos de la *Odisea* al contemplar las filas de pequeños veleros procedentes de Grecia!...

Los muelles desiertos resultaban peligrosos después de medianoche. En las callejuelas cercanas bullían rameras de la más extremada abyección, juntas con negros, con marineros levantinos, con marroquíes e indostánicos, con vagabundos de todo el planeta. Pero la millonaria no conocía el miedo. Además, iba apoyada en el más fuerte de los brazos.

Su cabellera de aurora, su andar majestuoso, el perfume que iban sembrando sus pasos, el brillo de un diamante en su diestra desenguantada, hicieron detenerse a sus espaldas a cuatro hombres morenos, de robustez cuadrada y rostros inquietantes, que se consultaron con voces roncas de ebrio.

Gould solo tuvo tiempo para abandonar el brazo de su mujer y girar sobre sus talones, avisado por las palabras confusas de estos vagabundos, que parecían ponerse de acuerdo.

Los cuatro cayeron sobre él, que los recibió gallardamente con sus puños poderosos.

Mina quedó a pocos pasos, más curiosa que asustada, saboreando de antemano la gran corrección que iban a recibir los bandidos. «El rey de las praderas» terminaría la pelea en unos segundos.

Pero el pobre «rey», después de defenderse con una arrogancia teatral, sin vacilación alguna, seguro de su triunfo, vino al suelo tristemente, como se derrumban al dar los primeros pasos en la existencia todos los que han vivido una vida de ilusión.

Tres de aquellos miserables siguieron golpeando al caído para rematarlo, mientras el otro avanzaba hacia Mina con cierta indecisión, al ver que no intentaba huir.

Miss Craven, a pesar de sus fantasías, había conservado mucho del espíritu práctico de su padre, y sabía todo lo que una persona previsora no debe olvidar en sus viajes. Brilló en su diestra, salido no se sabe de dónde, un juguete plateado, la última novedad para la defensa personal: nueve tiros. Sonó una detonación, y el hombre se hizo atrás, lanzando juramentos y llevándose una mano al pecho. Sonó un nuevo disparo, y empezó a dar traspiés otro de los que estaban inclinados, sobre Lionel dándole golpes. Siguió apretando el gatillo, y los tiros hicieron desaparecer a aquellos facinerosos, unos corriendo, otros balanceándose dolorosamente, mientras de las callejuelas cercanas empezaba a salir gente. Mina se arrodilló junto a su marido.

—¡Oh, Lionel! ¡Mi rey!... ¿Te han matado?

Cuando, semanas después, pudieron salir de Marsella, la vida conyugal era otra. Gould, todavía convaleciente de sus heridas, parecía sentir vergüenza delante de su esposa. «¡No haber sabido defenderte!...», decían sus ojos. Y lanzaba a continuación su mirada suplicante.

Esta mirada devolvía a Mina un pálido recuerdo del antiguo afecto. Solo esta mirada era verdad. Todo lo demás del héroe, pura mentira. Su marido resultaba un pobre muchacho, simple y bueno, necesitado de que lo protegiesen. Ella lo defendería, como en la noche de Marsella. ¡Adiós, amor! Solo quedaba en la millonaria un afecto que tenía mucho de maternal.

Los dos, con la pesada tristeza del desengaño, se aburrieron en todas partes, y acortaron su viaje para volver a los Estados Unidos.

Creían adivinarse en los ojos sus respectivos pensamientos.

—Se divorciará apenas lleguemos a Nueva York... Mejor: volveré a dedicarme a la cinematografía.

Pero esto representaba para Gould un suplicio. ¡Separarse de Mina, a la que amaba ahora más que antes, con la ternura de la gratitud y la amargura del remordimiento!...

Ella también pensaba en el divorcio.

—¡Todo mentira!... Tendré que rehacer mi existencia con otro.

Y empezó a pensar en África y en los continuadores de las cacerías de Roosevelt.

Al llegar a Nueva York, los periódicos hablaron de Mina por ser la esposa del célebre Gould. Las amigas seguían envidiándole el «rey de las praderas» y encontraban muy interesante su matrimonio. ¿Era prudente, después de esto, abandonar a su buen mozo, para que lo agarrase otra mujer?...

La vida en intimidad resultaba triste y penosa. El recuerdo de aquella noche se interponía entre los dos. El pobre «rey» conoció una reina que no había sospechado nunca: injusta, rencorosa, sarcástica, propensa a encontrar malo todo lo de su marido.

Una mañana, a la hora del *breakfast*, por una discusión insignificante, la misma mano que había disparado varios tiros en el Puerto Viejo de Marsella agarró un plato y lo arrojó contra la cara del hombre célebre. La porcelana se hizo pedazos, hiriéndole. Lionel se limpió la sangre de una mejilla, y luego miró a su esposa con aquellos ojos de niño abandonado e implorante.

—¡Oh, mi rey! —gritó ella, refugiándose en sus brazos—. ¡Pobrecito mío!... Perdóname; soy una loca. No te abandonaré nunca.

Y durante todo el día, Gould conoció la más amorosa y sumisa de las mujeres.

Desde entonces la vida de los dos se desarrolló con violentas alternativas: primeramente discusiones buscadas por ella, que terminaban con golpes, y luego, tras la mirada implorante del esposo, la feliz reconciliación. Hasta le permitió que volviese al arte cinematográfico, siendo protagonista de varios *films*, cuyos argumentos se hacía relatar ella anticipadamente. Su Lionel solo debía aparecer en el círculo luminoso realizando hazañas nunca vistas.

Jamás había hablado con tanto entusiasmo de su esposo. Lo mismo en presencia de él que estando a solas con sus amigas, hacía elogios del héroe, ensalzando su fuerza irresistible, su valor temerario.

Lionel Gould era siempre el mismo. Estaba orgullosa de llevar su nombre.

Después de esto sonreía con verdadera satisfacción, halagada por orgullosos pensamientos que nadie podía adivinar.

Sí; su marido continuaba siendo el invencible, el único, «El rey de las praderas», y con esto quedaba dicho todo.

Pero ella, en su casa, le pegaba al «rey de las praderas».

Noche serbia

I

Las once de la noche. Es el momento en que cierran sus puertas los teatros de París. Media hora antes, cafés y *restaurants* han echado igualmente su público a la calle.

Nuestro grupo queda indeciso en una acera del bulevar, mientras se desliza en la penumbra la muchedumbre que sale de los espectáculos. Los faroles, escasos y encapuchados, derraman una luz fúnebre, rápidamente absorbida por la sombra. El cielo negro, con parpadeos de fulgor sideral, atrae las miradas inquietas. Antes, la noche solo tenía estrellas; ahora puede ofrecer de pronto teatrales mangas de luz en cuyo extremo amarillea el zepelín como un cigarro de ámbar.

Sentimos el deseo de prolongar nuestra velada. Somos cuatro: un escritor francés, dos capitanes serbios y yo. ¿Adonde ir en este París oscuro, que tiene cerradas todas sus puertas?... Uno de los serbios nos habla del *bar* de cierto hotel elegante, que continúa abierto para los huéspedes del establecimiento. Todos los oficiales que quieren trasnochar se deslizan en él como si fuesen de la casa. Es un secreto que se comunican los hermanos de armas de diversas naciones cuando pasan unos días en París.

Entramos cautelosamente en el salón, profusamente iluminado. El tránsito es brusco de la calle oscura a este *hall*, que parece el interior de un enorme fanal, con sus innumerables espejos reflejando racimos de ampollas eléctricas. Creemos haber saltado en el tiempo, cayendo dos años atrás. Mujeres elegantes y pintadas, champaña, violines que gimen las notas de una danza de negros con el temblor sentimental de las romanzas desgarradoras. Es un espectáculo de antes de la guerra. Pero en la concurrencia masculina no se ve un solo frac.

Todos los hombres llevan uniformes —oficiales franceses, belgas, ingleses, rusos, serbios—, y estos uniformes son polvorientos y sombríos. Los violines los tocan unos militares británicos, que contestan con sonrisas de brillante marfil a los aplausos y aclamaciones del público. Sustituyen a los antiguos ziganos de casaca roja. Las mujeres señalan a uno de ellos, repitiéndose el nombre del padre, lord célebre por su nobleza y sus millones. «Gocemos locamente, hermanos, que mañana hemos de morir.»

Y todos estos hombres, que han colgado su vida como ofrenda en el altar de la diosa pálida, beben la existencia a grandes tragos, ríen, copean, cantan y besan con el entusiasmo exasperado de los marinos que pasan una noche en tierra y al romper el alba deben volver al encuentro de la tempestad.

II

Los dos serbios son jóvenes y parecen satisfechos de que las aventuras de su patria les hayan arrastrado hasta París, ciudad de ensueño que tantas veces ocupó su pensamiento en la bárbara monotonía de una guarnición del interior.

Ambos «saben relatar», habilidad ordinaria en un país donde casi todos son poetas. Lamartine, al recorrer hace tres cuartos de siglo la Serbia feudataria de los turcos, quedó asombrado de la importancia de la poesía en este pueblo de pastores y guerreros. Como muy pocos conocían el abecedario, emplearon el verso para guardar más estrechamente las ideas de su memoria. Los «guzleros» fueron los historiadores nacionales, y todos prolongaron la *Ilíada* serbia improvisando nuevos cantos.

Mientras beben champaña, los dos capitanes evocan las miserias de su retirada hace unos meses; la lucha con el hambre y el frío; las batallas en la nieve, uno contra diez; el éxodo de las multitudes, personas y animales en pavorosa confusión, al mismo tiempo que a la cola de la columna crepitan incesantemente fusiles y ametralladoras; los pueblos que arden; los heridos y rezagados aullando entre llamas; las mujeres con el vientre abierto, viendo en su agonía una espiral de cuervos que descienden ávidos; la marcha del octogenario rey Pedro, sin más apoyo que una rama nudosa, agarrotado por el reumatismo, y continuando su calvario a través de los blancos desfiladeros, encorvado, silencioso, desafiando al destino como un monarca shakesperiano.

Examino a mis dos serbios mientras hablan. Son mocetones carnosos, esbeltos, duros, con la nariz extremadamente aguileña, un verdadero pico de ave de combate. Llevan erguidos bigotes. Por debajo de la gorra, que tiene la forma de una casita con doble tejado de vertiente interior, se escapa una media melena de peluquero heroico. Son el hombre ideal, el «artista», tal como lo veían las señoritas sentimentales de hace cuarenta años, pero con uniforme color de mostaza y el aire tranquilo y audaz de los que viven en continuo roce con la muerte.

Siguen hablando. Relatan cosas ocurridas hace unos meses, y parece que recitan las remotas hazañas de Marko Kralievitch, el Cid serbio, que peleaba con las *wilas*, vampiros de los bosques, armadas de una serpiente a guisa de lanza. Estos hombres que evocan sus recuerdos en un *bar* de París han vivido hace unas semanas la existencia bárbara e implacable de la humanidad en su más cruel infancia.

El amigo francés se ha marchado. Uno de los capitanes interrumpe su relato para lanzar ojeadas a una mesa próxima. Le interesan, sin duda, dos pupilas circundadas de negro que se fijan en él, entre el ala de un gran sombrero empenachado y la pluma sedosa de un boa blanco. Al fin, con irresistible atracción, se traslada de nuestra mesa a la otra. Poco después desaparece, y con él se borran el sombrero y el boa.

Me veo a solas con el capitán más joven, que es el que menos ha hablado. Bebe; mira el reloj que está sobre el mostrador. Vuelve a beber. Me examina un momento con esa mirada que precede siempre a una confidencia grave. Adivino su necesidad de comunicar algo penoso que le atormenta la memoria con una gravitación de suplicio. Mira otra vez el reloj. La una.

—Fue a esta misma hora —dice sin preámbulo, saltando del pensamiento a la palabra para continuar un monólogo mudo—. Hoy hace cuatro meses.

Y mientras él sigue hablando, yo veo la noche oscura, el valle cubierto de nieve, las montañas blancas, de las que emergen hayas y pinos sacudiendo al viento las vedijas algodonadas de su ramaje. Veo también las ruinas de un caserío, y en estas ruinas el extremo de la retaguardia de una división serbia que se retira hacia la costa del Adriático.

III

Mi amigo manda el extremo de esta retaguardia, una masa de hombres que fue una compañía y ahora es una muchedumbre. A la unidad militar se han adherido campesinos embrutecidos por la persecución y la desgracia, que se mueven como autómatas y a los que hay que arrear a golpes; mujeres que aúllan arrastrando rosarios de pequeñuelos; otras mujeres, morenas, altas y huesudas, que callan con trágico silencio, e inclinándose sobre los muertos les toman el fusil y la cartuchera.

La sombra se colora con la pincelada roja y fugaz del disparo surgiendo de las ruinas. De las profundidades lóbregas contestan otros fulgores mortales. En el ambiente negro zumban los proyectiles, invisibles insectos de la noche.

Al amanecer será el ataque arrollador, irresistible. Ignoran quién es el enemigo que se va amasando en la sombra. ¿Alemanes, austríacos, búlgaros, turcos?... ¡Son tantos contra ellos!

—Debíamos retroceder —continúa el serbio—, abandonando lo que nos estorbase. Necesitábamos ganar la montaña antes de que viniese el día.

Los largos cordones de mujeres, niños y viejos se habían sumido ya en la noche, revueltos con las bestias portadoras de fardos. Solo quedaban en la aldea los hombres útiles, que hacían fuego al amparo de los escombros. Una parte de ellos emprendió a su vez la retirada. De pronto, el capitán sufrió la angustia de un mal recuerdo.

—¡Los heridos! ¿Qué hacer de ellos?...

En un granero de techo agujereado, tendidos en la paja, había más de cincuenta cuerpos humanos sumidos en doloroso sopor o revolviéndose entre lamentos. Eran heridos de los días anteriores que habían logrado arrastrarse hasta allí; heridos de la misma noche, que restañaban la sangre fresca con vendajes improvisados; mujeres alcanzadas por las salpicaduras del combate.

El capitán entró en este refugio, que olía a carne descompuesta, sangre seca, ropas sucias y alientos agrios. A sus primeras palabras, todos los que conservaban alguna energía se agitaron bajo la luz humosa del único farol. Cesaron los quejidos. Se hizo un silencio de sorpresa, de pavor, como si estos moribundos pudiesen temer algo más grave que la muerte.

Al oír que iban a quedar abandonados a la clemencia del enemigo, todos intentaron un movimiento para incorporarse; pero los más volvieron a caer.

Un coro de súplicas desesperadas, de ruegos dolorosos, llegó hasta el capitán y los soldados que le seguían...

—¡Hermanos, no nos dejéis!... ¡Hermanos, por Jesús!

Luego reconocieron lentamente la necesidad del abandono, aceptando su suerte con resignación. ¿Pero caer en manos de los adversarios? ¿Quedar a merced del búlgaro o el turco, enemigos de largos siglos?... Los ojos completaron lo que las bocas no se atrevían a proferir. Ser serbio equivale a una maldición cuando se cae prisionero. Muchos que estaban próximos a morir temblaban ante la idea de perder su libertad.

La venganza balcánica es algo más temible que la muerte.

—¡Hermano!... ¡hermano!...

El capitán, adivinando los deseos ocultos en estas súplicas, evitaba el mirarles.

—¿Lo queréis? —preguntó varias veces.

Todos movieron la cabeza afirmativamente. Ya que era preciso este abandono, no debía alejarse la retaguardia dejando a sus espaldas un serbio con vida.

¿No hubiera suplicado el capitán lo mismo al verse en idéntica situación?...

La retirada, con sus dificultades de aprovisionamiento, hacía escasear las municiones. Los combatientes guardaban avaramente sus cartuchos.

El capitán desenvainó el sable. Algunos soldados habían empezado ya el trabajo empleando las bayonetas, pero su labor era torpe, desmañada, ruidosa: cuchilladas a ciegas, agonías interminables, arroyos de sangre. Todos los heridos se arrastraban hacia el capitán, atraídos por su categoría, que representaba un honor, y admirados de su hábil prontitud.

—¡A mí, hermano!... ¡A mí!

Teniendo hacia fuera el filo del sable, los hería con la punta en el cuello, buscando partir la yugular del primer golpe.

—¡Tac!... ¡tac!... —marcaba el capitán, evocando ante mí esta escena de horror.

Acudían arrastrándose sobre manos y pies; surgían como larvas de las sombras de los rincones; se apelotonaban contra sus piernas. Él había intentado volver la cara para no presenciar su obra; los ojos se le llenaban de lágrimas... Pero este desfallecimiento solo servía para herir torpemente, repitiendo los golpes y prolongando el dolor. ¡Serenidad! ¡Mano fuerte y corazón duro!... ¡Tac!... ¡tac!...

—¡Hermano, a mí!... ¡A mí!

Se disputaban el sitio, como si temieran la llegada del enemigo antes de que el fraternal sacrificador finalizase su tarea. Habían aprendido instintivamente la postura favorable. Ladeaban la cabeza para que el cuello en tensión ofreciese la arteria rígida y visible a la picadura mortal. «¡Hermano, a mí!» Y expeliendo un caño de sangre se recostaban sobre los otros cuerpos, que iban vaciándose lo mismo que odres rojos.

El *bar* empieza a despoblarse. Salen mujeres apoyadas en brazos con galones, dejando detrás de ellas una estela de perfumes y polvos de arroz. Los violines de los ingleses lanzan sus últimos lamentos, entre risas de alegría infantil.

El serbio tiene en la mano un pequeño cuchillo sucio de crema, y con el gesto de un hombre que no puede olvidar, que no olvidará, nunca, sigue golpeando maquinalmente la mesa... *¡Tac!*... *¡tac!*...

Las plumas del caburé

I

Morales iba a seguir disparando su máuser, pero Jaramillo, que estaba, como él, con una rodilla en tierra y la cara apoyada en la culata del fusil, le dijo a gritos, para dominar con su voz el estruendo de las descargas:

—Es inútil que tires; no lo matarás. Ese hombre tiene un *payé* de gran poder.

Habían desembarcado, cerca de medianoche, en el muelle de la ciudad. Dos vaporcitos los habían transbordado de la otra orilla del río Paraná. Eran poco más de cien hombres, reclutados en el Paraguay o en la gobernación del Chaco, casi todos ellos hijos del Estado de Corrientes, que andaban errantes, fuera de su país, por aventuras políticas o de amor. Mezclados con estos rebeldes autóctonos iban unos cuantos hombres de acción, amadores del peligro por el peligro, que se trasladaban de una a otra de las provincias excéntricas de la Argentina, allí donde era posible que surgiesen revoluciones.

Confiando en la audacia inverosímil que representaba este golpe de mano, en la sorpresa que iban a sufrir los adversarios, avanzaron por las calles como por un terreno conocido, dirigiéndose al cuartel de la policía. Los vecinos que tomaban el fresco ante sus casas saltaban de las sillas y desaparecían, adivinando lo que significaba este rápido avance de hombres armados.

Cuando los invasores llegaron frente al cuartel, vieron cómo se cerraban sus puertas y cómo salían de sus ventanas los primeros fogonazos. ¡Golpe errado! Pero nadie pensó en huir. Porque la sorpresa fracasase, no iban a privarse del gusto de seguir cambiando tiros con los aborrecidos contrarios.

—¡Viva el doctor Sepúlveda! ¡Abajo el gobierno usurpador!

Y repartidos en grupos ocuparon todas las bocacalles que daban a la plaza, disparando contra el cuartel.

Un hombre gordo y oscuro de color, oficial de la policía, se mostraba en una de las ventanas con una tranquilidad asombrosa. Extendiendo un brazo, disparaba su revólver contra los rebeldes:

—¡Canallas! ¡Hijos de... tal! ¡Perros!

Luego, sacando otro brazo, disparaba el segundo revólver, se metía adentro para cargar sus armas y volvía a aparecer.

La mayor parte de los asaltantes parecieron olvidar el motivo político que los había traído hasta allí. Ya no pensaban en el «gobierno usurpador» ni en asaltar el cuartel. Toda su atención la concentraron en aquel hombre que seguía insultándoles sin tomar precauciones. Llovían las balas en torno de su persona, pero ni una sola lograba tocarle.

—No gastes tus cartuchos, hermano —continuó Jaramillo, con una expresión fatalista—. Ese hombre posee un talismán, un *payé* que le hace invulnerable como el diablo... ¿Quién sabe si lleva en el pecho alguna pluma de caburé?

Morales cesó de disparar. Tenía una ciega confianza en la sabiduría de su compañero. Además, conocía desde su niñez el poder de una pluma de caburé.

—¡Viva el partido blanco! ¡Abajo Sepúlveda! ¡Mueran los colorados!

Era el refuerzo enemigo que llegaba. Sonaron nuevos tiros en el fondo de las calles. Pasada la primera sorpresa, acudían las otras fuerzas del gobierno en socorro del cuartel.

—Esto se acabó. Hay que retirarse —dijo Jaramillo.

Los dos camaradas corrieron hacia el muelle, doblando el cuerpo para hacerse más pequeños ante las balas con que los perseguía el enemigo. Otros siguieron defendiéndose rudamente a sus espaldas.

Llegaron al puerto a tiempo para ver cómo uno de los vaporcitos huía río arriba, perdiéndose en la noche, y cómo el otro empezaba a apartarse del muelle de madera. Esto no extrañó a Jaramillo.

—¡Qué puede esperarse de extranjeros, de *gringos* que carecen de fervor político y no son del partido!... Es natural, tratándose de dos capitanes genoveses.

Pero él y Morales, con su agilidad de hijos de la selva, saltaron en el vacío negro, cayendo precisamente sobre el borde de la cubierta fugitiva. Unos milímetros menos, y se perdían en el agua lóbrega poblada de caimanes... ¡Que Dios protegiese a los valientes que se quedaban en tierra!

Cuando las luces del puerto empezaron a borrarse en la oscuridad, Jaramillo, considerándose seguro, empezó a formular sus protestas.

74

—¿A quién se le ocurre hacer revoluciones a medianoche?... Es la peor de las horas, cuando todo el mundo vive y está despierto. Eso podrá ser en los países donde hace frío y la gente se acuesta temprano, ¿pero aquí?... Aquí, la hora mejor para la revolución es la una de la tarde.

Todos los oyentes aprobaron con gestos silenciosos. Desembarcando a la hora de la siesta, habrían entrado por las calles sin que nadie los viese, lo mismo que a través de una ciudad muerta; habrían sorprendido el cuartel, matando a la guardia, que seguramente estaría tendida a la sombra y roncando.

—Es una locura —continuó Jaramillo— intentar ataques de noche en un país como el nuestro. No hay mas que acordarse de lo que pasa en la selva.

Como todos eran hijos de la selva, persistieron en sus muestras de aprobación. Durante las horas de Sol y de calor era cuando la selva dormía, sin un estremecimiento, sin un latido, con una calma de tumba. Luego, al morir la tarde, despertaba la vida; los insectos empezaban a zumbar, los pájaros sacudían sus alas, los cuadrúpedos estiraban sus patas, y en la sombra todos se agitaban para ofender o para defenderse, para devorar o ser devorados. La vida renacía con el fresco de la noche, reanudando sus aventuras y sus tragedias.

Morales admiró una vez más la sabiduría de su amigo. Era hijo de un brujo y había heredado muchos de los secretos paternales.

A veces, esta vida nocturna de la selva se paralizaba con una larga pausa de angustioso silencio.

Era porque rondaba cerca el jaguar, el tigre americano, de piel pintada a redondeles, al que los indios guaraníes, en su lenguaje, apodan «el Señor».

Otras veces, el silencio tenía un motivo más claro y determinado. Un grito estridente rasgaba la lobreguez, un alarido feroz, que hacía estremecer a los que lo escuchaban. Este grito inmenso salía de la garganta de un pájaro poco más grande que el puño, una especie de mochuelo del tamaño de un pichón de cría. Todas las bestias, las que vuelan, las que corren y las que se arrastran, se echaban a temblar cuando oían este alarido.

Morales no había logrado ver nunca al pájaro diminuto, soberano de la selva, pero lo conocía de fama desde su niñez.

Tenía por armas su pico, un terrible pico fuerte como el acero mejor templado, y una infernal mala intención. Allí donde clavaba su arma abría orificio, y el golpe iba dirigido siempre a la cabeza del adversario, devorando inmediatamente su cerebro al descubierto. No había cráneo que pudiera resistir a sus perseverantes picotazos, iguales a golpes de barreno. Atacaba al toro, al tigre, al caimán, blindado de planchas duras como un navío de guerra.

Este volátil pequeño y de malicia diabólica era el caburé.

II

Morales y Jaramillo debían tal vez sus apellidos y la poca sangre europea que corría por sus venas a dos conquistadores españoles llegados al país siglos antes; pero en realidad eran dos mestizos guaraníes, pequeños, ágiles, débiles de miembros aparentemente, y con una resistencia asombrosa para la fatiga y las privaciones.

Unidos por una amistad fraternal, se presentaban juntos a buscar trabajo en las cortas de árboles, en las explotaciones de hierba *mate* o en los desmontes de un ferrocarril que estaban construyendo los *gringos*.

Trabajaban con verdadero furor, como si se peleasen a muerte con un enemigo. Los capataces recién llegados de Europa parecían asombrados. ¿Y aún dicen que los indios son perezosos?... Pero al cobrar el jornal de la semana desaparecían, y sus protectores y admiradores los esperaban en vano todo el lunes siguiente. Solo cuando quedaba consumido el último centavo en las tabernas donde hay acordeón y baile, pensaban en reanudar el maldecido trabajo.

Las beldades cobrizas, descalzas, de gruesa trenza entre los omoplatos y falda blanca o de color rosa, se asomaban a las puertas de sus ranchos para verlos pasar. Llevaban el calzón claro sujeto al tobillo por ligas de piel, los pies metidos en danzantes babuchas, un poncho avellanado cubriendo el busto, y un pañuelo rojo en el cuello. Este último era para ellos el detalle más precioso de su indumentaria. Podrían ir rotos y con las carnes más secretas al aire, pero sin un pañuelo rojo, ¡nunca! Era la señal del partido, el símbolo de los «colorados», así como los otros, los adversarios, llevaban siempre en el cuello un pañuelo blanco.

Los dos traían bajo el brazo sus espadas; no espadas viejas y con agarrador de madera, como los pobretones, sino con empuñadura de coruscante dorado y vaina de cuero, iguales a las que usaban los guardias municipales de la ciudad. De sus remotos ascendientes de la conquista les quedaba un amor irresistible a la espada. Las armas de fuego eran buenas para las revoluciones. Las querellas de amor y de bebida debían ventilarse, tizona en mano, a espaldas de la taberna.

Con el enfundado acero bajo el brazo, envueltos en su poncho y levantada el ala del fieltro sobre la frente, parecían dos caricaturas de los hidalgos de capa y espada, sus legítimos abuelos.

Cuando la policía visitaba los bailes indígenas, ocultaban ellos sus armas metiéndoselas en la faja, a lo largo del calzoncillo, lo que les obligaba a continuar la danza con una pierna rígida, lo mismo que si estuviesen paralíticos.

Un día, en uno de estos bailes, Morales, que era el menos listo de los dos pero el más dispuesto a la pelea, metió su espada por el vientre de cierto individuo que se empeñaba en danzar con la misma moza que él, echándole las tripas afuera.

—Aquí no ha pasado nada. ¡Siga la fiesta!

Se llevaron al muerto. Su familia se encargaría de levantarle una capillita al borde del camino y de ponerle cirios todas las noches. Un simple incidente; algo que se ve todos los días.

Pero la policía entrometida no quiso aceptar el suceso con la misma calma que la gente, y prendió a Morales.

—Una venganza política —dijo éste al entrar en la cárcel—. Bien se ve que mandan los usurpadores. ¡Como soy colorado!...

Al registrarlo en presencia del juez, encontraron que debajo de sus ropas llevaba el cuerpo cubierto de plumas de avestruz. Jaramillo hacía lo mismo. Era un secreto de su padre el brujo; el mejor medio para vencer en agilidad a los enemigos.

Le dio rabia ver cómo reía el juez ante tal descubrimiento. Todos los abogados jóvenes, que habían estudiado en Buenos Airea y despreciaban a los nativos, eran unos ignorantes.

—A no ser por estas plumas, doctor —dijo Morales—, el difunto tal vez me habría matado. Mire cómo fui yo el más ligero y le clavé por el vientre.

Le quitaron las plumas, le quitaron la espada, e iban a quitarle la libertad durante un buen número de años, por ser el muerto de los del pañuelo blanco, cuando Morales se escapó de la penitenciaría, refugiándose en el Paraguay, cuya frontera solo está a dos horas de distancia.

Jaramillo, que andaba desorientado durante su ausencia, quiso seguirle, y para justificar la fuga y no ser menos que su amigo, mató a otro «pañuelo blanco» antes de pasar a la vecina nación.

Trabajaron en los llamados «hierbales» donde se cosecha el *mate*, té del país puesto de moda por los jesuitas en otros tiempos, cuando gobernaban la República teocrática de las Misiones, fundada por ellos entre el Brasil, el Paraguay y la Argentina.

Deseosos de volver a su patria, los dos interrumpieron su trabajo repetidas veces para tomar parte en las intentonas revolucionarias del partido. El grande hombre de los «colorados», el doctor Sepúlveda, vivía tranquilamente en Buenos Aires, esperando el momento de regenerar su provincia. Mientras tanto, los partidarios del doctor hacían toda clase de esfuerzos para lograr su triunfo: revoluciones de día, revoluciones de noche; sublevaciones en la ciudad, sublevaciones en el campo.

La gente de Buenos Aires apenas prestaba atención a estas hazañas y revueltas en la lejanísima provincia. ¡La Argentina es tan grande! Además, todo esto ocurría en un extremo del país, vecino al Brasil y al Paraguay; en una tierra que es argentina políticamente, pero por la raza es más bien paraguaya, y cuyos habitantes hablan generalmente el guaraní.

Después del sangriento fracaso de aquella intentona nocturna, los dos volvieron a trabajar en el Paraguay, en la recolección del *mate*. Ellos eran los más inmediatos consumidores, pues sentados al borde del gran río en las horas de descanso, chupaban incesantemente el canuto hundido en la pequeña calabaza rellena de hierba olorosa y de agua caliente que sostenían en una mano.

Hablaban de la tierra natal con voz lenta y entornando los ojos, como si fueran a dormirse. Algunas veces, la conversación recaía sobre Jaramillo padre y su prodigiosa ciencia.

—Yo le vi —decía Morales con respeto— curar a los enfermos en menos que se reza un credo. Les chupaba la parte enferma o ponía la boca en su boca, aspirando su aliento. Luego escupía un gusano, una piedra, una culebra pequeña o una araña. Era la enfermedad que acababa de sacarles del cuerpo... Algunos se morían; pero era porque les faltaba paciencia para esperar la curación y llamaban al médico.

—El mejor de sus secretos —insinuaba Jaramillo— es el que cura la mordedura de las víboras. Me lo reveló poco antes de morir. Vale más que una herencia de muchas talegas de onzas de oro.

—Dímelo, hermano —suplicaba Morales.

Su amigo parecía sobresaltarse.

—No lo esperes. Únicamente se puede revelar el secreto el día de Viernes Santo. Si lo cuento otro día, perderé mi poder curativo hasta el Viernes Santo del año siguiente.

Pero Morales empezó a importunar a su compañero con una tenacidad infantil durante semanas y semanas. Se acordaba de haber visto operar a Jaramillo padre cierto día que un vecino había regresado a su rancho con el brazo hinchado y negro por la mordedura de una serpiente. El brujo le había puesto unos remedios enérgicos sobre la herida, murmurando luego una invocación misteriosa sobre el reptil, muerto de un garrotazo.

—Tú no eres un buen compañero —decía Morales con tristeza—. Yo te miro como mi única familia, y tú guardas secretos conmigo.

Jaramillo no quería quedarse desarmado por su indiscreción. ¿Y si le mordía a Morales uno de estos bichos venenosos al andar descalzo por los hierbales?...

—No hay miedo —decía el otro—. Acuérdate que me diste unas ligas de piel de anta, y las víboras huyen de mis pies al percibir el olor de este cuero.

Al fin, una tarde, Jaramillo hizo un esfuerzo, sacrificándose por la amistad.

—Ya que lo quieres...

Y cerrando los ojos le reveló el gran secreto. No había mas que inclinarse sobre la serpiente muerta y decirle en voz baja: «No eres víbora, que eres grillo».

Inmediatamente el veneno perdía su poder ponzoñoso dentro del cuerpo de la víctima.

—¿Nada más? —preguntó Morales con visible decepción—. ¿Eso es todo?

Eso era todo. Pero las palabras había que decirlas en guaraní. Las serpientes, por ser del país, no pueden entender el español, lengua de Buenos Aires.

—Y ahora —terminó con melancolía Jaramillo— tendré que esperar hasta, el próximo Viernes Santo.

De pronto empezó a hacer frecuentes viajes a Asunción, la capital del Paraguay. Su amigo, alarmado por estas ausencias, le obligó a confesar la causa.

—Lo he visto —dijo Jaramillo misteriosamente.

Aunque no dio el nombre de lo que había visto, bastó el tono de su voz para que Morales adivinase a quién se refería.

Era el caburé. No podía ser otro. Los dos hablaban con frecuencia de él. ¡Quién tuviera una pluma de caburé, para ser invulnerable y por lo mismo el hombre más valeroso de la tierra!... Hasta el mismo Jaramillo padre, con toda su sabiduría, no había conseguido ver nunca un caburé en sus manos. Era muy difícil apoderarse de él. Por esto repitió el hijo, con una expresión de orgullo:

—Lo he visto: como te veo a ti.

Su poseedor era un *gringo* que vivía en Asunción sin más objeto que estudiar los animales y las plantas del país; un doctor alemán, gordo, rubicundo, de gafas doradas, muy amigo de bromear con las gentes simples del campo, para sonsacarles noticias. En el patio de su casa, que era tan grande como un claustro de convento, tenía numerosos pájaros y cuadrúpedos, y en mitad de él, ocupando una jaula especial, como rey de esta pequeño e inquieto mundo, al que podía hacer enmudecer con solo un grito, estaba el caburé.

Al encontrar el doctor varias veces a Jaramillo inmóvil en la puerta de su casa, mirando desde el otro lado de la cancela al famoso pájaro, le había hecho pasar para mostrárselo de cerca.

—¡Qué joya! ¿eh?... —decía con orgullo—. Me cuesta más oro que pesa. Es una verdadera casualidad tener uno vivo.

Pero daba por bien empleados sus sacrificios pensando en el volumen de ochocientas páginas que iba a escribir, para Berlín, sobre el caburé y sus costumbres, libro que le valdría el premio de varias Academias.

80

A los dos amigos se les ocurrió lo mismo: robar la prodigiosa bestia o llevarse cuando menos algunas de sus plumas.

El golpe solo podía darse a la hora de la siesta. Jaramillo amaba esta hora como la más segura. Morales se quedaría en la calle para auxiliar a su compañero. ¿Quién puede adivinar lo futuro? Tal vez gritase el alemán, y fuese preciso matarlo. ¡Una vida menos significa tan poco!...

Entró Jaramillo en la casa saltando la tapia del patio trasero. Luego se deslizó, con los pies descalzos, por los frescos corredores, sin producir ruido alguno. Al pasar junto a una puerta oyó ronquidos. El alemán, deseoso de amoldarse en todo a las costumbres del país, dormía la siesta.

El mestizo salió al patio grande, deteniéndose frente a la jaula del centro, rodeada de arbustos con flores enormes, rojas y de cinco puntas, llamadas «estrella federal».

Allí estaba la célebre bestia: una especie de mochuelo diminuto, de pico breve y encorvado. Se miraron fijamente, lo mismo que si fuesen a entablar un combate. Los ojos redondos del animal, unos ojos de oro con una cuenta negra en el centro, contemplaron al hombre ferozmente. Luego parpadearon, como vencidos por la mirada humana.

Jaramillo no quiso perder tiempo. Con una contorsión de muñeca arrancó el candado de la jaula. Luego avanzó la diestra audazmente, y a pesar de su deseo de mantenerse silencioso, lanzó un rugido.

—¡Ah, pájaro del diablo!...

Tenía un dedo atravesado de parte a parte. No era un picotazo; era una puñalada. Un berbiquí ardiente acababa de perforarle la carne y el hueso.

Sobreponiéndose al dolor, cerró la mano ensangrentada para aprisionar a su enemigo. Deseaba ahogarlo y al mismo tiempo no quería oprimirle de una manera mortal, pues la pluma del caburé solo conserva sus milagrosas cualidades cuando ha sido arrancada estando la bestia viva.

Con la otra mano libre le despojó de las plumas de atrás, y el animal lanzó un alarido al mismo tiempo que repetía su picotazo.

El grito espeluznante fue seguido de un profundo silencio. Los animales del patio callaron medrosos, ocultándose en lo más profundo de sus viviendas. Pareció que se inmovilizaba la vida en todo el barrio.

A impulsos del dolor, el mestizo había arrojado al caburé contra el suelo de la jaula, huyendo luego hacia la calle. El pájaro, viendo la jaula abierta, saltó fuera de ella como si pretendiese perseguir a su enemigo; pero después torció de rumbo, subiéndose al alero del tejado para desaparecer finalmente.

Jaramillo descorrió el cerrojo de la cancela, saliendo a la calle. Allí le esperaba su fiel Morales. No llevaba espada —esta expedición era de las de arma corta—; pero tenía la mano puesta por debajo del poncho en el puño de una faca, por lo que pudiera ocurrir.

—¿Qué es eso, hermano? —preguntó al ver la diestra ensangrentada de su compañero—. ¿Quién te ha herido?

El otro levantó los hombros con indiferencia, limitándose a mostrarle tres plumas pequeñas que llevaba entre los dedos.

Desde aquella tarde cambió radicalmente la vida de los dos. Jaramillo tuvo que ir en busca de un curandero amigo de su padre. Su dedo herido se había puesto negro, y era preciso cortarlo para que la podredumbre venenosa no le llegase al corazón. El mago indígena afiló en una piedra el mismo cuchillo de que se servía para rascarle el barro a su caballejo y para partir el pan. La amputación fue dolorosa; pero a Jaramillo le bastaba mirar la bolsita que llevaba pendiente sobre el pecho, con las plumas del caburé dentro, para recobrar su valor. Bien podía sufrirse un poco a cambio de tan poderoso talismán.

Morales estaba triste y hablaba con timidez, como el que desea hacer una petición y no se atreve, midiendo su importancia. Al fin se decidió.

—Hermano, ¿si me dieses una de las plumas?... Piensa que siempre nos lo hemos partido todo, como si fuésemos de la misma madre. Tú tienes tres plumas; ¿qué te cuesta regalarme una? Serás igualmente poderoso con dos. Basta una sola para que nadie pueda herirte.

Pero aunque Jaramillo no había frecuentado la escuela, sabía que tres son más que dos, y estaba seguro de que, conservando las tres plumas, su poder resultaría más grande. Además, no podía admitir que Morales, luego de conservar sus dedos completos, quisiera igualarse con él. Le gustaba tenerlo bajo el imperio de su superioridad.

Y efectivamente, Morales empezó a sentirse esclavo. Su amigo era ahora otro hombre. Le hacía ejecutar su propio trabajo mientras él descansaba; le exigía su dinero; hasta le quitó una paraguaya de tez blanca y andar arrogante que al principio se había mostrado prendada de él.

«Debo matarlo —empezó a pensar—. Ya no podemos vivir juntos.»

Pero tuvo que repeler inmediatamente este mal pensamiento. Era imposible matar a Jaramillo mientras guardase su talismán, la bolsita con plumas de caburé, que le hacía invulnerable.

Y el déspota, animado por la resignación fatalista de Morales, extremó sus audacias. Un día lo abofeteó porque no le obedecía con rapidez, y al salir indemne de este atrevimiento, repitió a todas horas sus atropellos.

«¿A qué no se atreverá, llevando en el pecho lo que lleva?», se decía Morales con envidia.

Ni los hombres ni las fieras podían inspirar miedo a Jaramillo. En una taberna del campo se batió con cinco paraguayos de los más bravos, resultando ileso y vencedor. Nadaba en el río todos los días, a pesar de que ninguno de los que trabajaban en el hierbal osaba hacerlo, por miedo al «Tatita», o sea al «Abuelo» en la lengua del país.

Este «Abuelo» era un «yacaré», un caimán famoso por su tamaño desde el lugar donde se forma el río de la Plata hasta lo más alto del Paraná. Los viejos del país, que saben adivinar la edad de los caimanes, le atribuían unos cuatrocientos años. Tal vez había visto de pequeño cómo los primeros españoles remontaron el río en sus naves de velas cuadradas con leones y castillos pintados.

—Allá está «el Tatita» —decían los del hierbal.

Y señalaban una especie de tronco rugoso y verde que descansaba en el barro de una isleta cercana, lo mismo que un árbol muerto traído por la corriente.

Como desde la última revolución paraguaya eran abundantes los máusers en los ranchos, empezaba un tiroteo contra la bestia centenaria. Algunos tiradores le marcaban el lomo a balazos. Tarea inútil: los proyectiles levantaban esquirlas de su coraza, pero el enorme lagarto apenas se movía, como si todos estos balazos fuesen para él leves cosquilleos. Si los cazadores se aproximaban, finalmente, en una barca, se dejaba ir perezosamente al fondo del río, levantando una corona de espumas amarillentas.

Morales había nadado de pequeño entre los yacarés, sin gran emoción. Pero eran caimanes tan inexpertos y tiernos como él. Los temibles son los viejos, a los que llaman «cebados» por haber comido carne de hombre. Así que la prueban una vez, quedan aficionados a ella para siempre, ¡y este «Abuelo» llevaba pasadas por su estómago tantas generaciones humanas!...

Siempre que Jaramillo se lanzaba a nadar, Morales, por un recuerdo de su antigua amistad, le hacía la misma recomendación:

—¡Cuidado con «el Tatita»!

El otro se alejaba, braceando alegremente, hacia el centro del río, en busca de las aguas profundas. ¡El cuidado que podía inspirarle un yacaré más viejo que las Américas!...

Un domingo, cuando Morales, sentado en la orilla, terminaba de fumar un cigarro paraguayo, que hacía caer por las comisuras de sus labios dos chorros de zumo negro, Jaramillo se echó al río. Morales, por estar en alto, pudo ver algo oscuro y enorme que se deslizaba entre dos aguas con la velocidad de un torpedo, viniendo en ángulo recto al encuentro del nadador.

—«El Tatita» —se dijo—. Solo puede ser él.

Su camarada agitó los brazos desesperadamente, lanzó un alarido, y a continuación desapareció, como si tirase de él una fuerza irresistible.

Más que el hecho en sí, aturdió y desconcertó a Morales la posibilidad de que pudiese ocurrir. Todas las creencias de su vida temblaron, próximas a derrumbarse. Era para perder la fe.

—No, no es posible; Jaramillo tiene un talismán; Jaramillo no puede morir...

Instintivamente fue hacia el lugar donde el nadador había dejado sus ropas. Una sonrisa de certidumbre, de confianza recobrada, dilató su rostro.

—¡Bien decía yo!...

Sobre las ropas estaba la bolsita, el irresistible *payé*. El muerto se había despojado de él antes de echarse al río, tal vez por distracción, tal vez por algún otro motivo desconocido de Morales.

Éste pensó que existe una Providencia, como aseguran los padres misioneros. Luego se imaginó que tal vez aquel yacaré tan viejo como el río era alguna divinidad misteriosa que se encargaba de vengar a los humildes.

Y sin vacilación se colgó del cuello la bolsita, con el mismo aire de un soberano que se ciñese la corona del mundo.

III

La suerte acudió enseguida a sonreírle.

Triunfaron inesperadamente los «colorados». Ellos, que llevaban hechas tantas revoluciones, volvieron a apoderarse del gobierno del modo más pacífico y prosaico. El doctor Sepúlveda, siempre en Buenos Aires, consiguió que el gobierno federal enviase a su provincia una comisión interventora encargada de examinar los actos administrativos de los enemigos. Esta intervención puso al descubierto cosas censurables —como ocurre siempre en tales casos—, y el resultado fue que los «blancos» tuvieron que abandonar el poder y entraron a gobernar los «colorados».

Volvió Morales a su patria con el orgullo y la aureola de un mártir político. El grande hombre del partido, que era ahora gobernador de la provincia, le estrechó la mano, honor que hizo llorar al mestizo.

—Te conozco, héroe; eres un superviviente de la noche inolvidable. Ya quedan pocos... ¿Qué deseas obtener?...

Morales era de fácil contentamiento. Quería, simplemente, entrar en la Policía. Llevaba muchos años recibiendo golpes de los enemigos, y deseaba, a su vez, darse el gusto de devolverlos.

Sus antiguos amigos lo encontraban en las calles de la ciudad con zapatos —¡un tormento!—, levitilla azul de botones dorados, y un casco inglés, blanco. La espada ya no la llevaba bajo el brazo ni oculta en el pantalón. Le pendía de la cintura, como a los militares, como a todos los que representan el orden y pueden pegar.

Su carrera fue rápida, y al término de ella le salió al encuentro la gloria. No hubo en todo el país un policía más valiente. ¿Qué puede temer un hombre que lleva en el pecho un talismán de plumas de caburé?... Cuando había algo difícil y peligroso que hacer, sus jefes daban siempre la misma orden:

—¡Que llamen a Morales!

En vano los rebeldes a la autoridad sacaban sus pistolas en tabernas y bailes. Antes de que disparasen, el mestizo se las arrebataba de un manotazo. Algunas veces conseguían hacer fuego; pero las balas se limitaban a agujerear su casco o ciertas superfluidades del uniforme, sin tocar nunca su carne. Y él salía de estas pruebas sonriente y tranquilo, como de cosas ordinarias y bien sabidas de antemano.

En cambio, la certeza de ser invulnerable le proporcionaba un gran empuje para la acción. No teniendo que preocuparse de la defensa, concentraba todas sus potencias en el ataque, y no había mano más pronta y ágil que la suya. Si alguien se negaba a obedecerle, veía inmediatamente desdoblarse al mestizo, hasta convertirse en una compañía entera de Morales, todos espada en mano. Recibía un cintarazo por la izquierda, y al volverse encontraba un segundo Morales que le atizaba por la derecha. Luego un tercer Morales le tiraba al cráneo por lo alto, un cuarto lo hacía saltar golpeándole entre las piernas, y así sucesivamente, hasta que pedía misericordia.

Los más valientes de la provincia empezaron a hablar de él con temor, adivinando su secreto.

—Es inútil hacer nada contra su persona. Debe tener un *payé*.

Sus jefes le hubieran hecho oficial, pero no sabía leer. Se limitaron a darle los galones de cabo, y él creyó necesario, para el ornato de su nueva dignidad, dejarse crecer en forma de bigote los contados pelos de su rostro cobrizo.

En los días de gran mercado, las mujeres del campo, que venían a la capital montadas a estilo de hombre en sus caballejos de largo pelaje, admiraban al célebre policía. Le llamaban don Morales, poniendo el *don* ante el apellido, como es de uso en el país. Todas ellas palidecían al ver al héroe, pretendiendo atraerlo con las más dulces miradas de sus ojos oblicuos.

Una mañana, estando de servicio en el Mercado, don Morales se tropezó con cierto *gringo* corpulento, forzudo y rojo, al que había conocido años antes en el Paraguay.

—¡Don Macperson!... ¡Qué sorpresa! ¿Cómo le va?...

Se abrazaron. El policía lo despreciaba, como a todos los extranjeros, pero al mismo tiempo sentía por él una gran admiración.

El desprecio era porque ignoraba el *guaraní* y hablaba mal el español, signos evidentes de inferioridad mental. Además, como todos los *gringos*, tenía los pies enormes y calzaba zapatos que parecían navíos, lo que denuncia un origen ordinario en un país donde los hombres ostentan el pie pequeño y alto de empeine, lo mismo que una dama.

Lo admiraba porque era capaz de pasar un día entero con su noche sin levantarse de la mesa, vaciando botella tras botella. Además, tenía la elocuencia de un predicador cuando ensalzaba las virtudes curativas del *whisky*, remedio infalible para todos los disgustos y todas las enfermedades.

Morales hasta conocía sus manías. Cuando había bebido más de una copa, se irritaba si le llamaban inglés.

—Mí no ser inglés —decía en un español balbuceante—; mí ser escocés.

Llevaba un sinnúmero de años viviendo en la América del Sur. Había sido buscador de esmeraldas en Colombia, minero de plata en el Perú y de estaño en Bolivia, exportador de salitre en Chile, ganadero en Argentina, vendedor de hierba *mate* en Paraguay y borracho consecuente en todas partes. Unas veces se veía patrono, otras modesto empleado; tan pronto daba dinero a los simples conocidos, como solicitaba un préstamo para continuar sus viajes. Ahora —según declaró a Morales desde las primeras palabras— se ocupaba en comprar novillos, como representante de cierta casa del Uruguay que fabricaba carne líquida para los niños y los adultos débiles.

Esta carne líquida le hacía sonreír de lástima. ¡Habiendo *whisky* en la tierra!...

Morales vaciló mirando su propio uniforme. Era una autoridad, y solo podía entrar en las tabernas para imponer respeto. Pero luego se enterneció mirando al *gringo*. ¡Un viejo compañero!...

—Oiga, don Macperson, ¿si fuésemos a tomar una copa?...

Entraron en una taberna del Mercado, y el dueño, en atención a Morales, les puso una mesilla en el fondo del corral. No había *whisky*, pero sacó una ginebra que arrancó elogios al extranjero.

—Beba, Don; beba todo lo que quiera —dijo el policía—. Ya sabe que yo aprecio mucho a los ingleses, y ahora que soy alguien en mi país...

—Mí no ser inglés; mí ser escocés.

Recordó Morales la manía de su amigo. Muy bien; él apreciaba también mucho a los escoceses. Y después de esto, como si solicitase la admiración del *gringo*, habló de sus hazañas y del respeto medroso con que le miraban todos.

—Lo sé, lo sé —dijo el extranjero.

Había oído hablar mucho del cabo don Morales, y su asombro era sincero, aunque algo molesto para el héroe. No podía comprender que este mozo pequeño, enjuto y enclenque en apariencia inspirase miedo a nadie. Lo contempló con una curiosidad algo irónica desde la altura de su corpulencia; le acarició los brazos con sus manazas, sonriendo al encontrar inmediatamente el hueso bajo los músculos nervudos pero delgados.

Un recuerdo surgido repentinamente en su memoria hizo esta sonrisa más insolente aún. Se vio en un hierbal del Paraguay algunos años antes, teniendo una disputa con Morales, que era su peón. El mestizo tiraba de la espada; pero él, de un manotazo, le quitaba la espada, propinándole después unos cuantos puñetazos de boxeador que le dejaban inánime en el suelo.

Por un fenómeno de simpatía mental, Morales evocó al mismo tiempo este recuerdo, pero añadiéndole una segunda parte. Se vio tendido al anochecer en los hierbales, esperando al *gringo*, que después de darle los puñetazos iba a pasar la noche en Asunción. Al tenerle cerca, le disparaba un pistoletazo. Quedaba mal herido el escocés, guardaba cama varias semanas, y luego de restablecerse se iba del país, convencido de que no es prudente tener cuestiones con la gente cobriza.

Se miraron largamente los dos hombres.

—¡Famoso Morales!... ¡Encontrármelo hecho un héroe!...

—¡Este don Macperson! ¿Por qué lo querré tanto?...

Y se estrecharon las manos por encima del tarro de ginebra, que empezaba a estar casi vacío.

Pero ya no se miraban lo mismo que antes. Detrás de sus pupilas persistía el mal recuerdo del pasado.

El policía mostraba empeño en que le admirase el otro. Toda la ginebra descendida a su estómago pareció alborotarse con la sospecha de que el *gringo* no creía en su valor y tenía por mentiras las hazañas que llevaba realizadas.

De su español aprendido en Buenos Aires, prefería el escocés una palabra que siempre había irritado a Morales. Cuando le contaban cosas inverosímiles, levantaba los hombros, diciendo con desprecio:

—¡*Macanas*!... ¡*Todo macanas*!

Adivinó que en el pensamiento del *gringo* estaba resonando incesantemente la misma palabra en aquellos momentos. «¿Las valentías del cabo Morales? ¡*Macanas*! ¡Todo *macanas*!»

El deseo de verse admirado le hizo ser humilde y revelar su secreto.

—Vea, don Escocés. Si soy valiente, reconozco que no hay en ello gran mérito. Aunque quisiera ser cobarde, no podría. Tengo un *payé* poderosísimo: llevo en el pecho tres plumas de caburé. Usted es casi del país; usted sabe lo que es eso. No hay hombre ni fiera que pueda nada contra mí.

—¡*Macanas*!... ¡Todo *macanas*!

Ya había surgido la terrible palabra. El policía empalideció al verse desmentido con un tono de desprecio.

—Pero ¿no le digo que tengo un *payé*?... Mírelo. A usted solo se lo enseño.

Y se desabrochó la levitilla y la camisa, mostrando la pequeña bolsa de cuero sudada y negruzca que pendía sobre su pecho.

—¡*Macanas*!... ¡*Macanas*! —repitió el extranjero, apurando el resto de la botella de barro y empezando otra que acababa de traer el dueño del cafetín.

Irritado Morales, habló de su infortunado camarada Jaramillo, del doctor germánico, del caburé, del caimán «el Abuelo»; contó toda su historia, sin que el otro cambiase de actitud.

El mestizo se puso de pie. Podía el *gringo* dudar de las virtudes de su madre, si gustaba de ello; por eso no dejarían de ser amigos. En realidad, él no estaba seguro de quién había sido su padre. Las gentes del país prescinden con frecuencia del casamiento, por los muchos papelotes, molestias y gastos que exige. ¿Pero dudar de su talismán?... ¿Tener por falsa su historia?...

—Oiga, don Inglés.

El escocés quiso protestar al oír que le llamaban así, paro se quedó con la boca entreabierta por la sorpresa, dándose cuenta de que este error era intencionado y representaba un insulto.

—Oiga, don Inglés. Vamos a hacer una prueba.

Había sacado de un bolsillo de su pantalón una pistola de dos cañones de enorme calibre. Él tenía sus armas a la vista y sus armas ocultas.

Se la ofreció al extranjero; y éste, que también se había puesto de pie con mal gesto, la tomó sin saber lo que hacía.

—Yo puedo matarlo a usted, si quiero, y usted, en cambio, no puede hacerme nada a mí... Pero no abusaré. Prefiero que se convenza por sus propios ojos. A ver si así se le ablanda esa cabezota dura de bruto que tiene... ¡Tire!

Se abrió con ambas manos sus ropas, mostrando el pecho desnudo y la prodigiosa bolsita. Podía el gringo hacer fuego sin cuidado. Se lo decía él con aire de reto.

Macperson, a pesar de su embriaguez, reconoció que la proposición era absurda. Aquel mestizo se había vuelto loco, y en su soberbia confianza hasta parecía burlarse de él.

—Tiene usted miedo de tirar, y hace bien. La bala rebotará sobre mi pecho y puede herirle a usted. Colóquese de modo que no le alcance.

El otro, como si no entendiese estas recomendaciones, se había limitado a poner horizontal la pistola, apuntando al pecho que tenía enfrente.

—¡Mira que tiro! —dijo al fin con tono de amenaza—. Déjate de *macanas*, o tiro.

Se perdió entre los dos todo respeto. Se miraron como enemigos.

—¡Tira, *gringo* del demonio, para que puedas convencerte!... ¡Cuando te digo que tengo un *payé*!...

—¡Mira que hago fuego! —volvió a repetir el otro con voz aún más sombría.

—¡Tira de una vez, hijo de perra!... Tú no eres escocés... Tú eres...

No pudo seguir.

—¡Ya que lo quieres!...

Y el *gringo* apretó los dos gatillos al mismo tiempo.

Una nube blanca se extendió ante sus ojos.

Al disolverse el humo y extinguirse el doble trueno, vio a Morales tendido a sus pies. Tenía los brazos abiertos, el pecho destrozado y una sonrisa helada, de soberbia confianza, de fe inconmovible, que iba a ser el último de sus gestos.

Las vírgenes locas

I

Eran dos hermanas, Berta y Julieta, huérfanas de un diplomático que había hecho desarrollarse su niñez en lejanos países del Extremo Oriente y la América del Sur; dos hermanas libres de toda vigilancia de familia, jóvenes, de escasa renta y numerosas relaciones, que figuraban en todas las fiestas de París. Los tés de la tarde que se convierten en bailes las veían llegar con exacta puntualidad. Una ráfaga alegre parecía seguir el revoloteo de sus faldas.

—Ya están aquí las señoritas de Maxeville.

Y los violines sonaban con más dulzura, las luces adquirían mayor brillo en el crepúsculo invernal, los hombres entornaban los ojos acariciándose el bigote, y algunas matronas corrían instintivamente sus sillas atrás, apartando los ojos como si viesen de pronto, formando montón, todas las perversiones de la época.

Ninguna joven osaba imitar los vestidos audaces, los ademanes excéntricos, las palabras de sentido ambiguo que formaban el encanto picante y perturbador de las dos hermanas. Todos los atrevimientos perturbadores del gran mundo encontraban su apoyo. Habían dado los primeros pasos hacía la gloria bailando el *cake-walk* en los salones, hace muchos años, ¡muchos! cinco o seis cuando menos, en la época remota que la humanidad gustaba aún de tales vejeces. Después apadrinaron la «danza del oso», el tango, la machicha y la furlana.

Su inconsciente regocijo, al ir más allá de los límites permitidos, escandalizaba a las señoras viejas. Luego, hasta las más adustas acababan por perdonarlas. «Unas locas estas Maxeville... ¡Pero tan buenas!»

Todos conocían su existencia en un quinto piso, sin otra servidumbre que una vieja doméstica que hacía oficios de madre, suspirando al recordar las extinguidas grandezas de Su Excelencia el ministro plenipotenciario. Todos se daban cuenta de sus esfuerzos sonrientes y dolorosos para conservar el antiguo rango con una modesta pensión procedente del padre y una corta renta de la madre; sus habilidades taumatúrgicas para mostrarse bien vestidas a poco precio; su adopción de modas audaces, destinadas al fracaso, para ocultar con pretexto de originalidad el escaso valor de su indumentaria.

Las gentes murmuradoras denunciaban sus ocultos convenios con modistas y sombrereras, que les proveían gratis para que propagasen sus invenciones. Pero aquí se detenía la maledicencia. De sus costumbres, de su vida en la casa, ni una palabra. Las rancias familias diplomáticas que habían conocido al ministro jamás tuvieron que amonestarlas por una imprudencia irreparable.

El despecho de los hombres era también un certificado de su honestidad. Corrían hacia ellas, atraídos por su exterior desenvuelto. Se atropellaban unos a otros, como en una empresa fácil donde todo el éxito estriba en llegar antes que los demás. Risas provocativas, ojeadas misteriosas, palabras que parecían de esperanza... Y poco después, uno por uno, los conquistadores desandaban el camino, cabizbajos y encolerizados, como un perro que se imagina encontrar un hueso y rompe sus colmillos en una piedra.

—Unas astutas las pequeñas Maxeville; unas malignas, que, faltas de dote, buscan un marido a su modo.

Los mismos que decían esto habían acabado por designarlas con un mote. Las señoritas de Maxeville fueron en adelante «las vírgenes locas».

Todo resultaba exacto en este apodo, el defecto y la cualidad. Nadie ponía en duda su locura, ni lo otro. Eran como los directores de ciertos Bancos, que charlan en el ventanillo de la caja, sonríen, remueven las llaves, infunden esperanzas, pero no hacen el más pequeño préstamo a crédito, ni el más leve anticipo sobre promesas lejanas.

Las vírgenes locas iban a triunfar finalmente en su desesperada batalla con los hombres. La mayor, Berta, había conquistado la voluntad de un ingeniero ruso, que se mostraba dispuesto a hacerla su esposa. La menor casi había conseguido lo mismo con un oficial joven; solo le quedaba por vencer la resistencia de una madre orgullosa y tradicionalista, que vivía en provincias...

En esto, un trompetazo desgarrador, insolente, brutal, cortó el ambiente de músicas sensuales y danzas voluptuosas con que se adormecían los humanos. Y la gente feliz corrió de un lado a otro, en pavoroso revoltijo, como los pasajeros de un trasatlántico que bailan en los dorados salones, vestidos de etiqueta, y de pronto escuchan, la voz de alarma de un tripulante: «¡Fuego en las bodegas!».

II

El segundo día de la movilización, la gente agolpada en las inmediaciones de la estación del Este las vio llegar vestidas de negro, con un traje sobrio y casi monacal, un pequeño sombrero semejante a una gorra, un bolsito de mano y un paquete con lo más indispensable para la vida: dos camisas, dos pares de medias.

Las vírgenes locas se iban sin ruido, sin frases heroicas, sin dos líneas en los periódicos. Sus relaciones mundanas las habían aprovechado para conseguir rápidamente sus deseos. Marchaban a Verdún, a la frontera, al lugar del peligro, donde todos esperaban que ocurriese el primer choque. Llevaban una carta para los directores del servicio sanitario. Parecían más altas, más robustas, de paso más firme. Su belleza de parisienses a la moda había desaparecido. Eran mujeres iguales a las que lloraban o gritaban de entusiasmo al otro lado de la verja; sin colorete, sin artificios, con el pelo libre de postizos, con las mejillas limpias y los ojos agrandados por una emoción que había venido a sustituir los antiguos retoques del lápiz negro: ojos serenos que miraban al porvenir heroicamente, adivinando la proximidad de la desgracia.

Y se perdieron entre la multitud de hombres uniformados, caballos y cañones. Y su recuerdo se perdió igualmente en la memoria de todos los que una semana antes comentaban sus palabras y gestos. La gente necesitaba pensar en su propia suerte; el peligro no dejaba tiempo para mirar el exterior. ¡Pobres vírgenes locas! ¡Infelices muñecas de París arrebatadas por la tempestad cuando daban vueltas y sonreían con sus bocas pintadas, a los sones de una cajita de música!...

De tarde en tarde, las damas reunidas para hacer tejidos de lana destinados al ejército evocaban su nombre al pasar revista a los muertos y los ausentes. «¿Las pequeñas Maxeville?...» Realizaban proezas a su modo en los hospitales del frente de guerra. Donde ellas estaban, los hombres se morían sonriendo. En algunas ocasiones habían llegado hasta los mismos lugares de combate, oyendo el silbido de los proyectiles. El nombre de la mayor aparecía citado en una orden del día.

Y siempre el mismo comentario final: «Eran buenas. Algo locas, pero de hermoso corazón».

Transcurrió un año de guerra. Un día circuló la noticia de que Berta había muerto, víctima de su abnegación. Poco después ya no la nombraron. ¡Eran tan frecuentes los heroísmos! ¡Desaparecían diariamente tantos nombres conocidos!...

III

Detrás de la línea de combate, en un hospital instalado en un castillo ruinoso, encontré meses después a la última virgen loca.

No la hubiese reconocido. Pasó por una avenida del parque, casi saltando, con la toca revoloteante y moviendo bajo la blanca falda el ágil compás de sus piernas enjutas. Llevaba en las manos pálidas y transparentes un paquete de ropas. Su nariz y sus orejas brillaban con una claridad de vidrio sonrosado bajo la luz del Sol. Parecía un cuerpo diáfano, con la transparencia malsana de la miseria física. Toda la vida se concentraba en sus ojos.

Un médico militar que venía conmigo me confirmó su identidad.

—Es la señorita de Maxeville: una joven del gran mundo antes de la guerra.

El doctor solo la conocía algunos meses. Había presenciado la muerte de la otra, una muerte horrible, cuyo recuerdo le estremecía aún. Se había contaminado al curar las heridas de un moribundo perdido durante tres días en el fondo de un embudo de tierra abierto por el estallido de un proyectil enorme. Su agonía duró cuarenta y ocho horas, ennegreciéndose lentamente con la expansión de la sangre envenenada, aullando entre nerviosos estertores, doblándose como un arco sobre la cabeza y los pies, que se clavaban en el lecho. Y la otra hermana se había negado a separarse de ella, abrazando el cuerpo convulsivo, besando sus ojos que no veían, su boca que solo sabía rugir.

—¡Berta, corazón mío! ¡No te mueras!... ¡No te mueras!

Toda la vida juntas; toda la vida unidas por la orfandad necesitada de defensa, por la alegría que colorea la pobreza, por el deseo de crearse una posición antes de que terminase su juventud, ¡y verla morir ante sus ojos, entre tormentos desgarradores, sin poder salvarla, sin encontrar el medio de hacer plácidos y dulces sus últimos instantes!...

—¡Pobre muchacha! —prosiguió el médico—. Ha visto perecer como un animal rabioso a la que era toda su familia. Poco después se enteró de la muerte de cierto oficial que deseaba ser su marido. Todos en el castillo admiran su energía.

»No sé cuándo come, no sé cuándo duerme. Se la ve en todas partes, y a pesar de esto, los heridos lamentan su ausencia. "Que venga la señorita Julieta..." Es el médico moral de esta casa. En muchos casos vale más que nosotros. Ella y su pobre hermana han realizado estupendas curaciones.»

Las vi con la imaginación —mientras escuchaba al doctor— yendo de sala en sala como apariciones de salud que esparcían en torno la dulce alegría de vivir. Con los oficiales se mostraban algo recelosas. Eran hombres de su mundo, y tal vez por esto los juzgaban temibles, no pasando en su intimidad más allá de una solicitud natural y grave. Al entrar en las piezas ocupadas por el populacho doloroso, se transfiguraban, animando con su regocijo el ambiente cargado de lamentos, de perfume de drogas y hedor de carnes rotas.

El recuerdo de madres y novias adquiría mayor relieve al ser evocado por sus labios. Describían los paisajes risueños del suelo natal a los enfermos ilusionados que poco después habían de morir; cantaban a media voz las canciones del terruño; encontraban con su instinto de mujeres de salón las conversaciones que más podían agradar a cada uno. La mayor había pasado una semana hablando de Ulises y la *Odisea* con un licenciado en letras que agonizaba lentamente, pensando en su tesis de doctor que jamás llegaría a leer en la Sorbona. Mientras tanto, Julieta escribía cartas. El rudo marinero del Finisterre, el campesino de los departamentos centrales, el obrero burlón de la ciudad, el marroquí sombrío, el negro pueril, veían abrirse ante su pensamiento bellezas desconocidas, paisajes no sospechados. La señorita blanca era la poesía, la delicada sensualidad de vivir que llegaba hasta ellos.

—¡Besa! —ordenaba Julieta presentando ante sus labios descoloridos una flor que acababa de arrancar del parque—. Un enamorado *chic* debe enviar estos recuerdos.

E introducía la flor en la carta escrita por ella, monumento de admiración para el firmante, orgulloso y conmovido de suscribir tales ternezas. Una hora antes de amanecer —la hora fatal en los hospitales—, cuando el día apunta y el moribundo se extingue, los estertores de agonía murmuraban siempre el mismo deseo: «*Mademoiselle*... Una cualquiera de las dos señoritas».

Y ellas, que acababan de adormecerse en el silencio de plomo que precede a la llegada de la luz, acudían corriendo para presenciar una agonía más, para animar la mano yerta con el contacto de su mano, para disimular los pasos de la muerte con sus palabras que sonaban lo mismo que monedas de oro, con sus risas que parecían vibraciones de fino cristal.

IV

—Y esta pobre —continuó el médico— prosigue la santa obra de la alegría. Cuando se ve sola, piensa en la otra, piensa en el oficial muerto, y huye en busca de los agonizantes, como si el dolor ajeno fuese su refugio. La sala de los incurables, de los que están condenados a morir, es su lugar preferido. Y canta, cuando minutos antes suspiraba a solas; ríe, con los ojos cargados aún de lágrimas.

»Nosotros fingimos no ver lo que hace. ¿De qué sirven los reglamentos ante la muerte?... Lo que importa es que proporcione un poco de alegría al que se va. Cada uno hace el bien como puede. Anoche la sorprendí empleando su método en la sala de los desesperados. Tenemos un tirador marroquí con las piernas y el vientre deshechos. Va a morir de un momento a otro; tal vez ha terminado a estas horas. Tenemos un alemán que está en la cama inmediata. Los colocaron así inadvertidamente; ahora es tarde para moverlos.

»Los hombres de Europa olvidan sus rencores al verse en los límites de la vida. Este africano es de cólera larga. Cuando cree que no le ven, enseña el puño al enemigo inmediato, que le mira con unos ojos redondos y asombrados, lo mismo que si estuviesen aún en el campo de combate. La señorita de Maxeville corre hacia él, fingiéndose irritada.

»—¿Qué es eso, Alí?... Quieto, o me enfado contigo.

»—No te enfades, señorita —murmura el moro—. Lo respetaré, ya que lo pides. Pero esta noche, cuando te marches, iré a su cama y le cortaré la cabeza.

»Y no puede moverse. Anoche rugía de dolor, alterando con sus gritos el silencio del dormitorio, quitando el sueño a los otros heridos, pugnando por levantarse para ir en busca del adversario y saciar en él su furia.

La señorita de Maxeville es la única que sabe calmar a estos hombres. Yo vi, a la tenue luz del dormitorio, cómo empezó a bailar, con un plato en la mano. Este plato le servía de pandereta. Movía las caderas, retorcía el busto, acompañaba con balanceos su monótona canturía oriental, sonreía lo mismo que una mujer de aduar que baila ante la tribu la «danza del vientre».

Los heridos soñolientos sacaban sus cabezas sobre los embozos, pugnando por moverse; las bocas negruzcas se animaban con una sonrisa pálida; las miradas ardorosas seguían con avidez el cuerpo de la danzarina, que iba trazando en los muros una procesión de siluetas.

El marroquí se había incorporado, como un chacal que desea saltar y tiene las patas rotas. Su admiración se escapaba en roncos barboteos.

—¡Oh, sonrisa del anochecer!... ¡Alegría de la sombra!... ¡Señorita blanca!

La vieja del cinema

I

El comisario de Policía miró duramente a la mujer de pelo blanco que se había sentado ante su escritorio sin que él la invitase. Luego bajó la cabeza para leer el papel que le presentaba un agente puesto de pie al lado de su sillón.

Escándalo en un cinema —dijo, al mismo tiempo que leía—; insultos a la autoridad; atentado de hecho contra un agente... ¿Qué tiene usted que alegar?

La vieja, que había permanecido hasta entonces mirando fijamente al comisario y a su subordinado tal vez sin verlos, hizo un movimiento de sorpresa, lo mismo que si despertase.

—Yo, señor comisario, vendo hortalizas por las mañanas en la *rue Lepic*. No soy de tienda; llevo mis verduras en un carrito. Todos los del barrio me conocen. Hace cuarenta años que tengo allí mi puesto ambulante, y...

El funcionario quiso interrumpirla, pero ella se enojó.

—¡Si el señor comisario no me deja hablar!... Cada uno se expresa como puede y contesta como su inteligencia se lo permite.

El comisario se reclinó en un brazo del sillón, y poniendo los ojos en alto empezó a juguetear con el cortapapeles. Estaba acostumbrado a los delincuentes verbosos que no acaban de hablar nunca. ¡Paciencia!...

—En 1870, cuando la otra guerra —continuó la vieja—, tenía yo veintidós años. Mi marido fue guardia nacional durante el sitio de París y yo cantinera de su batallón. En una de las salidas contra los prusianos hirieron a mi hombre, y le salvé la vida. Luego tuve que trabajar mucho para mantener a un marido inválido y a una hija única... Mi marido murió; mi hija murió también, dejándome dos nietos.

Hizo una pausa para darse cuenta de si la escuchaban. No lo supo con certeza. El agente permanecía rígido y silencioso, como un buen soldado, junto al comisario. Éste silbaba ligeramente, moviendo el cuchillo de madera y mirando al techo.

—Mi nieta —continuó la vieja, sin inmutarse por esta falta de atención— se llama Julieta, baila en los teatros, y es célebre. El señor comisario debe haber visto su retrato muchas veces en los periódicos y en los carteles de las esquinas. Solo la encuentro de tarde en tarde. Una mañana, cuando iba yo empujando mi carretilla, casi me atropelló su automóvil. Esto la hizo llorar, asegurando que era por culpa mía, porque yo no quiero vivir con ella y me empeño en seguir vendiendo verduras, lo mismo que cuando Julieta y su hermano eran pequeños... Cada uno es como es. A mí, aunque soy pobre, no me gusta la manera de vivir de las artistas. ¿Digo mal, señor comisario?...

El comisario había cesado de silbar y miraba a la verdulera con cierto interés. Debía conocer a su nieta, la célebre bailarina. Iba a hacerle alguna pregunta sobre ella, cuando la vieja siguió hablando.

—Mi preferido fue siempre Alberto, un obrero aficionado a los libros. Yo, aunque deseo vivir independiente, iba todos los días a su casa, ayudaba a su mujer, jugaba con su hijo. ¡Un biznieto! Imagínese qué alegría, señor comisario. No todos llegan a ser bisabuelos.

Se detuvo un instante, como embelesada por dulces recuerdos.

—¡Los días felices de la paz! —añadió—. Un domingo fuimos de campo; comimos junto al Sena para celebrar el ascenso de Alberto a primer contramaestre de su fábrica... Dos semanas después estalló la guerra.

El comisario hizo un gesto, que la vieja creyó de cansancio.

—Sí; ya sé que llevamos cuatro años de guerra y a todos aburre hablar de estas cosas. No insistiré, señor comisario. Me han dicho que hasta en los teatros y en los periódicos están cansados de la guerra y sus aventuras. ¡Además, mi historia es la de tantas y tantas mujeres!... Alberto fue a incorporarse a su regimiento en los primeros días de la movilización. No lo vi hasta un año después, que volvió del frente vestido de soldado. Luego vino otra vez. Yo había acabado por acostumbrarme a esta situación. Me imaginaba que solo los otros hombres podían morir, ¡pero mi Alberto!... Un día recibí un papel, que nos hizo llorar a mí y a su mujer. Después nos visitó un compañero de mi nieto para traernos varios objetos suyos.

La voz de la vieja se enronqueció.

—Y ya no lo vi más, señor comisario... Ellos me lo mataron.

Pero acordándose de su promesa, hizo un esfuerzo para serenarse y no hablar de la guerra.

—La viuda de Alberto trabaja ahora en una fábrica de municiones al otro lado de París, y yo solo de tarde en tarde puedo ver a mi biznieto. Hay que ganarse la vida... Además, ¿por qué no decirlo? desde que murió Alberto gusto de entrar en la taberna más que antes. Cada uno mata su pena como puede. Estoy en los setenta, y a esa edad, cuando hay que levantarse antes del alba para ir a los Mercados centrales a comprar el género, un vasito de vez en cuando es la mejor de las medicinas. ¿No lo cree usted así, señor comisario?...

El silencio del aludido quiso demostrar a la vieja lo inoportuna que era su pregunta. Pero ella continuó, con cierta precipitación que revelaba la proximidad de la parte más interesante de su relato.

—Hoy, al anochecer, estuve en la taberna con el tío Crainqueville. El señor comisario debe conocerlo. Sus desgracias andan escritas en libros y comedias.

Este nombre pareció despertar un vago recuerdo en la memoria del funcionario. La afirmación de que con sus aventuras se habían escrito libros le hizo interesarse en una rebusca mental. Luego levantó los hombros e hizo un gesto de incredulidad.

—Su historia —continuó la vieja— la ha escrito un señor Anatole, que trabaja al otro lado del Sena, en un taller de sabios. Es un palacio con una cúpula, donde dan recetas para que la gente rica pueda hablar bien.

El comisario se incorporó en su sillón, impulsado por la sorpresa. Aquel taller de sabios a la orilla del Sena era sin duda la Academia Francesa; la casa de la cúpula, el Instituto; y el tal Anatole no podía ser otro que Anatole France.

—¿Pero existe el tío Crainqueville? —preguntó con incredulidad.

—Treinta años lo conozco, señor. Vendemos en diferentes barrios, pero nos vemos todas las madrugadas al hacer nuestras compras, y por la noche volvemos a encontrarnos en la misma taberna. ¡Un infeliz! Ahora sus asuntos andan mal; trabaja poco; sabe demasiado. Su protector le enseñó muchas cosas; él me las dice, y yo paso las horas muertas en la taberna escuchándole.

Hizo una pausa antes de reanudar su relato donde lo había abandonado.

—Digo que nos encontramos al anochecer en la taberna. Luego, como a las nueve, salimos, y sin saber por qué, me detuve en la puerta de un cinema, sintiendo deseos de entrar. Me atrajo un cartel con una alsaciana muy hermosa defendiéndose de un alemán feroz. Yo adoro esta clase de historias. Soy muy patriota. Tal vez es porque he visto dos guerras... Pero no hablemos de la guerra. El tío Crainqueville se negó a entrar, y eso que yo pagaba. No sé en realidad qué es lo que le gusta. Todo le hace sonreír con aire de lástima. Entré sola, y debí entrar con mal pie. ¿No ha notado el señor comisario cómo algunas veces todo nos sale torcido, y cuando queremos agradar ofendemos a las gentes, lo mismo que si un demonio nos guiase?...

El comisario no se dignó contestar.

—Me disgusté con la señora que vende en la taquilla por si una moneda era buena o falsa; discutí también con el que recoge las entradas porque acudió en su defensa... Dentro, en la sala, la misma mala suerte. Mis vecinos de fila se quejaron, diciendo que había entrado con demasiada violencia. Mala voluntad de su parte, pues a mí no me gusta molestar a nadie. Una remilgada, cerca de mí, se atrevió a decir que yo olía a vino. Otro insolente aludió a mis anchuras, dudando de que cupiesen en el asiento. Les contesté como sé hacerlo y el público protestó a gritos, asegurando que perturbaba el espectáculo. Si me callé al fin, fue porque había empezado la historia de la alsaciana y su perseguidor. Una historia interesante. Yo se la contaría a usted, señor comisario, pero temo molestarle. Además, no sé cómo termina; no me dejaron ver el final.

El comisario había vuelto a mirar al techo y a silbar por lo bajo para distraer su impaciencia.

—Un señor que estaba detrás de mí y parecía muy entendido en esto del cinema, daba en voz baja sus opiniones a los vecinos... De pronto, la alsaciana se iba al frente, huyendo de su perseguidor, y empezaban a verse las trincheras con muchos soldados, las cocinas, los cañones. El señor entendido decía que estas vistas no pertenecían en realidad a la historia; que eran, ¿cómo diré yo? lo mismo que retales que le habían puesto al *film*. ¿Me explico bien, señor comisario? Cosas viejas de la guerra que habían aprovechado; algo así como los remiendos que se echan a la ropa para que parezca mejor... Pero yo no entiendo de esto, y las vistas me han parecido magníficas.

»De pronto salió en el telón el interior de una trinchera, con muchos soldados descansando. Uno de ellos escribía una carta sobre sus rodillas, puesto de espaldas al público. Poco a poco volvió la cabeza y sonrió a las gentes. Yo dudé, creyendo que veía mal. Luego debí gritar. ¡Era mi nieto!...

»Me levanté para verle mejor; quise ir hacia mi Alberto. Tal vez pasé entre la gente con demasiada violencia. El público debió creer que era alguna farsa mía y acudieron los empleados, y muchos espectadores me cerraron el paso. Intenté hablar y no me dejaron. No quisieron oír mis explicaciones; me creían borracha. Acabé por batirme a puñetazos con los que me empujaban hacia la puerta. Llamaron al mismo agente que está ahora aquí. Dicen que lo insulté, que le mordí en una mano. Ignoro cómo pude hacerlo. Estaba tal vez loca en aquel instante. Es verdad que este señor me llevó a empujones, sin querer oírme; que no me permitió seguir viendo a mi Alberto...

Hizo una larga pausa. Sus ojos empezaron a humedecerse.

—Y así es —terminó la vieja— como he vuelto a encontrar a mi nieto... Pido perdón al señor comisario... Pido perdón al señor agente.

Bajó la cabeza, juntó las manos y miró al suelo, refugiándose voluntaria-mente en el silencio, confiándose a la suerte, sin insistir más en su defensa, mientras sus lágrimas empezaban a correr mejillas abajo.

El comisario no dijo nada. Miró al agente que tenía a su lado, un veterano con la Cruz de Guerra sobre el pecho del uniforme y varios galones en una manga indicadores de sus campañas. Él también miró a su superior. Había permanecido impasible hasta entonces, pero varias veces se mordió el recio bigote.

Los dos hombres parecieron entenderse con la mirada. El comisario de-volvió al agente el parte redactado por él media hora antes en la sala de espera de la Comisaría dando cuenta del escándalo ocurrido en el cinema.

El veterano, sin decir una palabra, rasgó el papel en menudos pedazos.

—Buena mujer, puede usted marcharse.

La voz del comisario sacó a la vieja de su abstracción. ¿Era cierto que la dejaban irse?... ¡Qué señores tan buenos!

—¿Y podré volver al cinema? —añadió con ansiedad—. ¿Me dejarán ver todas las noches a mi pequeño?

Los dos hombres rieron de su simpleza, contestando con un gesto afirmativo.

Salió de la Comisaría lentamente. No convenía que la viesen huir como el que tiene la conciencia sucia.

Pero al llegar a la calle, se convenció de que nadie la espiaba, y recogiéndose las faldas, echó a correr con una ligereza juvenil. Su arrugado rostro se dilató, jadeando de fatiga; sus cabellos blancos se escaparon en desorden de la pañoleta de punto con que abrigaba su cabeza.

Cuando llegó al cinematógrafo, salían de él los últimos grupos de espectadores. Los empleados apagaban las luces y retiraban los carteles. La vieja vio luego cómo cerraban las puertas.

Se mantuvo inmóvil, con un codo apoyado en la pared y la frente en una mano. Lloraba con una angustia infantil.

—¡Esperar hasta mañana! —murmuró—. ¡No ver a mi pequeño en tantas horas!...

II

A la noche siguiente la vieja se presentó en el cinema con un aire de humildad. Se encorvaba para pasar inadvertida. Se aproximó al despacho de billetes, volviendo el rostro para que no la reconociese la empleada.

Pero el hombre encargado de guardar la puerta corrió hacia ella:

—¡Ah, no! ¿Viene usted a mover escándalo otra vez?... Para usted no hay entrada.

—Déjeme pasar, buen señor. Le juro que seré muy juiciosa.

Hablaba con una dulzura infantil, y el empleado acabó por reír, lo mismo que la mujer de la taquilla.

La vieja los saludó a los dos con agradecimiento al ver que la dejaban pasar. Luego saludó también a un policía inmóvil en el pasillo de entrada, como si fuese un antiguo amigo. No le parecía el mismo de la noche anterior... pero ¡por si acaso era!...

Dentro de la sala procedió con modestia y afabilidad. Saludó a todos los espectadores que encontraba al paso con una cortesía extremada, sin obtener contestación. Algunos se limitaron a mirarla extrañados.

«Es una loca», parecían decir con sus ojos.

Se encogió en su asiento y procuró ocupar el menor espacio, por miedo a molestar a sus vecinos. Al principio volvió repetidas veces la cabeza para ver si la observaban los empleados del cinema y recibir su aprobación. Pero el espectáculo la hizo olvidarse pronto de la realidad. El alemán perseguía ya a la alsaciana, desarrollándose sobre el lienzo blanco las complicadas aventuras de la novela cinematográfica. Luego aparecían las trincheras y el soldado que escribía la carta puesto de espaldas, y al volver la cabeza hacia el público, mostraba su rostro.

—¡Alberto!... ¡Alberto!...

La vieja tuvo que hacer un esfuerzo enorme para contenerse. Le subía este grito a la garganta con estertores dolorosos. Pero tembló ante la idea de escandalizar a los espectadores, como en la noche anterior. Le arrojarían del local para siempre; no podría ver más a su soldado.

El miedo la hizo contenerse, y su emoción ruidosa se deshizo en lágrimas. Para desahogar su pecho, hablaba en voz muy queda, una voz que sonaba hacia dentro del cuerpo, mientras sus ojos lacrimosos seguían contemplando con devoción todo lo que pasaba por el lienzo.

—¡Alberto!... ¡Pequeño mío!... Soy yo, tu abuela; ¿no me conoces?... Vendré a verte todas las noches... ¡todas las noches!

En la representación siguiente lloró menos. A la salida, habló con el hombre de la puerta con cierta familiaridad, como si ella también fuese de la casa.

—¿Ha visto usted qué bien «trabaja» mi nieto?...

Y el empleado, que había oído ya varias veces su historia sin prestarle mucha atención, se llevó un dedo a la frente mirando a la mujer de la taquilla.

Los dos se entendieron con una sonrisa que decía lo mismo: «Está loca, verdaderamente loca».

La vieja apenas pudo dormir aquella noche. Sentía intranquila su conciencia. Era una egoísta que guardaba para ella toda la felicidad de su descubrimiento. Alberto tenía en el mundo de los vivos alguien más que su abuela.

A la mañana siguiente vendió apresuradamente las verduras, sin cuidarse de la ganancia, y guardó su carretoncillo mucho antes que los compañeros. El Metro la puso en las afueras de París. Se vio en un paisaje grisáceo, yermo, con fábricas humeantes y casas de ladrillo, tristes como prisiones, en las que vivían los obreros.

Habló con la portera de una de estas viviendas. Su biznieto estaba en la escuela y la mujer de Alberto trabajaba en la fábrica.

Fue luego a la tal fábrica, y el conserje, un inválido, le cerró el paso. Prohibida la entrada; ningún curioso podía introducirse en los talleres, porque en ellos se torneaban obuses.

Pero la vieja, pegada tenazmente al arco de la puerta, pudo ver de lejos a varias mujeres que pasaban y repasaban por los patios, en las evoluciones de su trabajo, todas ellas con pantalones anchos, lo mismo que si fuesen ciclistas. Casi rió de sorpresa al darse cuenta de que una especie de muchacho pequeño y delgado, con amplios calzones azules, abandonaba la carretilla que iba empujando, llena de virutas de acero, para saludarla desde lejos. Era la mujer de Alberto.

Cuando sonó la campana de mediodía y las trabajadoras salieron para almorzar, la vieja pudo verla de cerca. Tenía una palidez cenicienta y sus ojos eran más grandes que nunca, rodeados de aureolas azuladas y dolorosas.

Rompió a llorar al enterarse de que su marido aparecía todas las noches en un cinema, después de haber muerto hacía un año.

—¿Cómo puede ser eso?...

Su asombro era tan grande, que cortaba su llanto. Hacía esfuerzos inútiles para entender a la vieja, la cual iba repitiendo las explicaciones que había escuchado, aunque sin comprenderlas mejor que la otra.

—Lo cierto es que Alberto trabaja en el cinema. Ven con el niño; os espero esta noche.

Hizo su invitación con aire de mando. A las ocho la encontrarían en la puerta del cinematógrafo, situado casi en el extremo opuesto de la gran ciudad. Después se separaron, pues los pobres no tienen tiempo que perder.

La vieja los vio llegar puntualmente. Llevaba la viuda un vestidito negro adquirido en un bazar; el niño iba con su mejor ropa y peinado como un paje.

Al ver que la obrera intentaba ir hacia la taquilla, la vieja se opuso.

—¿Qué es eso?... Aquí pago yo. Me aprecian mucho; soy como de la casa.

Y para demostrar su confianza bromeó con la vendedora de billetes. Luego estrechó una mano del hombre que guardaba la puerta —su antiguo enemigo—, dándole un cigarro barato que había comprado momentos antes.

—Los pequeños regalos mantienen las amistades. Tome usted, señor.

Dentro de la sala saludó a la acomodadora como si fuese una antigua conocida.

—Son la mujer y el hijo de mi nieto, el que trabaja en la obra —dijo, dándola al mismo tiempo unas cuantas piezas de cobre.

Y se sentó con orgullo en las sillas designadas por la empleada, juzgándolas mejores que las otras.

Pero la satisfacción de mostrar a sus acompañantes la inmensa influencia de que gozaba en este lugar público duró muy poco. Al aparecer Alberto, temió que gritase también aquella mujercita vestida de luto que tenía a su lado. Pero era silenciosa en su dolor. Contempló la visión con unas pupilas agrandadas e inquietantes, que hacían recordar los ojos de los aficionados a la morfina. Cerraba los labios con fuerza, y por ambos lados de su boca corrían dos hilos de lágrimas.

El enlutado pajecillo miraba con la inconsciencia de una edad en que se oye hablar de la muerte sin saber lo que es. Aquel soldado lo conocía él: era su padre; lo había visto llegar a su casa vestido así. ¿Por qué no volvía?...

—¡Papá... papá!... —murmuró, tendiendo sus manecitas hacia la visión.

Y la madre y la bisabuela, sin dejar de llorar, le empujaron dulcemente en la oscuridad para que permaneciese quieto.

A la salida, antes de despedirse junto a la puerta del cinema, la vieja tomó su aire imperativo:

—Mañana aquí, a la misma hora. Yo pago.

La viuda pareció extrañarse de tal invitación.

—Vivo al otro lado de París; un verdadero viaje. Me he de levantar temprano para el trabajo; debo ocuparme del niño antes de enviarlo a la escuela. ¡Imposible!... Además, ¿para qué volver? Alberto no resucitará, y este espectáculo me mata.

La vieja la siguió con los ojos mientras se alejaba con su niño titubeante de sueño. Siempre había creído a esta mujercita de poco corazón.

—¡Ay! La única que se acuerda verdaderamente de Alberto soy yo.

Anduvo triste y malhumorada todo el día siguiente. Al anochecer se encontró en la taberna con el tío Crainqueville. Aunque el verdulero filósofo hablaba poco y pasaba entre las personas y las cosas sin preocuparse de ellas, pareció interesarse por los actos de su vieja camarada. La había observado silenciosamente. Desde hacía unos días era otra mujer. Gastaba mucho dinero; convidaba a todo el mundo; llegaba tarde a los Mercados, comprando lo más caro y lo peor, para vender luego al público con mayor baratura que los demás.

—Te vas a arruinar, estás gastando tu capital.

Pero no obstante sus consejos, siguió bebiendo todos los vasos que quiso ofrecerle la vieja.

A las ocho, ésta se mostró impaciente.

—Adiós, Crainqueville. Te dejo, si no quieres acompañarme. Me espera mi nieto; ya sabes que trabaja en el cinema.

—¡Pero si a tu nieto lo mataron!...

—Es verdad que lo mataron; pero trabaja en el cinema.

El filósofo se limitó a encogerse de hombros. Sabía por su maestro y protector que no hay que asombrarse de nada en este mundo.

Hasta los actos más ordinarios y comunes resultan incoherentes cuando se les estudia de cerca. Era inútil, pues, exigir lógica en los sucesos extraordinarios de nuestra vida.

III

La vieja, después de apoyar un dedo en el timbre de la verja, examinó su vestido de seda negra. Databa de los tiempos de su pobre hija. Ella misma lo había cortado e hilvanado; pero de la primera hechura quedaba muy poco, después de los retoques que se habían sucedido durante su larga existencia.

Reconoció que no estaba del todo mal. Algo pasado de moda; pero el género bueno siempre es apreciado por las personas inteligentes, y ahora ya no se fabrican sedas como las de antes. La cabeza la llevaba desnuda. Sentíase orgullosa de su pelo blanco, duro y abundante.

Admiró al otro lado de la verja el pequeño hotel rodeado de árboles. ¡Lo que una mujer puede ganar con sus pies!... Pero la proximidad de una jovenzuela con delantal y gorro blancos no le permitió continuar su examen. Esta doméstica elegante avanzaba atraída por el llamamiento del timbre. A la vieja le fue antipática por sus ademanes varoniles, por la mirada altiva con que la midió de pies a cabeza y por su voz áspera.

—Buena mujer, si es para pedir un socorro a la señora, venga otro día. La señora no está.

Balbuceó la vieja de indignación.

¡El puñetazo que se llevaría la tal, de no existir la verja entre las dos!... Empezaba a dirigir terribles alusiones al pecho plano de la doncella, a sus angulosidades de muchacho, subiendo rápidamente el diapasón de sus ofensas, cuando sintió que la cogían de los hombros.

Al volver la cabeza, vio junto a la acera un automóvil que acababa de detenerse. Una señora elegante salida de él la sonreía, intentando abrazarla.

—¡Abuelita!... ¡abuelita!

Lo primero en que se fijó la vieja fue que la bailarina célebre iba vestida de luto: un luto vistoso y sobradamente llamativo, pero luto al fin, que solo podía ser por su hermano Alberto.

Se sintió empujada cariñosamente al otro lado de la verja que acababa de abrir la doncella. Quiso anonadar con una mirada y un bufido a la insolente; pero ésta había bajado los ojos, no pudiendo resistirse a su confusión.

¡La que había tomado por una mendiga era la abuela de la señorita!...

Al mismo tiempo lamentaba en su interior las injusticias de la suerte. Ella había hecho estudios de bachillerato; tenía arriba en su habitación un cuaderno lleno de versos, y sin embargo, no venía ningún príncipe de leyenda a llevársela, regalándole un hotel igual al de la otra.

La vieja marchó de asombro en asombro al recorrer los salones de la bailarina. Ella se había imaginado el lujo de otra manera: grandes y ostentosas sillerías, muebles monumentales, y aquí apenas encontraba donde sentarse. Solo veía divanes bajos y cojines en el suelo. Los muebles eran de aspecto tan frágil, que no osaba tocarlos; los colores de paredes y cortinas, tan raros y complicados, que daban el vértigo a sus ojos.

Apenas hubo nombrado a Alberto, la nieta se conmovió, perdiendo su alegría de pájaro.

—¡Cómo he sentido su muerte! —dijo con los ojos húmedos—. Nos llevábamos mal; apenas nos veíamos. Él no podía comprender mi modo de vivir. Pero lo amaba de veras.

Tomó un retrato que estaba sobre una mesilla, en lugar preferente, y lo besó. Era el retrato de Alberto. Esta fidelidad en el recuerdo conmovió profundamente a la abuela. ¿Y aún decían que si Julieta era esto o aquello, por su profesión y su manera de vivir?... ¡Un alma de oro!

Su entusiasmo fue enfriándose un poco al notar la serenidad con que escuchaba la bailarina el relato de su descubrimiento en el cinema.

—Es curioso —se limitó a decir—, verdaderamente curioso.

Y adivinó cuál era el deseo de su abuela.

—¿Quieres llevarme a verlo? Bueno; te acompañaré esta noche, pero con una condición: la de que te quedarás a comer conmigo.

El recuerdo de su hermano había hecho surgir en ella otros recuerdos.

—¡Ay, abuelita! No es el pobre Alberto el único que fue a la guerra. Otros hay que viven aún; y los que viven inspiran mayores preocupaciones que los muertos.

Pensaba en su amigo, un joven rico que la verdulera no había visto nunca, pero, según murmuraba la gente, acabaría casándose con Julieta.

No pudieron hablar más. Era la hora del té, y empezaron a llegar las amigas de la señora, todas vestidas con unos trajes elegantes, raros y vistosos, que hacían parpadear a la vieja, desorientándola en sus opiniones. Algunas, a pesar de sus extraordinarias vestimentas, envidiaban el luto de Julieta. Una de ellas fue más lejos en la manifestación de sus deseos:

—¡Qué suerte tener un muerto en la familia! ¡El negro sienta tan bien!...

Todas fumaban. Se habían tendido en el suelo, sobre pieles de oso blanco o redondos almohadones de seda, abullonados y con un botón hondo en el centro, semejantes a calabazas. Unas se estiraban lo mismo que fieras perezosas, sin reparar en lo que dejaban al descubierto; otras apoyaban la mandíbula en las rodillas, mientras mantenían éstas entre sus brazos cruzados.

El té estaba en el suelo, sobre una gran bandeja de plata, en la que movía la lámpara de alcohol su penacho azul casi invisible.

Julieta había hecho valientemente la presentación de la vieja a sus amigas.

—Mi abuelita, que vende hortalizas todas las mañanas en la *rue Lepic.* Yo estoy orgullosa de mis ascendientes, lo mismo que un nieto de los Cruzados.

Risa general de las señoras, que poco a poco olvidaron a la vieja. Ésta quiso irse. No gustaba de tales costumbres, pero al mismo tiempo temía ofender a su nieta.

Pasó cautelosamente de silla en silla, como una chicuela que desea escaparse, llegando de este modo hasta el comedor. Allí cobró ánimo, y poniéndose de pie, se aventuró francamente en un pasadizo inmediato.

Casi tropezó con la doncella, que volvía al salón llevando más agua caliente para el té. La vieja la saludó con un bufido implacable.

—¡Presumida!... ¡Fea!

Después de este insulto supremo se sintió más ágil, y empezó a bajar unos peldaños, hasta dar con la cocina.

Aquí admiró más que en los salones el bienestar de su nieta. ¡Qué abundancia! ¡Qué de cacerolas brillantes como astros!...

La cocinera le hizo los honores de sus dominios, colocando sobre la mesa una botella y dos vasos. La bebieron entera, hablando de sus penas. Luego sacó un retrato y le dio un beso, mostrándolo a su visitante.

—Mi hijo es cazador alpino, lo que llaman «diablo azul», y está en los Vosgos.

La vieja, por no ser menos, sacó también del pecho un retrato de soldado.

—A mi nieto lo mataron; pero ahora trabaja en un cinema todas las noches.

La cocinera se movió nerviosamente en su asiento, abriendo mucho los ojos. Decididamente aquella vieja estaba loca, como le había dicho la doncella. Pero calló, por ser la abuela de la señora.

Hasta la hora de la comida se mantuvo la verdulera en este paraíso, admirando sus magnificencias. Luego sintió nostalgia y cierta cortedad al verse arriba, en el comedor, sentada a una mesa enorme, teniendo enfrente a su nieta, y más allá a un criado ceremonioso que tampoco le era simpático.

Admiraba los manjares, reconociendo que nunca había comido tan bien, pero sentía un vivo deseo de terminar cuanto antes.

Miró el reloj de la chimenea. Eran cerca de las ocho.

—No tengas prisa, abuelita. Hay tiempo. Mi automóvil nos llevará en un instante.

De pronto, una conmoción en todo el hotel: repiqueteo de timbres, alaridos de sorpresa de la doncella antipática, choque de puertas, voces de hombres.

La doncella entró corriendo:

—Señora... ¡Es el señor!

No dijo más, pero la vieja lo adivinó todo. «El señor» solo podía ser uno. Y vio a un buen mozo con uniforme de aviador, que entraba violentamente, como una tromba. No tuvo que avanzar mucho, pues la bailarina corrió a refugiarse en sus brazos.

Julieta hablaba de él, momentos antes, con tristeza. Hacía seis meses que no le veía. Era imposible obtener una licencia en estos momentos.

El aviador dio explicaciones, con voz entrecortada.

—Un permiso inesperado... Una breve comisión en París... Veinticuatro horas nada más...

No pudo seguir hablando. Los dos se habían abrazado, balanceándose con las explosiones de su alegría. Empezó a rasgarse el silencio con unos besos sonoros y escandalosos como los taponazos del champaña.

La vieja se levantó, ceñuda y grave. Allí estaba de sobra una persona; no necesitaba que se lo dijesen.

Al verla salir, Julieta se desasió de los brazos amorosos, corriendo hacia ella para dar explicaciones.

—Ya ves... Solo viene por veinticuatro horas... Imposible hoy... Otro día. Es preciso atender a los vivos.

Se vio la vieja en la soledad de la calle helada y negra. Los reverberos, encapuchonados a causa de los ataques aéreos, solo servían, con su breve radio de luz, para dar mayor intensidad a la lobreguez general.

Mientras marchaba, acompañó su paso repitiendo las mismas palabras, como si fuesen una letanía:

—La vida quiere vivir. Los vivos necesitan vivir... ¡Ay del que muere! Los muertos huyen más aprisa que los vivos...

Todos abandonaban a los muertos. Hasta en la sala del cinema notó la misma ingratitud. Aquella noche solo había una veintena de personas. El público de este cinematógrafo de barrio estaba ya cansado de las aventuras de la perseguida alsaciana. Todos conocían su historia.

La vieja ocupó su asiento con la majestad de un monarca que se hace dar una representación para él solo. Al aparecer su nieto, le habló en voz baja, con dulzura.

—Buenas noches, pequeño mío. Todos te abandonan, todos te olvidan. La vida es así... Pero no temas; tu abuela no te dejará nunca. Aquí me tendrás todas las noches... ¡todas las noches!

IV

La noticia empezó a circular después de mediodía, vaga e indecisa.

«¡La paz! ¡Acaba de ajustarse la paz!»

Pero tantas veces se había dicho esto mismo, sin verlo realizado luego, que la vieja no creyó la noticia.

A media tarde todos se convencieron de que era verdad. El gobierno anunciaba un armisticio, solicitado por los enemigos.

La verdulera se encontró de pronto envuelta y arrastrada por una avalancha de gente que parecía rodar hacia el centro de París. Se mostraba frenética de alegría como todos; gritaba como todos.

Hasta la llegada de la noche vivió una existencia de ensueño; creyó seguir las inverosímiles aventuras de una pesadilla. Pero esta pesadilla era agradable y sus delirios no los inspiraba el terror, sino el entusiasmo.

Se vio en la plaza de la Concordia. La muchedumbre, rugiendo cantos patrióticos, hacía rodar los cañones cogidos a los alemanes que estaban expuestos en la gran plaza.

Un grupo de mozalbetes hizo montar a la vieja sobre uno de estos cañones, como si fuese un carro triunfal, arrastrando la pieza de artillería por las calles inmediatas.

Ella, con los blancos cabellos en desorden, elevaba los brazos cantando la *Marsellesa*. La muchedumbre la saludaba con aplausos. Nadie sabía quién era, pero su paso iba despertando la veneración instintiva que infunde la ancianidad. Algunos creían contemplar la vieja gloria de la Revolución, que despertaba triunfante después de un siglo de letargo.

De pronto se vio a pie y sola. Había desaparecido el cañón y los jóvenes que tiraban de él. Ahora estaban en la *rue Royale*, frente a los restoranes más elegantes. Los parroquianos de Maxim —gentes ricas que podían permitirse este lujo— regalaban botellas de champaña a la muchedumbre para solemnizar el suceso.

Sin saber cómo, se encontró hablando con un grupo de soldados americanos. Ella adoraba a los americanos. Los reconocía únicamente por su sombrero de fieltro con cuatro hoyos simétricos y terminado en punta. ¡Hermosos muchachos, sanos, fuertes y con aire de buenos! A algunos les encontraba cierto parecido con Alberto.

—¡Vivan los Estados Unidos!

Se entendía con estos soldados por medio de gestos y de guiños, más que por palabras. Pero esto importaba poco... ¡Cuando hay simpatía y buena voluntad!...

Y ellos, regocijados por la alegría de la vieja, reían como niños grandes, con una carcajada sonora que marcaba bajo la piel la fuerte osamenta de las mandíbulas y dejaba al descubierto el luminoso marfil de unas dentaduras envidiables.

La vieja se levantó la falda para rebuscar en una bolsa de lienzo pendiente sobre las enaguas, donde guardaba el capital de su comercio. Estaba en fondos y podía convidar a sus nuevos amigos.

Los soldados protestaron, riendo. «¿Admitir convites de una mujer?»

El único que hablaba bien el francés de todos ellos replicó con alegre protesta:

—Nosotros somos más ricos que usted. Nosotros cobramos en dólares.

Ella miró el puñado de monedas de cobre que tenía en una mano. Céntimos, nada más; pero ¿qué importaba?...

—Estáis en mi casa, y os invito. Si me decís que no, soy capaz de llorar.

Entraron en un café, y durante media hora los robustos soldados del sombrero puntiagudo bebieron, riendo a carcajadas de las palabras y los gestos de la alegre vieja.

Luego se vio bebiendo con hombres de otros países que vestían distintos uniformes, y hasta con soldados franceses, que, a pesar de la locura general, conservaban un gesto sombrío, como hombres que aún no hubiesen acabado de despertar de una pesadilla horrorosa prolongada durante años y años.

Al anochecer, la vieja se sintió fatigada. Parecía que toda aquella muchedumbre hubiese marchado sobre ella; creía haber recibido millones de golpes.

El instinto la llevó hacia su barrio, caminando con lentitud, arrastrando casi los pies. Pero a pesar de esta fatiga, juntó su voz a las aclamaciones de todos los grupos que encontraba al paso.

La necesidad de descansar y la costumbre la hicieron meterse en la taberna.

Allí estaba Crainqueville, solitario y silencioso, sentado ante un vaso vacío, cuyo fondo contemplaba tristemente.

—También te convido a ti —dijo la vieja—. Hoy es un gran día. ¡La paz! ¿Qué dices tú de la paz?

Crainqueville levantó los hombros. Luego, animado por la vista del nuevo vaso que le ofrecía su amiga, se dignó hablar.

—Tal vez la humanidad procure ser mejor después de esta prueba terrible; tal vez se regenere y aprenda a vivir por primera vez con un poco de lógica.

Luego sonrió irónicamente, como su maestro. Se sentía invadido por la eterna duda, y continuó:

—Aunque nadie puede afirmar si esta pobre humanidad merece la pena de ser regenerada y que alguien se ocupe de su porvenir...

Mucho más tarde, la vieja sintió la atracción de un nuevo deseo. Se acordó con delicia de la oscura sala del cinema y de sus vistas, que ella consideraba como algo celestial. ¡Qué felicidad estar allá dos horas, en un asiento cómodo, conversando mentalmente con su nieto! El pobre Alberto no debía conocer aún la gran noticia que conmovía a París y al mundo entero. Ella iba a comunicársela.

—Adiós, Crainqueville; mi nieto me espera. Para el pobre no hay fiestas. Esta noche trabajará como todas.

El filósofo ambulante, que había terminado por aceptar la vida ilusoria de su compañera, creyó del caso darle algunos consejos.

—Te estás matando. Apenas comes; bebes demasiado. Gastas tu dinero exageradamente; vas a perder tu capital. Ayer tuviste que tomar la mitad de tu género al fiado... Además, en una semana parece que hayas vivido varios años.

Pero después de la cuerda reprimenda, volvió a sonreír con su eterna sonrisa de duda.

—En fin, ¡si eso te divierte!... ¡Si encuentras en ello tu felicidad!...

La vieja marchó apresuradamente hacia el cinema, a pesar de sus piernas entumecidas que casi se negaban a sostenerla. Allá, en la sala agradable, descansaría cómodamente.

Las calles estaban oscuras aún, como en las noches de la guerra preñadas de amenazas aéreas. Pero la muchedumbre formaba grupos. Sonaban instrumentos de música y se improvisaban bailes en las encrucijadas.

Al penetrar en el atrio del cinema, el empleado que guardaba la puerta salió a su encuentro alegremente.

—¡Viva la paz, abuela!

Luego añadió, como si recordase algo de escasa importancia:

—Esta noche ya no «trabaja» su nieto... ¡Se acabó! Todo es nuevo. Pero la representación vale la pena.

—¿Qué?...

La vieja había apoyado la espalda en el muro, intensamente pálida, con los ojos desmesuradamente abiertos. El empleado fue dando explicaciones para contestar a su exclamación angustiosa.

—Han transcurrido siete días. ¡Cambio completo de programa! El público estaba fatigado ya de la historia de la muchacha de Alsacia y del alemán. Ahora, con la paz, habrá que dar otras cosas. ¡Nada de guerra!... Hay que olvidar, hay que alegrarse... Entre... Tenemos esta noche una película americana que hace rugir de risa.

La vieja vaciló sobre las piernas, a pesar de que se había desvanecido instantáneamente la dulce turbación de su mansa embriaguez.

—¡No verle más!... ¡no verle más! —gemía.

Luego resumió su desesperación en una frase:

—Me lo han matado por segunda vez.

El público que iba a entrar en el cinema se agolpó en torno de esta mujer desfalleciente, próxima a caer al suelo. El empleado, por conmiseración y por evitar aglomeraciones en la puerta, intentó alegrar a la vieja.

—¡Ánimo, abuela!... No va usted a morirse hoy, un día de tanta felicidad, porque hemos cambiado el programa... Además... además...

Había pedido a la mujer de la taquilla un periódico, y empezó a examinarlo con precipitación, empinándose sobre la punta de los pies para recibir mejor la luz de una lámpara pendiente del techo. Al mismo tiempo hablaba entre dientes.

—Veamos... Esta estúpida historia de la alsaciana deben darla en alguna parte. Un mal *film* de ocasión, hecho de recortes. Estará, seguramente, en los cinemas de quinta clase... Eso es; helo aquí.

Y dirigiéndose a la vieja, le dio el nombre de una calle y el título de un cinematógrafo.

—Un poco lejos, abuela; en Grenelle, al otro lado de París; ¡pero tomando el Metro!... Allí encontrará a su nieto durante una semana.

No se acordó más de ella, para seguir ocupándose del público que entraba y entraba, atraído por el programa nuevo.

La vieja se vio otra vez en la calle. No tenía mas que una idea.

«¡Me lo han matado! —pensaba—. En este día en que todos ríen, me lo han matado por segunda vez.»

Reapareció su enérgica voluntad de luchadora oscura y humilde. Se lo habían matado allí; pero iba a resucitar en otra parte. Debía ir a su encuentro.

Buscó bajo su falda aquella bolsa de tela que contenía sus capitales. Su diestra solo encontró el vacío. Después de tenaces exploraciones, salieron a luz unas cuantas monedas de cobre sosteniéndose entre sus dedos. 50 céntimos en total.

Solo disponía de lo preciso para comprar una entrada en aquel cinema desconocido de Grenelle.

No le quedaba dinero para tomar un billete del Metro. Todo lo había gastado en sus ruidosas aventuras de la tarde. Tendría que ir a pie; y era tan lejos... ¡tan lejos!

Un mal pensamiento contrajo su frente.

—¡Si pidiese limosna!... Hoy es un día de regocijo general. Se apiadarán de mí al verme tan vieja, tan cansada...

Pero a pesar de su cansancio se irguió, con un gesto de altivez ofendida. No había mendigado nunca, y a los setenta años era tarde para empezar.

—Debo verle... necesito verle.

La fatiga le hizo caer en un banco entre dos árboles del bulevar. Brillaban en la penumbra las puertas de cafés y tabernas como bocas de horno. Se confundían en alegre discordancia las diversas músicas. Pasaban parejas amorosas, perdiéndose en la oscuridad; guerreros de remotos países que abarcaban con un brazo el talle de una mujer.

—¡Tan lejos!... ¡tan lejos! —seguía suspirando la vieja.

Vio de pronto un soldado que le sonreía, un soldado todo blanco desde el casco de trinchera hasta los gruesos zapatos. A través de su cuerpo se veían los árboles, el banco cercano, las gentes que pasaban. Parecía de cristal, de humo sutil, de espuma impalpable.

La hizo señas para que la siguiese, y echó a andar al ver que la vieja le obedecía.

—¡Ay, mis piernas!... No podré seguir. Son varios kilómetros. ¡No llegaré nunca!...

Se dejó caer en otro banco y el soldado transparente se detuvo, volviendo hacia ella un rostro sombrío, desesperadamente sombrío.

—No te pongas triste. ¡Si supieras cuán cansada estoy! Pero tu abuela no te abandonará nunca... Alberto, espérame. ¡Allá voy, pequeño mío!

Y haciendo un esfuerzo supremo, se levantó y siguió marchando en pos del fantasma por las calles interminables, negras, heladas...

Como marchamos todos a través de las asperezas de la vida, guiados por nuestros recuerdos, al encuentro de la Ilusión.

El automóvil del general

I

El periodista Isidro Maltrana habló así a sus amigos en un pequeño *restaurant* de Broadway:

—Me veo obligado a buscarme la vida en Nueva York. Ya no puedo volver a México. ¡Qué desgracia! ¡Tan bien que me ha ido allá durante once años!...

Ustedes saben que soy español, y no tengo otra herramienta para ganarme el pan que una pluma fácil y sin escrúpulos. No recordemos las aventuras de mi primera juventud. Deben conocerlas ustedes, pues con ellas se han escrito libros. Son, en realidad, sucesos vulgares, que solo merecen atención por el ambiente de tristeza desgarradora en que se desarrollaron.

Hace años me lancé a recorrer la América de habla española. Entré por Buenos Aires y he salido por la frontera de Texas. Una hazaña de conquistador de otros siglos; algo como el paseo del capitán Orellana, que partió del Perú y, navegando de un río grande a otro mayor, se vio de pronto en el Atlántico, después de haber bajado todo el curso del Amazonas.

No sonrían ustedes; ya sé que mis viajes en buque de vapor, en ferrocarril o en mula, no pueden compararse con los penosos avances de aquellos exploradores de piernas de acero y pechos de bronce. Pero no crean tampoco que mis andanzas a través de la tierra americana han sido envidiables por su comodidad. También yo he sufrido grandes privaciones. Los conquistadores, que tuvieron que luchar con el hambre de las interminables soledades, acallaban su estómago apretándose un punto más el cinturón, y seguían adelante, con el arcabuz al hombro. Yo he tenido que apretarme igualmente el cinturón muchas veces; pero siempre encontraba, al fin, en las Repúblicas pequeñas, algún tirano, o aspirante a tirano, que se encargaba de mantenerme a cambio de insultos a sus adversarios y de elogios disparatados a su persona.

Al pasar de España a América, deseé cambiar de profesión. Me habían dicho que en esta parte del mundo todos los emigrantes cambian de oficio, como las culebras cambian de piel al modificarse el ambiente con el curso de las estaciones.

Eso será verdad tratándose de los demás; ¡pero los que nacimos siervos de la pluma!...

Quise en Argentina cultivar la tierra, pero fracasé completamente, y volví al periodismo vagabundo, lo que me hizo marchar de República en República, siempre hacia el Norte.

No recordemos esta época de literatura ambulante y servil. Otro, tal vez estaría orgulloso de ella, y hasta escribiría sus Memorias. Fui amigo de varios presidentes; a unos les he servido de bufón, a otros de consejero secreto. He redactado, a la vez, crónicas de vida elegante para las presidentas y proyectos de Constitución que sus graves maridos presentaban al pueblo como producto de nocturnas meditaciones. He huido de algunos de estos protectores, por miedo a que me fusilasen; sabía demasiados secretos. A otros los he visto caer asesinados cuando mostraban una confianza majestuosa igual a la de los dioses inmortales. He insultado a hombres que no conocía, para servir con ello a hombres que despreciaba por conocerlos demasiado.

¿Que mi oficio es vergonzoso?... Soy el primero en confesarlo. Y lo peor es que no me ha enriquecido; solo me dio para vivir con intermitencias de locos derroches y largas penurias. Cuando triunfaban mis protectores, nunca tenían tiempo para regalar algo duradero al que les había ayudado con su pluma venenosa.

Además, reconozco mi defecto; soy un bohemio, un vagabundo que nunca se siente bien allí donde está, y espera encontrar algo mejor yendo más lejos.

No me creo el único. Los periodistas errantes y los cómicos somos la última y miserable prolongación de la España conquistadora. Vamos y venimos desde el estrecho de Magallanes a la frontera de California, pasando a través de dieciocho naciones que hablan nuestra lengua, conociendo en unas partes la riqueza y en otras el hambre; aquí, el aplauso y la admiración; más allá, el insulto y la fuga. Algunos, en sus correrías, hasta tropiezan con la Fortuna, y son sus amigos por corto tiempo. Todos, finalmente, terminan sus días en la miseria.

Pero no divaguemos. Quiero decir que, después de mis andanzas por la América del Sur y la América del Centro, di fondo en México, hace poco más de diez años. ¡Hermoso y simpático país! En ninguna parte he vivido mejor.

Ya estaría de vuelta allá, a pesar de la última revolución, que me hizo huir; pero no me atrevo.

Existe de por medio el maldito asunto del automóvil del general.

II

Parecía que México me estuviese esperando, como uno de esos volcanes bondadosos y bien educados que permanecen tranquilos durante siglos y, apenas un explorador huella su cumbre por primera vez, empiezan a rugir y a soltar humaredas a guisa de saludo.

Treinta años llevaba el país de dormitar en paz; pero al llegar yo desperté, amenizando mi existencia con una serie de revoluciones que todavía no han terminado.

¡Lo que he visto en diez años!... Porfirio Díaz, que parecía eterno, escapando para morir en un hotel del viejo mundo. Madero, un hombre bueno, que gobernaba moviendo veladores y conversando con los espíritus, fue cazado a balazos, lo mismo que un corderillo dulce, en las cuevas del palacio presidencial. El alcohólico Huerta acabó sus días en una cárcel de los Estados Unidos, desesperado porque no le dejaban beber. Al viejo Carranza, que parecía construido para vivir un siglo, lo acaban de asesinar.

En diez años, ¡cuatro presidentes que han terminado de mala manera o han muerto en una cama que no era suya! Reconozcamos que es demasiada tragedia para tan corto tiempo. Esta sucesión de presidentes mexicanos recuerda a los reyes y héroes griegos de la dinastía de los Atreidas, que terminaban siempre de un modo fatal.

Pero yo, que soy franco hasta el cinismo, confieso que no guardo un triste recuerdo de los largos años de revolución, ni he derramado una lágrima en memoria de estos señores que conocieron los goces de una autoridad sin límites y la desesperación de un final trágico.

Al principio fui simplemente escritor de a caballo. No tenía periódicos que hacer, y servía de secretario a los generales que mandaban las fuerzas revolucionarias. Redacté proclamas dirigidas a los pueblos, alocuciones a las tropas, y describí en un estilo lírico los grandes triunfos de los insurrectos sobre los soldados del gobierno, llamados «federales». Nunca, en mis escritos, dejé de establecer discretos paralelos entre las campañas napoleónicas y las de los caudillos a cuyo servicio me había entregado.

Conocía bien a mi gente. Uno de los generales, que fue mi amo durante seis meses, al ver la polvareda levantada por unos cuantos centenares de enemigos, se volvía siempre hacia nosotros, los de su Estado Mayor, para decirnos con aire inspirado:

—Napoleón, en este caso, hubiera hecho seguramente lo que yo...

Y hacía lo que hubiese hecho Napoleón.

¡Ay, amigos míos! Recuerdo bien nuestras famosas batallas, aunque siempre las veía de lejos. ¡Lo que sentí muchas veces no haber aprendido a montar a caballo desde mi niñez, no ser hombre de campo, para improvisarme general lo mismo que los otros!... ¡Quién sabe si lo habría hecho mejor!...

Las tales batallas podían ser tituladas así porque tomaban parte en ellas veinte mil o treinta mil hombres. En México nunca faltan hombres para pelear y morir. Hay siempre más que fusiles. Pero, en realidad, eran simples riñas de grupo a grupo, dejando a la iniciativa de cada pelotón la marcha del combate. Tiraban y tiraban hasta agotar las municiones, sin hacer uso jamás del arma blanca. Ninguno tenía bayoneta. Se mataban durante horas y horas, y al final el bando que se veía sin cartuchos se retiraba, dejando el campo al otro.

Todos éramos de caballería, porque hacíamos las marchas a caballo; pero en el momento del combate los jinetes se convertían en infantes. Teníamos artillería. Cada bando procuraba poseer cañones más gruesos que los del adversario, y estos cañones tiraban y tiraban, con un estruendo ensordecedor.

Recuerdo el asombro y la indignación de un oficial alemán que venía con nosotros, al ver cómo funcionaba la artillería.

(Advierto a ustedes que todos los revolucionarios éramos germanófilos, por odio a los Estados Unidos y a Inglaterra. Nos comparábamos con los bolcheviques rusos, deseábamos la derrota de la República francesa y el triunfo de Guillermo II. Los alemanes intervenían con frecuencia en nuestras campañas... Pero no desviemos el relato. ¡Adelante!)

—General —clamó el prusiano—, los artilleros no saben apuntar. Tiran al aire. Solo desean hacer ruido.

Y el general, que se las echaba de ingenioso, contestó, levantando los hombros:

—Déjelos. No es necesario que hagan más. La artillería solo sirve para asustar *pendejos*.

Después de estas batallas, cuando quedábamos vencedores por haber podido hacer fuego media hora más que los otros, venían los comentarios y las explicaciones del triunfo. Aquí entraba yo como estratega. Describía maniobras que nadie había visto; suponía en el general y sus colaboradores órdenes que nadie había dado; explicaba el presente con arreglo a mis lecturas pasadas, y siempre encontraba el medio de emparentar la batalla reciente con alguna de las de la juventud de Bonaparte. No había miedo de que alguien protestase escandalizado.

—¡Este Maltrana! —oía decir a mis espaldas—. ¡Lo que sabe!... ¡Lo que ha leído!...

Y, por el momento, no me daban cosas de más provecho que tales elogios y un amplio permiso para apropiarme lo ajeno. Pero esto último no representaba gran cosa, por ir yo acompañado de gentes listas, que, al ser del país, siempre llegaban antes allí donde había algo que coger.

Cuando triunfamos, y los jefes del ejército revolucionario ocuparon la presidencia de la República, los ministerios y demás sitios públicos, mi suerte empezó a afirmarse. Escribí en los diarios del nuevo gobierno cuando había que insultar a los enemigos o hacer al país brillantes promesas.

¡El dinero que gané en aquellos tiempos, no muy lejanos, pero que me parecen ya remotísimos!...

Tenía serios adversarios. La mayor parte de los generales eran hombres que no vacilaban ante ningún obstáculo. De «rancheros» o bohemios de la ciudad, se habían convertido en generales heroicos. ¿Por qué no podían ser igualmente escritores?...

Como Julio César después de sus campañas, cada uno de ellos quiso escribir sus *Comentarios*. Pero César no escribía, dictaba, y sin duda por esto, los más de ellos me tomaron como secretario, confiándome sus hechos heroicos para que los realzase con la música de mi estilo. Además, cobraba todos los meses una subvención en cada uno de los diversos ministerios, para tomar fuerzas y poder llevar adelante la magna y voluminosa obra que estaba escribiendo sobre la revolución triunfante.

¡Lástima que la última revuelta militar haya matado este libro antes de nacer! Ustedes saben que yo he cultivado la paradoja, como único pan que me nutre. Pues bien; esta obra iba a ser la mejor de todas las mías.

Comparaba en ella a Washington con nuestro presidente, e inútil es decir quién de ellos quedaba sobre el otro. Luego establecía un paralelo crítico entre el ataque de Cerro Pelado y la batalla de Arcole; la sorpresa del Barranco de los Santos y la batalla de Austerlitz; y así seguía comparando otras acciones de guerra, hasta conseguir que el «corso de los cabellos lacios» (¡siempre Napoleón!) quedase al nivel de mis sabios caudillos de machete al cinto y lazo de cuerda formando rollo en el arzón de la silla.

El final del libro era lo mejor: una demostración clarísima de que la civilización de los Estados Unidos resulta inferior a la civilización mexicana, y debe ser vencida por ésta, para bien de los mismos yanquis. Así trabajarán menos, no necesitarán tanto dinero para vivir, conocerán mejor la alegría de la existencia...

Les aseguro a ustedes que es una lástima que hayan sido arrojados del gobierno mis protectores y no quede allá quien me subvencione para terminar el libro. ¡Un verdadero éxito! Traducido al inglés, se hubiesen vendido centenares de ediciones. ¡Esta gente de Nueva York gusta tanto de libros que la hagan reír!...

Pero no se impacienten ustedes. Adivino en sus ojos lo que piensan: «el automóvil del general». Desean saber qué general es el de mi historia y por qué su automóvil me cierra el camino para volver a México.

A ello vamos, amigos míos.

III

De todos los personajes que conocí en el período de la guerra, el que demostró mayor interés por mi persona y me protegió más eficazmente fue el general Castillejo.

En sus momentos de efusión amistosa, que eran muy raros, me llamaba Maltranita, y eso que yo podía ser casi su padre, o cuando menos un hermano muy mayor. Este general (uno de los consejeros más íntimos y escuchados del presidente) solo tenía veintisiete años. Es cierto que los otros generales y ministros no eran, ordinariamente, de mayor edad. Cuando el viejo Carranza reunía los primeros funcionarios y héroes de la República, parecía un director de colegio pasando examen a sus discípulos.

Castillejo es pequeño de cuerpo, nervioso y ágil, con un color moreno ardiente que se aproxima al tono del chocolate con leche. Lo más notable en él son los ojos, brillantes y autoritarios cuando quiere mirar de frente, lo que ocurre pocas veces. Su vista parece siempre fugitiva, como si la distrajera algún mal pensamiento. Sus cejas oblicuas y su cutis oscuro se armonizan poco con su ángulo facial, abierto y europeo. Es, como muchos de nuestra América, el resultado de tres orígenes: indio, africano y español.

Sus amigos le tenían en alto concepto, hablando de él con admiración y miedo.

—¡Un hombre de cuidado!... No conviene tenerlo de enemigo. ¡Sabe mucho!...

Además, quitaba y ponía ministros, daba mandos en el ejército a los compañeros que le seguían ciegamente, y obligaba a salir del país a sus adversarios o los enviaba a ciertas provincias de la costa del golfo de México, donde la gente de las altas mesetas puede contraer enfermedades de muerte.

Sus enemigos recordaban la facilidad con que había fusilado durante la guerra a los prisioneros. Pero ¿quién puede hacer el balance de los fusilamientos ordenados allá por unos y por otros? ¡He visto tantos!... ¡Cuesta tan poco dar una orden que suprime a un hombre!...

Nunca tuve con él motivos de queja. ¡Excelente muchacho! Hasta creo que me admiraba un poquito a causa de mi pluma, y eso que era incapaz de admirar a nadie, convencido como estaba de que la presidencia de la República le correspondía de derecho. Pero aún no creía llegado el momento de ocuparla.

Nuestra intimidad dató de un libro que escribí para él después de la guerra: *Historia de la división del Oeste*. Esta división era la horda a caballo que había mandado mi general Castillejo. Inútil es decir que la tal división lo había hecho todo, y a ella se debía únicamente el triunfo revolucionario.

Lo malo es que yo mismo, con esta mano pecadora, había escrito también la *Historia de la división del Este*, y la del Norte, y la del Sur, y la del Centro, y cada una de estas divisiones era la mejor entre todas y lo había hecho todo, y los demás generales no habían servido mas que de estorbo.

Pero como estos libros iban firmados por sus respectivos héroes, y cada uno callaba mi nombre, Castillejo apreció su historia como la mejor de todas, paladeando las hermosuras de mi estilo lo mismo que si le perteneciesen.

Andaba muy ocupado en la elección del nuevo presidente. El gobierno surgido de la revolución deseaba dos cosas a la vez: hacer unas elecciones que pareciesen legales y sacar triunfante de ellas al candidato que tenía escogido, y a nadie más. Varios generales se presentaban también como candidatos, amenazando con hacer una revolución si no salían triunfantes. Todos hablaban de legalidad y de respeto a la ley, al mismo tiempo que se llevaban una mano al costado para convencerse de que tenían el revólver listo. Y el país, fatigado de diez años de revolución, les dejaba hablar, deseando en el fondo de su ánimo que se matasen entre ellos, pero dispuesto a votar por el gobierno o por el general que derribase al gobierno. La única manera de vivir seguro en aquella tierra es irse con el que manda.

Mi general era el hombre de confianza del presidente y el sostenedor de la candidatura patrocinada por éste. Como los otros aspirantes a la presidencia pertenecían al ejército, la candidatura gubernamental usaba el título de «antimilitarista». Castillejo y otros compañeros de generalato, que habían fusilado centenares de hombres, quemado estaciones y pueblos, y vivían en plena paz con la misma violencia que cuando hacían la guerra, pronunciaban discursos sobre discursos, cantando las excelencias de ser gobernados por un «civil» y la necesidad de terminar con el militarismo.

Yo combatía con la pluma, siguiendo las órdenes de mi jefe. En México es más fácil este trabajo que en otras partes. Cuenta uno con el argumento precioso de «la intervención norteamericana». El periodista que defiende al gobierno puede describir a los hombres de la oposición como «malos patriotas, que con sus insurrecciones provocan la anarquía y hacen inevitable una invasión de los norteamericanos para el restablecimiento del orden». Y a su vez, los escritores de la oposición, al atacar al gobierno, afirman que éste comete tales atrocidades, que, «al final, los Estados Unidos tendrán que intervenir para derrocar su tiranía». Sin el fantasma de la intervención norteamericana, ¿quién podría escribir en México?...

Además, hay otro recurso de éxito seguro. Cuando no se sabe qué decir de un enemigo político, o cuando se recibe el encargo de insultar a alguien que ha pintado el país tal como es, se emplea siempre la misma injuria: «Vendido al pérfido oro yanqui». ¡Y qué inagotable resulta el tal oro! Todos los días hay alguien que se vende a él por enormes cantidades. Si se suman los millones, tal vez no quepan en la Tesorería Federal.

Y lo más gracioso es que los que escriben esto piensan al mismo tiempo: «¿Dónde demonios estará la puerta de la oficina en la que se hacen tales compras?... ¿Quién será el encargado de recibir a los que desean venderse?...».

Yo mismo, queridos amigos, quisiera saber si ustedes, por ser más viejos en la tierra yanqui, están enterados de a qué personaje hay que dirigirse en Washington para dicho asunto. ¡Me gustaría tanto estar enterado!...

Pero ¿callan ustedes?... ¿No saben qué decir?... Sigamos con nuestro general.

Siempre que leía uno de mis artículos contra los enemigos de la candidatura del gobierno, celebraba con entusiasmo los insultos más atroces.

—¡Qué pluma la suya, Maltranita!... ¿Cómo pagarle sus servicios a la buena causa?

Muy fácilmente; yo no podía aspirar a una legación diplomática ni a un ministerio cuando triunfase nuestra candidatura; eso quedaba para los mexicanos. Mis aspiraciones eran más modestas.

—Me contento, mi general, con que me envíe usted a Nueva York cuando vaya allá una comisión a hacer compras para el gobierno. Lo mismo da que compren autocamiones, máquinas de escribir, zapatos o papel para las oficinas. Solo pido ser el agente comprador de la comisión. Me doy por satisfecho con el 10 %. ¿Que adquieren por un millón?... 100.000 dólares para mí. ¿Que compran por valor de dos?... Pues 200.000. Con eso me retiro a España y dejo de escribir, aunque lloren de pena las nueve Musas.

Castillejo juzgaba mediocres mis pretensiones. Ahora trabajaba por hacer presidente a un amigo. Luego le tocaría a él. Solo tenía que esperar yo cuatro años, y entonces me daría lo que desease.

¡Esperar en un país donde mueren de una manera trágica cuatro presidentes en solo diez años!... No; prefería que me diesen inmediatamente el modesto cargo de comprador en Nueva York.

Pero Castillejo no estaba para fijarse en mi escepticismo; cada día se mostraba más preocupado por el éxito de su campaña electoral. ¡Cosa rara! No le inquietaban los generales candidatos que parecían próximos a sublevarse contra el gobierno. El objeto de sus preocupaciones era un joven, casi de su edad, el ingeniero Taboada, que se había educado en los Estados Unidos y tenía la pretensión de exigir que se implantase de golpe en México todo el sistema democrático, con su respeto a la ley y a las opiniones ajenas, que había conocido en la vecina República.

Sin más apoyo que unos cuantos amigos tan ilusos como él, presentaba su candidatura a la presidencia, afirmando que era la «única candidatura civil».

—¡Pero si ese muchacho es un loco! —decía yo, extrañado de la preocupación de Castillejo—. ¡Si no puede juntar más allá de un centenar de votos!... Ya que usted le hace el honor de tenerle en cuenta, voy a demolerlo con un artículo. Diré que está vendido a los Estados Unidos y por eso pretende implantar entre nosotros las costumbres y sistemas de allá. Voy a demostrar que ha recibido 3 millones de Washington para su candidatura... Si le parecen poco, escribiré 5 millones. Da lo mismo. ¡Con decir que yo he visto con mis ojos cómo los recibía!...

Y escribí esto, y otras cosas. Necesitaba no quedarme a la zaga de los periodistas del país, que me vencían muchas veces en la invención de estupendas mentiras.

Pero noto que se impacientan ustedes. ¡Calma! Ahora sí que llegamos de veras al automóvil del general.

IV

Algunos de los allegados a Castillejo se mostraban terribles en sus ofrecimientos.

—General, ya que le estorba tanto ese ingenierillo, no tiene mas que darnos una orden. Es lo más fácil librarse de él.

¡Como si el general necesitase de tales consejos! Eran muchos los que habían desaparecido misteriosamente de la existencia diaria, y los calumniadores pretendían que únicamente Castillejo podía saber dónde estaban. Todos debajo del suelo.

—¡Qué disparate! —protestaba el general—. Los candidatos militares atribuirían al gobierno la muerte de Taboada; la gente que ahora se ríe de él lo veneraría como un mártir. No; dejemos de pensar en ese hombre.

Y yo adivinaba que seguía pensando en él, con su gesto reconcentrado e inquietante que hacía decir a las gentes: «Castillejo, muy malo como enemigo».

Uno de los amigotes que le acompañaban en sus francachelas nocturnas me reveló el secreto.

—Lo que sufre el general son unos celos que le tienen loco, lo mismo que un dolor de muelas. Ahora, Olga del Monte adora al ingeniero.

Esta Olga del Monte era la Aspasia de la revolución mexicana. Hija de una familia distinguida de la capital, sus excesos imaginativos y reales habían acabado por arrastrarla a una vida que era la vergüenza de su parentela. Iba teñida de rojo escandalosamente, en un país donde las más de las mujeres son morenas. Había pasado una temporada en París a expensas de varios protectores, lo que imponía un irresistible respeto a los jóvenes centauros de la revolución, ignorantes de toda tierra que no fuese la suya. Además, tocaba el piano y el arpa, suspiraba romanzas mexicanas y fabricaba versos... Tenía de sobra para traer como locos a todos los generales mozos. Algunos de ellos, a pesar de sus declamaciones contra el derecho de propiedad y contra las desigualdades de clase, lo que más apreciaban en Olga era su origen. Les producía confusión y orgullo a la vez pensar que eran amigos y protectores de una hija de gran familia de la capital, cuando hacía pocos años figuraban aún como jornaleros del campo o vagabundos en lejanas provincias.

Regalos cuantiosos llovían sobre ella. Los vencedores mostraban la misma generosidad de los bandidos después del reparto de un botín fácilmente conquistado. Olga se tomaba a veces el trabajo de desfigurar las joyas robadas. En otras ocasiones lucía los ricos despojos tal como se los habían dado, y las gentes señalaban sus brillantes, sus esmeraldas y sus perlas, nombrando a las verdaderas dueñas de estas alhajas. Eran señoras del régimen anterior derrumbado por la revolución, que andaban ahora fugitivas por el extranjero.

Mi general, que tenía un alma puerilmente romántica, se mostraba orgulloso de haber vencido a varios compañeros de profesión. Él era ahora el único que podía considerarse dueño de esta poética criatura. La abrumaba con sus presentes; había trasladado de su casa a la de la hermosa todo lo recogido cuando entró en la ciudad de México al frente de su división del Oeste, ¡y bien sabe Dios que Castillejo no era tonto ni perezoso para esta clase de trabajos!

Pero la vaporosa criatura, harta sin duda de las magnificencias del saqueo, quería mostrarse ahora desinteresada, prefiriendo a los hombres pobres y perseguidos, sin duda porque todos los que la rodeaban eran ricos, fanfarrones e insolentes. Y por esta necesidad de cambio y de contraste, abandonó a nuestro general, enamorándose de Taboada.

El ingeniero era débil de cuerpo, dulce de maneras, odiaba a los soldadotes, hablaba de la regeneración de los caídos y del advenimiento de los pobres al poder. Además, los triunfadores se reían de él y tal vez lo matasen el día menos esperado. ¿Qué héroe más interesante podía encontrar una mujer de sentimientos sublimes y «mal comprendidos», como se creía esta muchacha?...

En vano Castillejo apeló a las seducciones del gobernante para vencer su desvío. Él haría que el presidente la enviase a Nueva York y luego a París, con un cargamento de grandes sombreros mexicanos, trajes vistosos y 100.000 pesos al año, para que cantase y bailase a estilo del país en los principales teatros. Iba a ser casi un personaje oficial; haría propaganda mexicana por el mundo. ¡Quién sabe si la historia patria hablaría alguna vez de ella con agradecimiento!... Pero Olga contestó negativamente. Prefería a su ingeniero. E igualmente fue rehusando otras proposiciones no menos productivas y honoríficas.

Los consejeros de Castillejo seguían, mientras tanto, insinuándole su remedio dulcemente.

—¡Si usted quisiera, mi general!... Una palabrita nada más, diga una palabrita, y no volverá a estorbarle ese mozo.

Pero Castillejo protestaba con una bondad que metía miedo. La alarma de su recta conciencia era para espeluznar a cualquiera.

—¡Que nadie toque a ese hombre! —decía—. Ninguna mano humana debe ofenderle. Supondría, en caso de agresión, que yo o el gobierno habíamos dado la orden. ¡Lo declaro sagrado!...

Y escuchándole, pensaba que, si mi protector quería declararme «sagrado» con la misma voz y poniendo los mismos ojos, consideraría oportuno tomar el primer tren que saliese para la frontera de los Estados Unidos.

Los incidentes de la campaña electoral hicieron que Castillejo olvidase a Olga. Pero no podía olvidar igualmente al ingeniero.

Seguido de sus apóstoles (dos docenas de inocentes, poseedores de una audacia loca), Taboada iba pronunciando discursos contra el gobierno, que pretendía imponer a la fuerza su candidato, y contra los otros candidatos, generales que no valían más que su contrincante. Él era el «único político civil» capaz de implantar el régimen democrático. Pero nadie le escuchaba, y si la muchedumbre, en calzoncillos y cubierta con enormes sombreros, le oía alguna vez, era para interrumpir sus discursos llamándole «yanqui», «mal mexicano», «traidor» y otras cosas por el estilo.

Ahora, amigos míos, sí que van a conocer ustedes de veras el automóvil del general. Ya entra en escena. ¡Atención!

V

Lo había traído Castillejo de los Estados Unidos para las necesidades de la campaña electoral. Poseía muchos. ¿Qué caudillo mexicano carece de automóvil?... Los más de ellos hasta tienen un coche-salón para viajar por las vías férreas. ¡Lo que puede importarles media docena de automóviles, cuando, al principio de la revolución, solo necesitaban entrar, pistola en mano, en un *garage* para llevarse lo mejor de él!...

Castillejo no podía sufrir que lo comparasen con sus rústicos camaradas de generalato. Es un hombre de progreso, casi un sabio. Admira a los Estados Unidos por las armas de fuego y los automóviles que se fabrican aquí. Esto no es mucho, pero es algo. Para ser general mexicano no resulta indispensable conocer la existencia de Edgardo Poe y de Emerson.

—Pero ¿ha visto usted —me decía— qué joyas tan bellas producen esos *gringos*?

La joya bella era el automóvil recién llegado: una máquina esbelta, ligera, incansable, como un corcel de ensueño. No quiero decir la marca. Creerían ustedes que estoy pagado por la casa constructora. Baste decir que era un gran automóvil, el mejor de los Estados Unidos, y no añado más. Yo lo admiraba tanto como mi general.

Muchas noches, antes de dejarme en la redacción de su periódico para que escribiese el artículo, Castillejo me paseaba por las principales calles de México, mejor dicho, por la única avenida que, con diversos nombres y variable anchura, se extiende varios kilómetros, desde la vieja plaza donde está el palacio del gobierno hasta el Parque de Chapultepec.

Ustedes saben cómo son de noche las calles de México: no hay ciudad en el mundo mejor alumbrada y con menos gente.

Los focos eléctricos brillan formando racimos, para iluminar una soledad de desierto. Cree uno deslizarse por una de esas ciudades de *Las mil y una noches*, donde todo ha quedado inmóvil y dormido por obra de encantamiento.

En los primeros años de la revolución este silencio era amenizado de vez en cuando con agradables diversiones. Los oficiales corrían las calles en automóviles de alquiler, disparando sus revólveres. Se tiroteaban de unos carruajes a otros. ¡Asunto de divertirse un poco!...

Ahora, con los preparativos electorales, no había tiros; pero la gente se metía en sus casas más pronto que nunca, presintiendo que iba a surgir una revolución.

Los escasos transeúntes veían pasar, de Chapultepec a la gran plaza y de la gran plaza a Chapultepec, el carruaje del general partiendo el aire lo mismo que una flecha, como si en realidad tuviese prisa en llegar a alguna parte. «¡Ahí va Castillejo!», se decían con respeto y miedo. Y si se atrevían a insultar a alguien con su pensamiento, era al extranjero, al miserable *gachupín* Maltrana, sentado en el sitio de honor. Castillejo prefería siempre la parte delantera. Unas veces empuñaba el volante, otras se mantenía al lado de su chófer, un indiazo de ojos feroces y sonrisa boba que manejaba el vehículo con una autoridad natural, como si el automovilismo datase de los tiempos de Moctezuma.

Nunca he creído tanto en la fidelidad de los presentimientos como cierta noche que intenté negarme a acompañar al general en su paseo nocturno. Es verdad que Castillejo no parecía el mismo. Iba con gorra de viaje y un grueso gabán, cuyo cuello le tapaba media cara. Tenía en los ojos un brillo agresivo. Su aliento olía a alcohol, circunstancia extraordinaria, pues el general es sobrio.

No pude excusarme con mi trabajo. Eran las once, y Castillejo había esperado a que terminase mi artículo.

—Suba —me ordenó con aspereza, lo mismo que si mandase a su horda-división.

Y subí para verme solo en el fondo del automóvil, pues él continuó al lado de su chófer.

Aún siento orgullo y angustia al recordar cómo fui presintiendo confusamente lo que iba a ocurrir.

Me arrepentí de inspirar tanto interés a Castillejo. Este bárbaro iba a hacer algo terrible y quería que yo lo presenciase. Necesitaba mi emoción como un aplauso.

Empecé a pensar en el ingeniero, luego en Olga, y fui adivinando todos los actos de mi protector con algunos minutos de antelación. Casi fue un deporte agradable para mí ver cómo la realidad se iba plegando a mis inducciones.

El automóvil abandonó las calles iluminadas, como yo había previsto. Luego, atravesando vías silenciosas y oscuras, entró en una barriada de edificios nuevos. Íbamos hacia la casa de Olga del Monte. Pero ¿qué interés tenía el general de mezclarme en sus rencores amorosos?...

Se detuvo el vehículo en una avenida bordeada de copudos fresnos y anchas aceras. Los reverberos no eran tan numerosos como en el centro de la capital. La frondosidad de los árboles extendía una doble masa de sombra a lo largo de la calle, dejando tres fajas de luz crepuscular: una en medio, y las otras dos junto a las casas. El carruaje, al quedar inmóvil, apagó sus faros, lo mismo que un buque que ancla y desea permanecer inadvertido.

Dos hombres con grandes sombreros de palma se acercaron al carruaje: dos mocetones de cara aviesa, que nunca había yo visto. Pero también los adiviné. Eran de los que esperaban del general «una palabrita nada más». Iban a suprimir, indudablemente, al ingeniero.

El pobre Taboada estaría, sin duda, en aquellos momentos hablando a Olga de sus ilusiones y sus esperanzas, sin sospechar que la muerte le aguardaba en la calle.

—Debéis mirarlo como persona sagrada —oí que decía el general en voz baja—. ¡Únicamente en caso de que escapase!...

Se trastornó todo el edificio de suposiciones elevado por mi inducción. Si Taboada debía ser sagrado para aquellos hombres, ¿qué podían hacer con él?...

Miré repetidas veces hacia el lugar donde sabía que estaba la casa de Olga, pero no alcancé a verla, pues me la ocultaban los árboles.

El general abandonó el volante, cambiando de sitio con su chófer. La habilidad de éste le inspiraba, sin duda, más confianza que su propia habilidad. Hablaron en voz baja, al mismo tiempo que el indio acariciaba las llaves y palancas de la máquina con gruñidos de satisfacción.

Yo no entiendo de automóviles; pero adivinaba en aquel carruaje un organismo maravilloso que iba a obedecer fielmente al espíritu maligno de sus conductores. Parecía muerto, sin el menor latido que denunciase su vida interior; pero bastaba un ligero movimiento de mano para que se estremeciese instantáneamente todo él, como un caballo que desea lanzarse a una carrera loca.

—Prepárese a conocer algo primoroso, Maltranita —dijo Castillejo en voz queda, sin volver la cabeza—. Presenciará usted una caza nunca vista.

Pero ¿qué necesidad tenía este demonio de general de hacerme ver cosas «primorosas»?...

Pasaron cinco minutos, o una hora, no lo sé bien. En tales casos no existe el tiempo.

De pronto oí un ruido de voces broncas, una disputa de ebrios. Los dos hombres del sombrerón se querellaban bajo los árboles.

Otro hombre pequeño surgió, un poco más allá, de la sombra proyectada por los fresnos, como si pretendiese atravesar la avenida, pasando a la acera opuesta.

Mi agudeza adivinatoria volvió a romper el misterio con luminosas cuchilladas. Vi (sin verla en la realidad) la puerta de la casa de Olga abriéndose para dar salida al ingeniero. Éste titubeaba un poco al sentir que la puerta se había cerrado detrás de él, al mismo tiempo que, algunos pasos más allá, dos hombres, dos «pelados», empezaban a discutir de un modo amenazador, como si fueran a pelearse. ¡Mal encuentro! Taboada se llevaba una mano atrás, buscando el revólver, inseparable compañero de toda vida mexicana. Luego, deseoso de evitar el peligro, en vez de seguir a lo largo de la acera, atravesaba la avenida para continuar su camino por el lado opuesto...

No pude pensar más. Me sentí sacudido violentamente de los pies a la cabeza por el brutal arranque del automóvil; me creí arrojado a lo alto, como si el carruaje, después de rodar sobre la tierra unos momentos, se elevase a través de la atmósfera.

Perdí desde este momento la normalidad de mis sentidos, para no recobrarla hasta el día siguiente. Todo me pareció indeterminado e irreal, lo mismo que los episodios de un ensueño.

Vi cómo el hombre intentaba retroceder, esquivando el automóvil salido repentinamente de la sombra. Pero el vehículo se oblicuó para alcanzarle en su retirada. Entonces pretendió avanzar lo mismo que antes, y la máquina perseguidora cambió otra vez de dirección, marchando rectamente a su encuentro.

Todo esto fue rapidísimo, casi instantáneo, sucediéndose las imágenes con una velocidad que las fundía unas en otras. Solo recuerdo el salto grotesco y horrible, un salto de fusilado, que dio la víctima al desaparecer bajo el automóvil con los brazos abiertos.

El vehículo se levantó como una lancha sobre una pequeña ola. Pero esta ola era sólida, y su dureza pareció crujir.

Miré detrás de mí instintivamente. Una sombra negra, una especie de larva, quedaba tendida sobre el pavimento. Se retorcía con dolorosas contracciones, lo mismo que un reptil partido en dos. Salían gemidos e insultos de este paquete humano que intentaba elevarse sobre sus brazos, arrastrando las piernas rotas.

—¡Brutos!... ¡Me han matado!

Pero instantáneamente dejé de verle. Apareció ante mis ojos el extremo opuesto de la avenida. El automóvil acababa de virar, con tanta facilidad, que caí sobre uno de sus costados, vencido por la brusca rotación.

Se deslizaba de nuevo en busca del caído, y éste, al verle venir, ya no gritó. Tal vez el miedo le hizo callar; tal vez se imaginaba el infeliz que los del vehículo regresaban para darle auxilio, y enmudecía, arrepentido de sus exclamaciones anteriores.

Ahora la ola fue más dura, más violenta. El automóvil se levantó como si fuera a volcarse, y hubo un chasquido de tonel que se rompe, estallando a la vez duelas y aros. Todavía viró el vehículo varias veces, con la horrible facilidad de su ágil mecanismo, pasando siempre por el mismo lugar. ¿Cuántas fueron las vueltas?... No lo sé. El obstáculo que encontraban las ruedas era cada vez más blando, menos violento; ya no lanzaba crujidos de leña seca.

Al día siguiente todos los periódicos hablaron de la muerte casual del pobre Taboada cuando se dirigía a su domicilio. El suceso dio tema para declamaciones contra la barbarie de los automovilistas que marchan a toda velocidad por las calles, matando al pacífico transeúnte.

El periódico nuestro hasta hizo el elogio fúnebre del ingeniero, declarando que «había que reconocer noblemente en este enemigo político a un hombre de talento, a un gran patriota lamentablemente desorientado».

Y nada más... A los pocos días nadie se acordó del infeliz.

Otros sucesos preocupaban a la nación. Se sublevaron los generales candidatos, al convencerse de que no triunfarían legalmente. Muchos creyeron necesario traicionar al gobierno, para seguir una vez más las costumbres del país. El presidente fue asesinado, y yo, como primera providencia, me escapé a los Estados Unidos. Tiempo tendría de volver, cuando se aclarase la tormenta, para servir a los nuevos amos.

Castillejo cayó prisionero, y aún está en la cárcel. Sus dignos camaradas de generalato le siguen no sé cuántos procesos de carácter político; pero lo peor es que, recientemente, han empezado a acusarle por el asesinato del ingeniero.

Nadie cree ya en el accidente del automóvil. Parece que fueron muchos los que presenciaron lo ocurrido desde sus ventanas prudentemente entornadas. Tal vez lo vio uno nada más, y los otros hablan por agradar a los vencedores. ¡La soledad nocturna de las calles de México!... Detrás de cada persiana hay ojos que solo ven cuando les conviene; bocas mudas que solo hablan cuando llega el momento oportuno.

Ustedes creen, tal vez, que yo podría volver allá, sin ningún peligro... En realidad, nada malo hice en dicho asunto, y aún me estremezco al recordar el susto que me dio el maldito general.

Pero no volveré; pueden estar seguros de ello. Conozco a mis antiguos amigos. Castillejo es mexicano y sus acusadores también. Yo no soy mas que un extranjero, un español, un *gachupín*, y todos acabarían por ponerse de acuerdo para afirmar que fue Maltrana el que guiaba el automóvil.

Noto también que les causa a ustedes cierta satisfacción el espíritu de justicia que demuestran los nuevos gobernantes al perseguir a Castillejo por su delito.

Me asombro de su inocencia. ¡Pero si cualquiera de aquellos generales ha ordenado docenas de crímenes igualmente atroces!...

No es justicia, es venganza; y más aún que esto, es envidia, amargura ante la superioridad ajena.

Detestan a Castillejo porque les inspira admiración. Hablan de él como los pintores de una nueva manera de expresar la luz, como los escritores de las imágenes originales encontradas por un colega.

Lo que más les irrita es que ya no podrán emplear sin escándalo el procedimiento del automóvil. Ha perdido toda novedad. ¡Y a cada uno de ellos le hubiese gustado tanto ser el primero!...

Un beso

Esto ocurrió a principios de septiembre, días antes de la batalla del Marne, cuando la invasión alemana se extendía por Francia, llegando hasta las cercanías de París.

El alumbrado empezaba a ser escaso, por miedo a los «taubes», que habían hecho sus primeras apariciones. Cafés y *restaurants* cerraban sus puertas poco después de ponerse el Sol, para evitar las tertulias del gentío ocioso, que comenta, critica y se indigna. El paseante nocturno no encontraba una silla en toda la ciudad; pero a pesar de esto, la muchedumbre seguía en los bulevares hasta la madrugada, esperando sin saber qué, yendo de un extremo a otro en busca de noticias, disputándose los bancos, que en tiempo ordinario están vacíos.

Varias corrientes humanas venían a perderse en la masa estacionada entre la Magdalena y la plaza de la República. Eran los refugiados de los departamentos del Norte, que huían ante el avance del enemigo, buscando amparo en la capital.

Llegaban los trenes desbordándose en racimos de personas. La gente se sostenía fuera de los vagones, se instalaba en las techumbres, escalaba la locomotora, Días enteros invertían estos trenes en salvar un espacio recorrido ordinariamente en pocas horas. Permanecían inmóviles en los apartaderos de las estaciones, cediendo el paso a los convoyes militares. Y cuando al fin, molidos de cansancio, medio asfixiados por el calor y el amontonamiento, entraban los fugitivos en París, a medianoche o al amanecer, no sabían adonde dirigirse, vagaban por las calles y acababan instalando su campamento en una acera, como si estuviesen en pleno desierto.

La una de la madrugada. Me apresuro a sentarme en el vacío todavía caliente que me ofrece un banco del bulevar, adelantándome a otros rivales que también lo desean.

Llevo cuatro horas de paseo incesante en la noche caliginosa. Sobre los tejados pasan las mangas blancas de los reflectores, regleteando de luz el ébano del cielo. Contemplo, con la satisfacción de un privilegiado, a la muchedumbre desheredada que se desliza en la penumbra lanzando miradas codiciosas al banco. El reposo me hace sentir todo el peso de la fatiga anterior. Reconozco que si los hulanos apareciesen de pronto trotando por el centro de la calle, no me movería.

Una pierna me transmite su calor a través de una tenue faldamenta de verano. Me fijo en mi vecina, muchacha de las que siguen viniendo al bulevar por costumbre, pero sin esperanza alguna, pues el tiempo no está para bagatelas.

Tiene la nariz respingada, los ojos algo oblicuos, y un hociquito gracioso coronado por un sombrero de 4 francos 90. El cuerpo pequeño, ágil y flaco, va envuelto en un vestido de los que fabrican a centenares los grandes almacenes para uniformar con elegancia barata a las parisienses pobres. Por debajo de la falda asoman unas pezuñitas de terciopelo polvoriento. Sonríe con un esfuerzo visible, frunciendo al mismo tiempo las cejas. Se adivina que es una mujer ácida, de las que «hacen historias» a los amigos; una especie de calamar amoroso, que esparce en torno la amarga tinta de su mal carácter.

Conversa con una respetable matrona que vuelve llorosa de la estación de despedir a su hijo, que es soldado. Junto a ella está una hija de catorce años, mirando a la vecina con ojos curiosos y admirativos. Los que ocupan el resto del banco dormitan con la cabeza baja o sueñan despiertos contemplando el cielo.

La burguesa, al hablar, gratifica a la muchacha ácida con un solemne *Madame*. Hace un mes habría abandonado el asiento, a pesar de su cansancio, para evitarse tal vecindad. ¡Pero ahora!... La inquietud nos ha hecho a todos bien educados y tolerantes. París es un buque en peligro, y sus pasajeros olvidan las preocupaciones y rencillas de los días de calma, para buscarse fraternalmente.

Sigo su conversación fingiéndome distraído. La madre es pesimista. ¡Maldita guerra! Parece que las cosas marchan mal. Le van a matar al hijo; casi está segura de ello; y sus ojos se humedecen con una desesperación prematura. Los enemigos están cerca; van a entrar en París «como la otra vez»... Pero la joven malhumorada muestra un optimismo agresivo.

—No, no entrarán, *Madame*... Y si entran, yo no quiero verlo, no me da la gana; no podría. Me arrojaré antes al Sena... Pero no; mejor será que me quede en mi ventana, y al primero que entre en la calle le enviaré...

Y enumera todos los objetos de uso íntimo que piensa emplear como proyectiles. Vibra en ella la resolución absurdamente heroica de los insensatos gloriosos que protestan para hacerse fusilar.

Algo pasa por la acera que interrumpe estos propósitos desesperados. Avanza lentamente un matrimonio de viejos: dos seres pequeñitos, arrugados, trémulos, que se detienen un momento, respiran con avidez, gimen e intentan seguir adelante. Ella, vestida de negro, con una capota de plumajes roídos por la polilla, se muestra la más animosa. Es enjuta y oscura; sus miembros, flacos y nudosos, parecen sarmientos trenzados. Se pasa de mano a mano una maleta que tira de ella con insufrible pesadez, encorvándola hacia el suelo.

A pesar de su cansancio, intenta auxiliar al hombre, que es una especie de momia. Su cabeza de pelos ralos aún parece más grande moviéndose sobre un cuello cartilaginoso, del que surgen los ligamentos con duro relieve. Los dos son de una vejez extremada; parecen escapados de una tumba. Les atormentan los paquetes que intentan arrastrar; caminan tambaleándose, como la hormiga que empuja un grano superior a su estatura. En este cansancio aplastante se adivina un nuevo suplicio, el de ir vestidos con las ropas guardadas durante muchos años para las grandes ceremonias de la vida: ella con falda de seda dura y crujiente; él puesto de levita y paletó de invierno.

El viejo deja caer el fardo que lleva en los brazos, y luego se desploma sobre este asiento improvisado.

—No puedo más... Voy a morir.

Gime como un pequeñuelo. Su pobre cabeza de ave desplumada se agita con el hipo que precede al llanto.

—Valor, mi hombre... Tal vez no estamos lejos. ¡Un esfuerzo!

La viejecita quiere mostrarse enérgica y contiene sus lágrimas. Se adivina que en la casa que dejaron a sus espaldas era ella la dirección, la voluntad, la palabra vehemente. Su diestra escamosa, abandonando a la otra mano todo el peso de la maleta, acaricia las mejillas del viejo. Es un gesto maternal para infundirle ánimo; tal vez es un halago amoroso que se repite después de un paréntesis de medio siglo. ¡Quién sabe! ¡La guerra ha despertado tantas cosas que parecían dormidas para siempre!...

Yo me imagino el infortunio de esos dos seres que representan ciento setenta años. Son Filemón y Baucis, que acaban de ver su apergaminado idilio roto por la invasión. Tienen el aspecto de antiguos habitantes de la ciudad que han ido a pasar el resto de su existencia en el campo, dejándose cubrir por las petrificaciones ásperas y saludables de la vida rústica. Tal vez fueron pequeños tenderos; tal vez ganó él su retiro en una oficina. Cuando no existían aún los hombres maduros del presente, se refugiaron los dos en esta felicidad mediocre, en este aislamiento egoísta soñado durante largos años de trabajo: una casita rodeada de flores, con algunos árboles; un gallinero para ella, un pedazo de tierra para él, aficionado al cultivo de legumbres.

Entraron en este nirvana burgués cuando los ferrocarriles eran menos aún que las diligencias, cuando la humanidad soñaba a la luz del petróleo, cuando un despacho telegráfico representaba un suceso culminante en una vida... Y de pronto, el miedo a la invasión alemana, que suprime un pueblo en unas cuantas horas, les ha impulsado a huir de una vivienda que era a modo de una secreción de sus organismos. Luego se han visto en París, aturdidos por la muchedumbre y por la noche, desamparados, no sabiendo cómo seguir su camino.

—Valor, mi hombre —repite la esposa.

Pero tiene que olvidarse de su compañero para dar gracias, con una cortesía de otros tiempos, a alguien que le toma la maleta e intenta levantar al viejo.

Es la muchacha ácida, que da órdenes y empuja con irresistible autoridad.

Ahora reconozco que no lo pasará bien el primer hulano que entre en su calle. Con un simple ademán limpia de gente una parte del banco, para que se instalen con amplitud los dos ancianos.

Queda espacio libre, pero yo me guardo bien de volver a sentarme. No quiero recibir un bufido con acompañamiento de varios nombres de pescados deshonrosos.

Sin duda la presencia de estos viejos ha resucitado en la memoria de la muchacha la imagen de otros viejos largamente olvidados.

La trémula Baucis da explicaciones. Dos días en ferrocarril. Han huido con todo lo que pudieron llevarse. Su última comida fue en la tarde del día anterior; pero esto no les aflige: los viejos comen poco. Lo que les aterra es el cansancio. Llegaron a las diez: ni un carruaje, ni un hombre en la estación que quisiera cargar con sus paquetes. Todos están en la guerra. Llevan tres horas buscando su camino.

—Tenemos en París unos sobrinos —continúa la anciana.

Pero se interrumpe al ver que Filemón se ha desmayado, precisamente ahora que descansa. Los curiosos del bulevar, que esperan siempre un suceso, se aglomeran en torno del banco. La protectora empuja e insulta, sin dejar de ocuparse de los viejos.

—¿Y viven cerca los parientes?

—Plaza de la Bastilla —contesta Baucis, que no sabe dónde está la plaza.

Un murmullo de tristeza; un gesto de lástima. Todos miran el extremo del bulevar, que se pierde en la noche. ¡Tan lejos!... ¡No llegarán nunca! Circulan pocos automóviles; solo de vez en cuando pasa alguno.

Los brazos de la bienhechora trazan imperiosos manoteos; su voz intenta detener a los vehículos que se deslizan veloces. Carcajadas o palabras de menosprecio contestan a sus llamamientos, y ella, indignada contra los chófers insolentes, da suelta al léxico de su cólera, intercalando con frecuencia la frase más célebre de Waterloo.

Cuando transcurren algunos minutos sin que pasen vehículos, vuelve al lado de los viejos para animarlos con su energía. Ella los instalará en un carruaje; pueden descansar tranquilos.

De pronto salta en medio del bulevar. Viene mugiendo un automóvil del ejército, desocupado y enorme, a toda fuerza de su motor. El soldado que lo guía cambia de dirección para no aplastar a esta desesperada que permanece inmóvil, con los brazos en alto.

Su prudencia resulta inútil, pues la mujer, moviéndose en igual sentido, marcha a su encuentro. La multitud grita de angustia. Con un violento tirón de frenos, el automóvil se detiene cuando su parte delantera empuja ya a esta suicida. Debe haber recibido un fuerte golpe.

El chófer, un artillero de pelo rojo y aspecto campesino, que lleva sobre el uniforme un chaquetón de caucho, increpa a la muchacha, la insulta por el sobresalto que le ha hecho sufrir. Ella, como si no le oyese, le dice con autoridad, tuteándole:

—Vas a llevar a estos dos viajeros. Es ahí cerca, a la Bastilla.

La sorpresa deja estupefacto al soldado. Luego ríe ante lo absurdo de la proposición. Va deprisa, tiene que entrar en el cuartel cuanto antes. Le grita que se aleje, que salga de entre las ruedas. Ella afirma que no se moverá, e intenta tenderse en el suelo para que el vehículo la aplaste al ponerse en marcha.

El artillero jura indignado, tomando por testigos a los curiosos. Esto no es serio; le van a castigar; el cuartel... los oficiales... Pero ella está ya en el pescante, inclinando hacia el conductor su rostro ceñudo, esforzándose por encontrar un gesto de graciosa seducción.

—Yo te recompensaré. Llévalos y te daré un beso.

Sonríe el soldado débilmente, mirándola a la cara para apreciar el valor del ofrecimiento. No es gran cosa, pero ¡qué diablo! un beso siempre resulta agradable.

La gente ríe y palmotea, y la muchacha, mientras tanto, se aprovecha de esta situación para instalar a los viejos en el vehículo con todos sus paquetes.

El chófer pone en movimiento su motor.

—Gracias, *Madame* —dice lloriqueando Baucis, mientras Filemón articula gemidos de gratitud.

Pero *Madame* no les oye, ocupada en depositar dos besos sonoros en las mejillas del artillero, brillantes y ennegrecidas por la grasa de los engranajes. «Toma... toma.»

Se aleja el automóvil y se deshacen los grupos. Las pezuñitas de terciopelo vuelven hacia el banco. Una de ellas cojea dolorosamente. Siento la tentación de besar también, de besar a la muchacha ácida; pero me inspira miedo.

Temo que interprete torcidamente mis intenciones.

La loca de la casa

I

Todos los viajeros, antes de abandonar la vieja ciudad de la Flandes francesa, oían la misma pregunta:
—¿Ha visto usted al señor Simoulin?...
No importaba que hubiesen invertido varias horas en la visita de la catedral, cuyas sombrías capillas están llenas de cuadros antiguos. Tampoco era bastante para conocer la ciudad haber recorrido sus iglesias y conventos de la época de la dominación española, así como las hermosas viviendas de los burgueses de otros siglos. El conocimiento quedaba incompleto si los curiosos prescindían de visitar el Museo-Biblioteca, y en él a su famoso director, que unos llamaban simplemente «el señor Simoulin», como si no fuese necesario añadir nada para que el mundo entero se inclinase respetuosamente, y otros designaban con mayor simplicidad aún, diciendo «nuestro poeta».

De todas las curiosidades de la urbe flamenca, la más notable, la que indudablemente le envidiaban las demás ciudades de la tierra, era Simoulin, «nuestro poeta». En esto se mostraban acordes todos los vecinos y los tres periódicos de la población, completamente antagónicos e irreconciliables en las demás cuestiones referentes a la política municipal.

Sin embargo, nadie podía enseñar la casa natalicia de esta gloria de la localidad. El gran Simoulin era del Sur de Francia, un meridional del país de los olivos y las cigarras, que había llegado siendo muy joven a la ciudad, para encargarse del Museo-Biblioteca en formación. Pero en ella había contraído matrimonio, en ella habían nacido sus hijos y sus nietos, y la gente acabó por olvidar su origen, viendo en él a un compatriota que era motivo de orgullo para la provincia.

Un sentimiento de gratitud se unía a la general admiración. Gracias a Simoulin, el Museo se había llenado de objetos que acreditaban las pasadas glorias del país; gracias a «nuestro poeta», los fabricantes de cerveza y de paños, gentes ricas y de pocas letras, que constituían la aristocracia de la ciudad, podían hablar, sin miedo a equivocarse, de los obispos, guerreros y burgomaestres de otros siglos que indudablemente eran sus ascendientes.

Además, el personaje imponía admiración con su aspecto. Los que le contemplaban por primera vez sonreían satisfechos. «Así se habían imaginado al grande hombre; no podía ser de otro modo.» Y parecían venerar con sus ojos las luengas barbas blancas, las dos crenchas de su cabellera, onduladas y brillantes como las vertientes de una montaña cubierta de nieve. De pie, perdía gran parte de su majestad, por ser pequeño de estatura y mostrarse agitado continuamente a causa de su inquietud nerviosa. Sentado en su Museo, recordaba al Padre Eterno, a pesar de las arrugas de su rostro y el mal color de su tez, impregnada del polvo de los libros y de las piezas arqueológicas.

Cuando hablaba —y el gran Simoulin era incapaz de callar así que tenía un oyente—, su palabra parecía difundir en torno de él una aureola de prestigio histórico. Todas las celebridades de la segunda mitad del pasado siglo las había conocido el grande hombre. Recordaba como amigos de ayer a Víctor Hugo y a Gambetta. Con este último había tenido, indudablemente, cierto trato, cuando el futuro gobernante de la República andaba echando sus discursos de tribuno republicano por los cafés del Barrio Latino. Al grandioso poeta lo había visto una vez nada más, confundido en una comisión de estudiantes que fue a saludarle a la vuelta de su destierro en Guernesey. Pero esto solo representaba a los ojos de los admiradores de Simoulin un detalle histórico insignificante, y todos repetían, con la firmeza del que dice la verdad:

—Víctor Hugo, que fue íntimo amigo de nuestro Simoulin.

De otras amistades hablaba el grande hombre con más exactitud. En el Barrio Latino había tenido por camaradas a Zola, a Daudet y a otros escritores de su generación. Esto era indiscutible. Podía enseñar cartas de todos ellos, cartas breves, de un afecto forzoso, pero en las que vibraba la nostalgia de la juventud, ya lejana; cartas que los hombres célebres contestan por deber a los camaradas de los primeros pasos que cayeron rendidos en la mitad del camino. Y los admiradores del director del Museo-Biblioteca repetían lo que tantas veces habían leído en los periódicos locales:

—Hubiese sido el primer poeta del mundo, de querer seguir en París. Para él era la gloria que ahora disfrutan muchos con menos talento. Pero prefirió vivir entre nosotros...

¡Cómo no adorar a un hombre que había hecho tal sacrificio en honor de la antigua y adormecida ciudad!...

Todos en ella se esforzaban por corresponder a tal abnegación, haciéndole grata la existencia. El Consejo municipal atendía sus indicaciones con tanto respeto como el Colegio de cardenales escucha la voz del Papa. Aunque la ciudad no tuviese dinero, lo encontraba siempre para las mejoras de su Museo-Biblioteca. Los subprefectos enviados de París visitaban inmediatamente al grande hombre. Un presidente de la República, al pronunciar su discurso durante una permanencia de breves horas en la ciudad, había saludado a Simoulin como la más alta gloria de la región. Los industriales del país, que solo aceptaban alianzas con gente de dinero, habían admitido como yernos a los hijos del poeta.

Su gloria se extendía por toda la provincia como algo irresistible, reflejándose en las provincias limítrofes. En toda ceremonia oficial, los periódicos se cuidaban, ante todo, de anunciar: «Hablará el ilustre Simoulin». Unas veces era un discurso patriótico; otras, una oda de circunstancias. Los organizadores de banquetes contaban con un medio seguro para evitar el fracaso: «A los postres, pronunciará un brindis nuestro poeta». Y en pocas horas no quedaba un asiento disponible.

Todos los que en la ciudad se sentían tentados por el demonio de la literatura acudían a la Biblioteca para pedir consejo al ilustre maestro. Los recibía como amigos antiguos, y, arrastrado por su vehemencia verbal, dejaba pronto de ocuparse de ellos para hablar de su propia persona.

—Un día, el abuelo Hugo me dijo que...

Por las tardes se reunían en su casa los admiradores de su ciencia histórica: varios señores retirados de la magistratura, del comercio o de las armas, que en vez de entretenerse coleccionando sellos, se habían dedicado a la arqueología provincial.

El discípulo preferido era el comandante Pierrefonds, un hombre corto de estatura, fornido, parco en palabras, de mal carácter, que gruñía a la menor contradicción bajo su recio bigote rojo y blanco. Tenía el gesto reconcentrado y amenazante de un perro feroz y mudo. Solo el maestro Simoulin se atrevía a bromear con él. Vivía solitario, en una casa de las afueras, con una vieja ama de llaves y una colección de monedas antiguas, a la que pensaba dedicar el resto de su existencia de célibe.

Se había retirado del ejército con verdadero placer al llegar a la edad reglamentaria, después de una serie de campañas coloniales penosas y sin gloria, que habían quebrantado su salud y agriado su carácter. Solo le interesaba actualmente la numismática, y no reconocía otra grandeza humana que la de su eminente amigo y maestro. Su ambición era ser el primero de los «simoulinistas», y los que envidiaban su privanza, viéndole acompañar al grande hombre a todas partes, lo habían apodado «el dogo del poeta».

Esta veneración no cegaba al rudo comandante hasta el punto de hacerle desconocer los defectos de su maestro. Pierrefonds era capaz de dejarse matar si le exigían una mentira a cambio de la existencia; nunca recordaba haber faltado a la verdad voluntariamente; ¡y, en cambio, su admirado maestro!...

Dudaba el militar antes de definir la verdadera personalidad moral del ilustre Simoulin... Lo mismo les ocurría a muchos de los discípulos. En la misma incertidumbre estaban sus hijos, su vieja esposa, todos los que le trataban de cerca.

¿El poeta era un embustero?...

No; no lo era. El que miente lo hace con un fin interesado, por orgullo o por perjudicar a otro. Y el ilustre maestro no mentía; lo que hacía, simplemente, era ignorar la verdad, huir de ella cuando la encontraba al paso... Y si le obligaban a mirarla de frente, la veía con unos ojos distintos a los ojos de los demás.

Las cosas nunca eran para él como para los otros; siempre las contemplaba como quería que fuesen y no de acuerdo con la realidad.

Además, carecía por completo del sentimiento de la medida, inclinándose a la exageración para aumentar o disminuir las cosas. Unas veces hablaba de su ciudad como de una urbe igual a Londres o Nueva York. Otras veces la compadecía cual si fuese una aldea. Las personas pasaban a ser en su apreciación semidioses o monstruos; nada guardaba para él sus proporciones regulares: ni seres ni objetos.

Uno de sus admiradores, antiguo juez aficionado a las disquisiciones filosóficas, había hecho su diagnóstico.

—Tiene la enfermedad de muchos grandes hombres. Su peor enemigo es «la loca de la casa».

Este era el apodo que el filósofo Malebranche había dado a la imaginación. Había días en que «la loca» dormía detrás de la frente, en el piso más alto de aquel edificio humano, y el poeta se mostraba tan razonable y justo en sus apreciaciones como un fabricante de paños de la localidad. Otras veces, la inquilina del cráneo se despertaba impetuosa, haciendo toda clase de cabriolas y extravagancias, y el ilustre maestro pasaba de golpe a vivir en un mundo quimérico, mientras su cuerpo se movía en este mundo terrenal. Sus ojos miraban, para ver lo que no veían los otros, sus manos poseían un tacto sobrenatural, mientras su boca iba emitiendo, con acento de sinceridad, errores y exageraciones equivalentes a grandes mentiras.

El rudo Pierrefonds lamentaba estos excesos de «la loca de la casa», pero no por ello compadecía a su maestro.

—Todos los genios fueron así.

Recordaba a Balzac y a otros escritores imaginativos, que poblaron su vida práctica de absurdas concepciones, aceptándolas como realidades.

Además, ¡quién sabe si era «la loca de la casa» la que había hecho que este hombre del país de los olivos y las cigarras conquistase con tanta rapidez la vieja ciudad dormida y sin ensueños!...

II

La guerra vino a aumentar considerablemente la gloria de Simoulin.

En un mes, su actividad muscular y su actividad mental funcionaron con más apresuramiento que durante varios años. Se le vio en todas partes: en la estación del ferrocarril despidiendo a los hombres que iban a incorporarse a sus regimientos; en el paseo principal, donde, al caer la tarde, entonaban las músicas himnos patrióticos coreados por la muchedumbre. La gente interrumpía sus cantos al ver las blancas melenas del poeta. «¡Que hable el señor Simoulin!», gritaban mil voces. Y al poco rato lloraban las mujeres, rugían de entusiasmo los hombres que aún no habían ido al ejército, y hasta las banderas tricolores parecían aletear con más fuerza, como azotadas por el vendaval patriótico del lírico orador.

Cruzaba los brazos lo mismo que Napoleón después de una victoria; otras veces manoteaba y rugía igual a Dantón al declarar la patria en peligro. Los más grandes personajes históricos pasaban por él, y de tal modo se identificaba con sus evocaciones, que Simoulin era el primer engañado. Prometía el triunfo con la certidumbre de un gran estratega capaz de derrotar a los enemigos cuando se lo propusiese; hacía llorar a su público con una sugestión irresistible, pero él era el primero en verter lágrimas, conmovido por su propia elocuencia al describir la injusta agresión que sufría la patria.

Esta vida imaginativa y elocuente duró solo unas semanas. Simoulin se mostraba insensible a las malas noticias. Eran, según él, invenciones de los enemigos. Pero ¡ay! la realidad se encargó de despertarle un día, con rudo manotazo. Los alemanes se habían extendido por Bélgica e iban a pasar de un momento a otro la vecina frontera, entrando en Francia. Muchos vecinos de la ciudad huían. Algunos burgueses prudentes insinuaron al poeta la conveniencia de retirarse a París, por creer que el gobierno necesitaría la colaboración de un hombre tan célebre.

—¡Que vengan los enemigos! —contestó con sencillez—. Aquí los aguardo.

Sus hijos estaban en el ejército; las mujeres de la familia se habían ido a una ciudad del interior con todos los nietos. Simoulin, completamente solo, se consideraba preparado para toda clase de heroísmos.

—Yo también —le había dicho Pierrefonds.

El comandante consideraba una felonía abandonar la ciudad. Al declararse la guerra, había sufrido una amarga decepción viendo que no lo aceptaban para combatir en el frente, a causa de sus enfermedades de antiguo soldado colonial. Al fin, para que no insistiese en sus quejas, lo hicieron director de un modesto servicio de administración militar en la misma ciudad.

—Mientras el ministro de la Guerra no me ordene otra cosa, aquí estaré.

Y como el ministro de la Guerra, preocupado por el avituallamiento y la suerte de los ejércitos en retirada hacia el Marne, no se acordó de que exista en el mundo un comandante Pierrefonds encargado de unos cuantos centenares de capotes viejos, el belicoso numismático pudo ver desde una ventana de su casa cómo llegaban a la ciudad los primeros pelotones de hulanos.

El ama de gobierno tuvo que arrodillarse ante él, abrazando sus piernas y recordándole las dulces intimidades de otros tiempos ya olvidados. Solo así consiguió arrancar de sus manos el viejo revólver con el que pretendía recibir a tiros a los invasores. Por su culpa podían morir fusilados muchos vecinos de la ciudad, según afirmaba su vetusta compañera. Además, se acordó de los consejos del maestro:

—Pierrefonds, cuando vengan (si es que vienen), mostrémonos grandes y altivos en la desgracia. Un heroísmo que se sacrifica es muchas veces más poderoso que el heroísmo que vence.

El ilustre Simoulin tuvo numerosas ocasiones de conocer este sacrificio predicado por él. Cuando intentó presentarse a los generales invasores para formular una elocuente protesta contra los atropellos cometidos por sus tropas, solo pudo ver a un oficial, que le contestó sarcásticamente, acabando por amenazarle con el fusilamiento. Nadie hacía caso de su nombre; aquellos guerreros vestidos de gris verdoso parecían oírlo por primera vez. Los hijos del país que meses antes rodeaban al poeta con su cariñoso entusiasmo no podían servirle ahora de consuelo. Unos estaban en la guerra; otros habían huido; los demás sufrían en la ciudad toda clase de vejaciones, y para evitarlas, se mantenían ocultos en sus casas.

El poeta sufrió el tormento del hambre y el suplicio aún más intolerable de la humillación. ¡Quién hubiese podido reconocer a los pocos meses de tiranía alemana al ilustre director de la Biblioteca!... Parecía haber vivido diez años en unas cuantas semanas. Estaba triste. «La loca de la casa» había abandonado indudablemente aquel desván de su cuerpo en el que tantas cabriolas llevaba hechas.

Al encontrarse con algún grupo de míseros compatriotas, intentaba reanimarlos lo mismo que cuando hablaba en la plaza pública bajo el aleteo de las banderas, coreado por trompetas y tambores.

—Esto pasará pronto. He recibido magníficas noticias, que no puedo decir... ¡Los nuestros se aproximan!

Pero su voz tenía el sonido de una moneda falsa. Necesitaba engañarse a sí mismo para hablar con el entusiasmo de otros tiempos, y «la loca de la casa» ¡ay! parecía haber muerto.

Un día, los alemanes, aburridos sin duda de repetir monótonamente los mismos procedimientos de intimidación —quema de edificios, fusilamientos, trabajos forzados—, pusieron en práctica un nuevo suplicio. La esclavitud del vencido, castigo de las guerras antiguas, fue resucitada por los invasores. Una parte del vecindario se vio deportada al interior de Alemania para trabajar las tierras del vencedor.

Viejos, mujeres y adolescentes formaron una masa de desesperación y miseria, encuadrada por los caballos y las lanzas de los jinetes alemanes. Al frente de este rebaño de esclavos figuraban, para mayor escarnio, los dos vecinos más respetables que habían quedado en la ciudad: Simoulin y su discípulo Pierrefonds.

—Comandante —dijo el poeta una vez más—, piense que el heroísmo que se sacrifica es más grande, etc.

Le daba miedo el aspecto del veterano. Tenía los ojos inyectados de sangre; bufaba de cólera, haciendo temblar su bigote. Parecía no oír a su maestro. Pensaba por primera vez que había sido una gran torpeza no moverse de la ciudad. Envidiaba a los que podían morir en el frente. «¡El comandante Pierrefonds llevado en cuadrilla, como un esclavo negro!... ¡Ira de Dios!»

Había pasado los días oculto en su casa, para no ver a los invasores. Su ama de llaves le evitaba toda salida, temiendo que hiciese un disparate. Pero ahora los tenía ante sus ojos; podía verlos de cerca...

No eran muchos: un destacamento de infantería y unas cuantas parejas de hulanos iban a escoltar a los deportados hasta otra estación algo lejana.

Un jefe único vigilaba desde lo alto de su caballo los preparativos de marcha de este rebaño dolorido: un militar pálido y de una delgadez ascética. Simoulin creyó ver en él una expresión de cansancio y de remordimiento. Tal vez exageraba su rigidez militar para hacer menos visible la vergüenza que le producía esta vil función de guardador de esclavos.

Pierrefonds, en cambio, le miraba fijamente, por ser el jefe. Al iniciar el grupo su marcha, pasando ante el caballo del alemán, estalló la cólera del comandante, muda y reconcentrada hasta entonces. Quiso morir fusilado antes que dar un paso más.

—¡Abajo Guillermo! ¡Mueran los verdugos! —gritó con una voz ronca.

El hombre a caballo parpadeó vivamente bajo la visera de su gorra, hizo un movimiento de sorpresa y de cólera; quedó indeciso contemplando al prisionero. Los ojos agresivos de éste parecieron devolverle la calma, y miró a otra parte, levantando los hombros levemente. «¡Suicida!» Y esta palabra, que pareció proferir el enemigo con su indiferencia afectada, irritó aún más al comandante. También le irritó el automatismo de aquellos soldados, que indudablemente le habían entendido; pero eran incapaces de oír mientras no oyese su jefe.

Quiso lanzar por segunda vez el insulto, pero no pudo. Alguien le tiraba del brazo; una cara se pegaba a la suya, hundiendo en sus ojos una mirada de espanto.

—¡Pierrefonds! ¡Amigo mío! ¿Está usted loco? ¡Por Dios, cállese! Va usted a conseguir que nos fusilen a todos.

Y Simoulin dijo esto con tal expresión de angustia, que el comandante desistió de continuar.

Pero el miedo sufrido hizo rencoroso al poeta.

—¡Qué disparate! —continuó diciendo—. ¡Pero eso es una niñada sin objeto, impropia de su edad!...

Y transcurrieron muchos días sin que el grande hombre le perdonase el susto pasado.

A pesar de los sufrimientos de su esclavitud, cada día mayores, Simoulin decía de pronto, mirándole con ojos severos:

—Pero ¿dónde tenía usted la cabeza?... ¿Qué se propuso usted al lanzar aquellos gritos absurdos?... ¿Quería usted mi muerte y la de tantos infelices?

III

Al terminar la guerra recobró poco a poco la ciudad su antiguo aspecto. Empezaron a volver a ella los vecinos huidos, y los que habían soportado durante más de cuatro años la dominación extranjera les relataban sus miserias.

Regresaron también en pequeños grupos los deportados al interior de Alemania, pero su número había disminuido durante la esclavitud. Eran muchos los que se quedaban para siempre en las entrañas de aquella tierra aborrecida y hostil.

Entre tantas desgracias, representaba una alegría para la ciudad la certeza de que Simoulin, «nuestro poeta», no había muerto. Es más; al principio, los enemigos lo habían tratado sin ninguna consideración, pero el mérito no puede permanecer mucho tiempo en la oscuridad, y cierto profesor alemán que había sostenido en otro tiempo correspondencia con el grande hombre sobre hallazgos arqueológicos, al saberle prisionero, consiguió trasladarlo a su ciudad, haciéndole más llevadero el cautiverio. El poeta hizo partícipe de esta buena suerte al comandante, en su calidad de numismático, y para los dos transcurrió el período de cautiverio en una dependencia humillante pero soportable.

La ciudad, a pesar de sus recientes tristezas, hizo grandes preparativos para recibir a Simoulin a su vuelta de Alemania. Ya era algo más que un gran poeta, gloria de su país adoptivo; había pasado a convertirse en héroe, digno de servir de ejemplo a las generaciones futuras. Cuando tantos huían, él continuaba en su puesto, y el brillo de su gloria era tal, que los feroces enemigos habían acabado por respetarlo, tratándole casi con tanta admiración como sus convecinos.

Un aplauso inmenso saludó a Simoulin al descender del tren. «¡Qué viejo está!» Y las mujeres, vestidas de luto, lloraban, olvidando momentáneamente sus dolores para no ver mas que los sufrimientos del adorado grande hombre. Pero aunque había perdido en el destierro una parte de su cabellera de plata, conservaba intacto su entusiasmo, su inquietud movediza, su verbosidad lírica, que volvió a estremecer la ciudad lo mismo que un soplo primaveral.

Detrás, como un perro fiel, llegaba Pierrefonds, sin que los años de esclavitud hubiesen dejado en él ninguna huella aparente, reconcentrado y agrio lo mismo que antes, pero con una expresión de inmensa melancolía en los ojos. Los alemanes le habían robado su colección de monedas. Ya no le quedaba en su casa mas que el ama de llaves. ¿Qué entretenimiento podía encontrar un hombre después de esto?... ¿Era posible, a sus años, empezar una nueva colección?...

Desalentado, seguía a Simoulin por la fuerza de la costumbre, abriéndose paso entre un gentío que aclamaba al maestro y no lo reconocía a él.

Cuando el poeta, conducido en alto por un grupo de jóvenes, fue deposi-
tado en el gran balcón del Palacio Municipal, extendió sus manos augustas
sobre la plaza negra de muchedumbre y rompió a hablar como en sus mejores tiempos.

Pasarán varias generaciones antes que se extinga en el país el recuerdo
de este discurso.

¡Qué de aplausos! ¡Qué de lágrimas de emoción!... El poeta describió el
martirio de la ciudad; los sufrimientos de sus hijos, arreados como esclavos;
la agonía de los que murieron de miseria lejos de la amada tierra natal.

Luego creyó llegado el momento de hablar un poco de su persona.

—No me tributéis honores —dijo modestamente—. He cumplido mi deber,
lo mismo que mis compañeros de desgracia. Todos nos hemos mostrado
grandes y altivos frente al invasor; todos hemos sido héroes con el heroísmo
del que se sacrifica, más poderoso mil veces que el heroísmo que vence.

Aquí tuvo que detenerse, ahogada su voz por el estrépito de una ovación
inmensa.

—Permitidme, para terminar —continuó—, que os relate una breve historia,
como demostración de lo que puede el heroísmo humano cuando no teme
a la muerte. Callaría, si mi persona fuese la única que figuró en este suceso;
pero otro que está cerca de mí hizo tanto como yo, y mi modestia no debe
arrebatarle la gloria que le corresponde.

Simoulin describió la salida del triste rebaño humano conducido a la esclavitud. Al frente iban él y el comandante.

—Y al pasar ante el jefe de aquellos bandidos, Pierrefonds y yo, estrechamente abrazados, deseando morir, le gritamos en pleno rostro: «¡Abajo
Guillermo! ¡Mueran los verdugos!».

El comandante, que estaba en el balcón junto al grande hombre, abrió los
ojos con asombro y espanto, mientras le temblaban los bigotes, como si no
pudiese contener una avalancha de frases de protesta.

Pero el orador, uniendo la acción a la palabra, se había abrazado a él nerviosamente, desafiando con la mirada a un enemigo imaginario y dispuesto
al fusilamiento. Además, era imposible hablar. La muchedumbre rugía de
entusiasmo; los aplausos sonaban como una granizada interminable.

«La loca de la casa» había resucitado, haciendo otra vez de las suyas.

153

Y el comandante, librándose del abrazo, acabó por inclinar su cabeza, rojo de vergüenza al pensar que aceptaba una mentira, pero agradeciendo al público aquella ovación, la primera de toda su existencia.

IV

Transcurrieron dos años. Hasta en París se habló muchas veces del heroísmo del poeta Simoulin, que quiso morir insultando a los invasores. ¡Viejo heroico!...

En la ciudad todos conocían su grito. Ya no era solo «nuestro poeta»; era el hombre que había gritado: «¡Abajo Guillermo! ¡Mueran los verdugos!». Hasta los niños de las escuelas sabían esto, por haberlo oído a sus profesores, y al encontrar al señor Simoulin se descubrían con veneración, como si viesen pasar la bandera de la patria.

El comandante Pierrefonds vivía desorientado, dudando de sus sentidos, creyéndose algunas veces juguete de «la loca de la casa» que también llevaba en lo más alto de su cuerpo, como todos los seres humanos, pero que hasta entonces había vivido dormitando y ahora empezaba a atormentarle con sus jugarretas.

Tenía la seguridad de que el maestro había hablado de él en su discurso. Es cierto que se atribuyó, por un exceso imaginativo, la mitad del acto de su discípulo, pero concediéndole generosamente la otra mitad. De eso estaba seguro Pierrefonds. Recordaba con orgullo los aplausos del público dirigidos a su persona...

Pero este público ya no se acordaba de él. La muchedumbre parecía haber perdido la memoria. Nadie se imaginaba ya al grande hombre abrazándose al comandante para morir. Las masas no aman la gloria colectiva, a causa de su vaguedad; quieren algo preciso e individual, les gusta el héroe aislado y bien a la vista. Y por esto hablaban todos del grito del señor Simoulin, del heroico reto del señor Simoulin a los enemigos, sin mencionar para nada al comandante.

El grande hombre, contagiado por el olvido general, tampoco recordaba su invención del abrazo y la hazaña en común. Veía las cosas como quería verlas «la loca de la casa»; se contemplaba elevando la diestra —tal vez como le iba a representar en lo futuro una estatua de bronce en el mejor paseo de la ciudad– y lanzando el grito famoso. Hasta podía describir exactamente, con su gran poder imaginativo, cómo ocurrió el hecho. Y al transcurrir el tiempo, iba encontrando en su memoria nuevos detalles que añadir a la primitiva visión, todos de indiscutible veracidad.

El comandante empezó a aborrecer de un modo definitivo todo lo que le rodeaba. Muchas veces dudó de sí mismo. ¿Lo que él creía la verdad no sería un sueño, y los otros, al olvidarse de él, estarían verdaderamente en lo cierto?...

Luego, recobrando la fe en sí mismo, despreciaba a sus conciudadanos y no quería salir de su casa.

¿Para qué ver gentes? ¿Para oírles alabar al señor Simoulin y su grito histórico?...

Ya no veía al maestro. Le resultaba intolerable la inocente seguridad con que describía su hazaña. «La loca de la casa» se mostraba en él como una desvergonzada, indigna del trato con personas decentes. Además, los alemanes le habían robado sus monedas y sus medallas, y le era doloroso volver a conversar con el maestro sobre cuestiones numismáticas.

Su única ocupación fue bostezar leyendo libros viejos, regar su pequeño jardín y hacer comparaciones entre su vejez y la de su ama de llaves.

Un día, vio turbada esta soledad. Le visitaron los organizadores de un banquete en honor de «nuestro poeta», con motivo de la nueva condecoración que le había concedido el gobierno.

Iba a ser la fiesta más importante de todas las que se habían tributado al grande hombre. Tal vez la última. ¡El pobre estaba tan viejo!... Vendrían de París diputados y senadores; hasta el ministro de Instrucción pública había prometido su asistencia.

–Y el maestro –continuaron los organizadores– ha preguntado por usted. Se extraña de no verle. ¡Le gustaría tanto tenerlo cerca, en la mesa!...

El enfurruñado comandante se negó a asistir a la fiesta, pero su vieja compañera le aconsejó lo contrario. Le convenía ver a sus antiguos amigos; necesitaba distraerse...

Al fin, accedió. Le había conmovido la suposición de que esta fiesta en honor de su antiguo maestro podía ser la última. Deseaba verle. ¡Quién sabe si no le vería más!...

La noche del banquete, el poeta le recibió con los brazos abiertos.

—¡Ah, Pierrefonds!... ¡Valeroso compañero de miserias y de esclavitud!...

Y lo presentó al ministro y a todos los personajes llegados de París.

—Un héroe, señores; un verdadero soldado y un gran patriota.

Pierrefonds gruñió dulcemente, y su bigote se contrajo con algo que parecía una sonrisa. Se sintió arrepentido interiormente de sus cóleras. El maestro era bueno; su fama la repartía con los humildes. Todo lo anterior había sido, indudablemente, obra de los envidiosos, que deseaban separarlos.

Durante el banquete, Simoulin no le perdió de vista. El comandante no podía estar a su lado; aspirar a esto hubiera sido un disparate. El maestro tenía por vecinos de mesa a los grandes personajes venidos de la capital. Pero lo había hecho sentar al alcance de su voz y de sus ojos, y hasta levantó su copa una vez mirando a Pierrefonds.

—¡A la salud de mi heroico compañero!...

¡Simpático maestro! ¿Cómo no quererle?... Su alma desconocía la injusticia.

Al llegar la hora de los brindis, hablaron como una docena de señores. Luego, el poeta pronunció su discurso de gracias.

Fue una hermosa pieza oratoria; y como Simoulin, a pesar de su lirismo, gustaba de tener siempre un tema fijo, en torno del cual podía enroscar caprichosamente sus improvisaciones, escogió uno: «el valor cívico y el valor guerrero».

Inútil es decir que, desde los primeros párrafos, el pobre valor guerrero quedó muy por debajo del valor cívico.

Tal vez por esto, Pierrefonds, que era militar, empezó a sentir cierta inquietud. Le daban miedo los ojos brillantes del maestro, unos ojos juveniles, detrás de cuyos cristales empezaba a danzar «la loca de la casa». Adivinó que el alma del poeta no estaba allí. Volaba por un mundo fantástico, y volvería dentro de unos instantes, derramando sobre la mesa, como flores reales, todas las rosas quiméricas recogidas en su viaje. ¿Qué iba a decir?...

Su palabra continuaba fluyendo, sonora, fácil, entusiástica.

—Y para terminar, señores, puedo citaros un ejemplo, que hará ver, mejor que todas mis palabras, lo que son los dos valores.

»Aquí está mi amigo el comandante Pierrefonds, mi compañero de cautiverio, un verdadero héroe, un soldado cubierto de condecoraciones y de heridas, que realizó las mayores hazañas en nuestras guerras coloniales. Su valor guerrero es indiscutible. Yo no soy mas que un pobre poeta, capaz, en determinados momentos, de mostrar cierto valor cívico.

»Ya conocéis la escena de nuestra salida de esta ciudad como prisioneros de los alemanes. La prensa, el libro y hasta el grabado han reproducido esta escena, tributándome con ello una gloria que no merezco. Yo grité... lo que grité; fue algo superior a mi voluntad, que tal vez me aconsejaba ser prudente. Pero el valor cívico, cuando despierta, no conoce el peligro.

»Y apenas grité "¡Abajo Guillermo! ¡Mueran los verdugos!" este hombre de guerra, héroe de cien campañas, tal vez porque tiene un sentido de la realidad más exacto que yo, que no soy mas que un pobre poeta, me agarró las manos, suplicándome: "¡Por Dios, maestro! ¡Nada de locuras! ¡Nos va usted a hacer matar a todos!...".

Esto no lo habrá olvidado seguramente mi querido camarada de infortunio. Y como es un soldado de valor indiscutible, podrá reconocer también sin rubor alguno que tal vez en aquella ocasión sintió cierto miedo, el primer miedo de toda su vida.

El comandante no pudo protestar. Una aclamación ensordecedora había interrumpido la elocuencia del orador. Todos le tendían las manos, conmovidos por la sinceridad y la sencillez de sus palabras. Y el poeta heroico se sentó, jadeando de emoción y de fatiga. Su discurso había terminado.

Pierrefonds optó por marcharse, sin que el público reparase en su fuga, ni en sus gestos coléricos, ni en las palabras de indignación que iba barboteando.

Después de aquella noche, nadie le ha visto más.

Tal vez no quiere salir a la calle; tal vez ha renunciado para siempre a vivir en la misma ciudad que el poeta y su «loca de la casa».

La sublevación de Martínez

I

Después que triunfó la revolución, y sus caudillos, instalados definitivamente en la capital de México, se repartieron los principales cargos —desde presidente de la República hasta rector de la Universidad—, el valeroso Doroteo Martínez empezó a sentirse aburrido, sin atinar con la causa.

En verdad, no podía quejarse de su suerte. Seis años antes era segundo capataz en la hacienda de un gran señor que pasaba la mayor parte del tiempo en París.

Un día montó a caballo para seguir a los vengadores de Madero y derribar a su asesino Huerta. ¿Por qué no había de ser revolucionario, a semejanza de otros mexicanos de tan humilde origen como él, que llegaban a ministros y hasta presidentes?... Guadalupe su mujer, carácter despótico, opuesto sistemáticamente a todas sus decisiones, aceptó esta vez con entusiasmo el proyecto de dedicarse a la guerra.

—A ver si llegas a general —le dijo—. ¡Está una tan cansada de ver generalas que empezaron siendo criadas!...

El miedo a la mujer, una buena suerte incansable y el afán de que su nombre apareciese en letras de imprenta y fuese cantado en verso con acompañamiento de guitarra, le empujaron en su ascensión gloriosa. A los treinta años se vio general de brigada, sin haber tropezado con grandes obstáculos. Su astucia de campesino le hizo saltar oportunamente de un grupo a otro en las contiendas civiles que surgieron al final de la revolución, adivinando quién iba a triunfar y quién iba a sumirse para siempre en la desgracia y el olvido.

Su primer jefe y maestro fue Pancho Villa. A sus órdenes hizo la mayor parte de la guerra; pero al verlo en lucha con Carranza, presintió que este antiguo «ranchero», de porte solemne y aseñorado, al que llamaban «el viejo barbón», tenía más aspecto de presidente que el antiguo bandido, y se fue con él.

Por segunda vez Guadalupe reconoció que su esposo era a veces capaz de resoluciones acertadas.

El guerrillero, durante la presidencia de Carranza, conoció todas las dulzuras del poder. De la capital de México le llegaban grandes sobres con el sello del gobierno llevando esta inscripción: «Al ciudadano general Doroteo Martínez, comandante de las tropas en operaciones».

Su autoridad se extendía nominalmente sobre un territorio más grande que algunas naciones de Europa, pero solo era efectiva en la población donde había establecido su Estado Mayor y en otros grupos urbanos ocupados por sus tropas.

La importancia de estas tropas también era más ilusoria que real. Vistas desde las oficinas ministeriales de México, constaban de una docena de miles de hombres, con casi igual número de caballos. Sobre el terreno de las operaciones los regimientos se achicaban hasta convertirse en partidas; los miles de combatientes bajaban a ser centenares; y los caballos, que debían estar próximos a morir de un reventón, según las montañas de forraje que llevaban consumidas —a juzgar por las cuentas pagadas por el Ministerio de la Guerra—, eran escuálidos jamelgos que pastaban en los campos de los particulares, alimentándose a la ventura con lo que podían encontrar.

El general, siguiendo una respetable tradición, se guardaba tranquilamente los sueldos de los combatientes que no existían y el valor de los piensos que jamás habían olido sus caballos. De algún modo debía pagar la patria los servicios pretéritos de sus héroes y los que le seguirían prestando en el resto de sus días.

Continuaba en guerra el país. En vano el gobierno de la capital hacía decir a los periódicos que solo se mantenían en armas algunos bandidos, a los que pensaba exterminar de un momento a otro. Lo de que fuesen bandidos o no lo fuesen quedaba reservado a la apreciación siempre divergente de los gobernantes y de sus enemigos; pero lo cierto era que los que corrían montes y campos, haciendo saltar trenes con dinamita, quemando poblaciones, fusilando prisioneros y llevándose mujeres, habían convivido como camaradas de armas con los mismos que marchaban ahora en su persecución.

Martínez se tuteaba con todos los insurrectos que tenía encargo de fusilar así que cayesen en sus manos. Meses antes eran todavía tan generales como él. Hasta le obligaban a marchar contra su antiguo ídolo el temible

Villa, y procuraba hacerlo con la mayor discreción, como un esgrimista novel que se bate con su maestro.

Perseguidos y perseguidores parecían evitar los golpes decisivos. Los adversarios de Martínez propalaban en la capital que éste tenía más empeño en eternizar la guerra que los mismos insurrectos. La paz significaba para él, como para los otros jefes de operaciones, la supresión de los regimientos fantasmas y de los piensos de la caballada no menos irreales.

Pero el valeroso Doroteo despreciaba estas invenciones de la malevolencia. ¡Qué hombre ilustre carece de envidiosos!

Había perdido su timidez de los primeros tiempos de la revolución, cuando rondaba en torno de los caudillos principales como un oficial de lealtad perruna, siempre dispuesto a encargarse de las misiones peligrosas. Empezaba a creer que había nacido para cumplir una misión histórica, según afirmaban sus aduladores. Al marcharse a la guerra, solo sabía trazar su firma como un jeroglífico, y aun esto lo había aprendido durante unos meses que pasó en la cárcel a causa de ciertas puñaladas recibidas por alguien que pretendía casarse con la que ahora era su mujer. Durante la guerra se familiarizó con la literatura declamatoria de las proclamas y los artículos revolucionarios, y pudo llegar a leer de corrido estos impresos, siempre que fuesen de letra gruesa.

Ahora tenía como secretario a un periodista traído de la capital, joven poeta, que redactaba todos los decretos que el comandante de operaciones dirigía a los pobladores de su territorio, tratando en ellos muchas veces sobre los destinos de la humanidad futura y la revolución universal, como si fuesen dedicados a los habitantes del planeta entero.

Al verse tan bien servido por la pluma del secretario, Martínez, cuando no estaba de operaciones, sentía la necesidad de convertir en leyes todas las ideas simples y nuevas para él que hervían en su cerebro.

—Sandoval, vamos a escribir media docena de decretos —decía después de las comidas, como si esto suavizase su digestión.

Y a un mismo tiempo legislaba sobre la limpieza de las calles de la ciudad, sobre el amor libre, sobre la hora de empezar el espectáculo en los cinematógrafos y sobre un nuevo reparto de la propiedad rural. Los decretos siempre terminaban condenando a ser pasados por las armas a todos los que desobedeciesen las órdenes de su autor. La gente, familiarizada con el peligro y la muerte, no hacía gran caso de ellos. ¡Eran tantos los decretos, y por otra parte tan poco numerosas las personas del distrito que sabían leer!

Pero si rara vez llegaban a ser una realidad positiva, estos documentos servían de un modo maravilloso al general cuando deseaba suprimir a alguien. Siempre ocurría que este importuno había desobedecido alguna de sus leyes tan minuciosas y tan diversas, y el Consejo de guerra que se reunía en el *foyer* del teatro de la ciudad no necesitaba discutir mucho para enviar al acusado al cementerio, lugar donde se verificaban los fusilamientos de rebeldes, evitándose de este modo las molestias de una larga conducción de los cadáveres.

Estos castigos extremados apenas alteraban la popularidad de Martínez. ¡Qué general no había hecho otro tanto! En el populacho, medio indio, persistía el alma de sus crueles ascendientes, los cuales veneraban a sus dioses cuanto más sedientos se mostraban de sangre y según el número de víctimas a las que se extraía el corazón en sus altares.

Además, Martínez casi gozaba honores de gloria nacional. Su secretario rara vez lo designaba por su apellido. Era por antonomasia «el héroe de Cerro Pardo», lugar donde había batido a los «soldados de la tiranía» durante la revolución. Otros generales se veían venerados como semidioses por haber perdido un brazo o una pierna. Martínez había perdido una oreja en Cerro Pardo, y mostraba con orgullo su sien mocha en las ceremonias oficiales. Pero con una guedeja de su largo cabello procuraba ocultar la falta del pabellón auditivo, siempre que, abusando de la adormecida fiereza de la generala, se atrevía a visitar a ciertas señoras admiradoras de su heroísmo.

Muchas de las comunicaciones que enviaba Sandoval al gobierno de México eran devueltas con una nota pidiendo un estilo más claro, por considerar el texto incomprensible. El héroe se indignaba.

—¿Para esto hemos hecho la revolución? En el Ministerio de la Guerra no hay mas que gente atrasada; reaccionarios que no pueden entender lo que es el simbolismo.

Como todos los simples que solo han recibido una instrucción primaria y tardía, amaba con entusiasmo el estilo complicado y los neologismos que exigen largas explicaciones.

El libro más interesante de la época presente iba a ser la *Historia del general Doroteo Martínez*, obra voluminosa que estaba escribiendo su secretario. De ella, lo más apreciado por el autor y por el protagonista era el «Capítulo ochenta y dos», titulado así: «De cómo el general, a pesar de ser antimilitarista, comunista y ácrata, se vio obligado a fusilar a doscientos cincuenta compañeros de armas que se rebelaron contra el gobierno, faltando a la disciplina».

En la vida ordinaria era una buena persona, que hablaba con voz tímida, ceceando lo mismo que un niño, y si su interlocutor le miraba fijamente, apartaba los ojos como avergonzado. Los efectos de su bondad y su sencillez se extendían hasta Europa. Como ejercía una autoridad de procónsul sobre su comarca natal, una de sus primeras disposiciones fue apoderarse de la gran propiedad en la que había trabajado como humilde capataz.

El propietario, residente en París, recibió de él una carta dulce y respetuosa: «Venga usted por aquí, patroncito; tendré un verdadero gusto en verle. Arreglaremos cuentas sobre su hacienda. Le manifestaré mi agradecimiento por sus bondades con este su antiguo servidor».

Pero el propietario, que era mexicano y conocía a su gente, no pensó un momento en volver a un país donde los capataces se convierten en generales. Se sentía mejor cerca de los Campos Elíseos, aunque tuviera que recurrir a préstamos y trampas para compensar las rentas que ya no llegaban del otro lado del Océano. Prefería ver el Arco de Triunfo con hambre, antes que la sonrisa melosa y los ojos terriblemente dulces del héroe de Cerro Pardo.

Los comerciantes de la ciudad, extranjeros todos ellos que daban parte a Martínez en sus negocios y no se atrevían a acometer empresa alguna sin tenerle por consocio, le habían regalado por suscripción una espada «artística» y un uniforme de general.

Este uniforme, mezcla de japonés y de alemán, quedó en una silla, bajo la mirada pensativa del héroe. La gorra con entorchados deslumbrantes y un águila de oro enorme, los bordados de las mangas y las hombreras, parecían herir su vista.

—Yo soy un ciudadano —dijo a su secretario—. (No olvide usted, Sandoval, de repetirlo en el libro.) Yo soy un ciudadano, y estos uniformes son los que perdieron a muchos de mis camaradas que han muerto fusilados por traidores.

Y como él prefería ser ciudadano, siguió usando sus trajes civiles, una indumentaria soñada sin duda en sus tiempos de pobreza como algo magnífico y quimérico: trajes de paño azul celeste o verde esmeralda, corbatas y pañuelos con las tintas del arco iris, productos de fábricas misteriosas de Inglaterra o los Estados Unidos, cuya existencia ignora el común de los mortales y que parecen trabajar únicamente para la elegancia masculina de los trópicos. Una placa de esmalte con un águila, fija en una de sus solapas, revelaba a los demás mortales su condición de general.

Pero un día se mostró en los salones del antiguo palacio del obispo, convertido en comandancia de armas, vistiendo el deslumbrante uniforme.

—Somos débiles, Sandoval —dijo melancólicamente—. Me lo he puesto para dar gusto a la generala.

Un viejo tendero español —el iniciador de la suscripción— se entusiasmó al verle.

—Estás más hermoso que el Sol. Pareces Bismarck... pareces Hindenburg. Así deberías ir todos los días, Doroteíto.

Y le acariciaba el vientre con suaves palmadas. Era el único que podía tutearle, como un privilegio de la época en que el general frecuentaba la tienda del *gachupín* como simple peón, llevándose al fiado de comer y de beber. Además, este personaje opulento y respetable era el que se encargaba de figurar como único contratista en todos los servicios de las tropas.

Para darle gusto, así como a su Guadalupe, se sacrificó al fin el general, vistiendo su uniforme de gala siempre que estaba en la ciudad. Al salir de operaciones volvía a cubrirse con el enorme sombrero mexicano, poco menos que un paraguas, única prenda uniforme de sus soldados en tiempo ordinario.

Su gloria y su poder no encontraban obstáculo alguno en el rincón de la República sometido a su autoridad. Los jóvenes empleados en los ministerios de la capital se agrupaban para reír, leyendo en voz alta las comunicaciones enviadas por el héroe de Cerro Pardo.

Los grandes periódicos comentaban con una ironía algo miedosa las sublimidades laberínticas de su estilo. Pero el presidente y los ministros restablecían el prestigio del héroe:

«¿Martínez?... Algo tonto y vanidoso, pero un hombre leal, un soldado fiel, y además un héroe.»

Era tan común en la historia del país la traición, el sublevarse los generales contra el gobierno con las mismas tropas facilitadas por éste, que Doroteo resultaba un personaje excepcional.

Todo cuanto hiciese se lo tolerarían los gobernantes. Firmemente asegurado en su situación, no temía a Dios ni a los hombres.

Únicamente una persona le infundía miedo: su mujer.

II

Cuando el capataz Doroteo dejó de trabajar para irse con los revolucionarios, Guadalupe no dudó un momento en seguirle.

Un mexicano debe ir a todas partes con su mujer, hasta a la guerra. Lo mismo los defensores del gobierno que los revolucionarios, llevaban con ellos a sus mujeres, apodadas «soldaderas», que eran las que remediaban la ausencia de administración militar, cuidando cada una del alimento de su hombre.

Durante las marchas iban a vanguardia, rodeadas de enjambres de niños y con las ropas de la familia formando un lío sobre su cabeza. Lo robaban todo, arrasaban los campos, como una nube de langosta, y cuando las tropas hacían alto, encontraban ya la hoguera ardiendo y la comida en su punto. Los primeros contactos entre ambos bandos los realizaban casi siempre las dos vanguardias de «soldaderas». Olvidando momentáneamente su antagonismo, se vendían unas a otras lo que consideraban superfluo. El defensor del gobierno, por mediación de su compañera, facilitaba víveres al rebelde. Otras veces ocurría lo contrario.

La moneda carecía casi siempre de valor en estas transacciones. El bando falto de municiones solo quería vender su pan a cambio de cartuchos, y el que los tenía los entregaba, ansioso de comer, sin fijarse en que, horas después, estos mismos proyectiles podían darle la muerte. Al entablarse el combate, las «soldaderas» y sus enjambres de chiquillos se retiraban a retaguardia. Otras veces, si el momento era angustioso, la hembra se mezclaba en la pelea para sostener al compañero herido y seguir tirando con su fusil.

Guadalupe vivió así; hizo marchas interminables a pie o a la grupa del caballo de su hombre. Pero como Doroteo obtuvo rápidamente sus primeros ascensos, pronto se elevó sobre la muchedumbre de «soldaderas» de tez amarillenta, cabellera aceitosa y ojos ardientes, asombrosamente flacas.

Fue la capitana Martínez, luego la comandanta, y ya no tuvo que avanzar al trote junto a los jinetes, llevando sobre su cabeza el colchoncillo y las ropas que constituían el ajuar andante del matrimonio. Doroteo, excelente esposo, había matado a un oficial del gobierno para regalarle a ella su caballo.

Al ser coronel, su generosidad marital deseó algo más.

—¡Si pudiese robar un automóvil para «la vieja»!...

«La vieja» era Guadalupe, que tenía entonces veintiséis años. No resultaba difícil hacerse dueño de un automóvil. Abundaban mucho en un país vecino a los Estados Unidos y con la frontera libre. No había revolucionario de alguna graduación que no tuviese el suyo. La importancia de los jefes se medía por los parques de automóviles que llevaban detrás de ellos.

Y la coronela hizo la guerra en un vehículo americano. Su adquisición solo costó a Martínez dos palabras breves y el apoyar su revólver en el pecho del primitivo dueño.

El chófer era un mestizo de enorme sombrerón y descalzo, que llevaba el fusil entre las dos manos fijas en el volante. Dentro iba Guadalupe y toda su casa: un lío de colchones, dos sacos para la ropa sucia, una criadita mestiza que se sentaba a sus pies, tres gatos y un perro en la banqueta, junto a la señora, y un loro que se paseaba por la capota recogida, sirviendo de remate trasero a este vehículo triunfal. Todos los automóviles ignoraban la limpieza desde muchos meses. La lluvia y el barro habían cubierto su exterior con una costra parda y agrietada. Parecían forrados de piel de elefante. Como la esposa de Martínez era relativamente esbelta, su vehículo se limitaba a chillar por la falta de aceite y de aseo. Otros tenían un muelle roto y saltaban sobre sus ruedas, acostándose como una barca próxima a zozobrar. Siempre se inclinaban del lado donde acostumbraba a sentarse la generala o la ministra, con la abrumadora majestad de su centenar de kilos carnales.

Los revolucionarios marchaban como lo permitían las exigencias topográficas: unas veces en fila, extendiéndose leguas y leguas; otras en masa horizontal a través de las llanuras, llevando en torno un segundo ejército de mujeres y chiquillos. Lo mismo habían avanzado en otros siglos las grandes invasiones históricas. Eran como las antiguas naciones en marcha, que arrastraban detrás de ellas los seres y los muebles que forman la familia.

Algunas veces llegaban a ser veinte mil, todos a caballo, sin medicamentos, sin víveres, confiando al azar la vida del día siguiente. Cada uno hacía la misma recomendación al camarada: «Si me hieren en el pecho o en el estómago, dame un tiro en la cabeza. Prefiero esto a quedar vivo junto al camino».

No podían ser considerados como caballería, a pesar de que todos iban montados. Carecían de armas blancas y no podían dar una carga. Eran infantes que solo echaban pie a tierra en el momento de empezar el fuego contra el enemigo. Hasta los generales llevaban el rifle atravesado sobre el delantero de la silla.

La única infantería era la de los *yaquis*, indios montañeses que no habían querido aprender de los conquistadores españoles el arte de cabalgar y mostraban aún cierta repugnancia ante el caballo. Estos *yaquis* figuraban como enemigos de todos los gobiernos desde la época de Porfirio Díaz, que cometió el sacrilegio de implantar en sus tierras el telégrafo y el ferrocarril. Se dejaban convencer fácilmente por los revolucionarios, con la esperanza de que éstos les librasen de innovaciones vergonzosas. En los combates eran los únicos que se batían avanzando.

La muchedumbre montada, al emprender su marcha todos los amaneceres, veía a los *yaquis* tranquilos en su campamento, como si pensasen quedarse allí. Cuando al llegar la noche, después de una larga jornada a caballo, se detenían para descansar, encontraban instalados ya a los mismos indios en el lugar designado de antemano, como si hubiesen llegado volando y sin fatiga aparente. Puestos en cuclillas escuchaban con atención religiosa el repiqueteo de los tamborcillos pendientes de las muñecas de sus jefes, instrumentos que servían a la vez para sus fiestas y para transmitir órdenes.

La imagen de su esposa Guadalupe iba unida siempre a estos recuerdos de la guerra. Al principio la mujer mostraba cierto pavor; el silbido de las balas parecía irritar sus nervios. Un día, para recoger a su hombre herido, tuvo que lanzarse en pleno combate, y desde entonces consideró poca cosa el intervenir en las operaciones de guerra.

Las «soldaderas» hablaban de ella como de una gloria de su sexo, colocándola al nivel de los jefes más célebres de la revolución. Los hombres, por galantería instintiva, admiraban su hazañas, exagerándolas, como si nadie pudiese igualarlas. Todo el ejército repitió lo mismo al hablar de los esposos Martínez. «Él es un buen soldado, un valiente... pero como hay muchos. Ella vale más. ¡Qué mujer!...»

Su conducta durante la vida azarosa de marchas y campamentos contribuyó a aumentar su fama. Guadalupe tenía mal carácter. Muchas veces, al rozarse su automóvil con el de alguna generala —igualmente cargado de colchones, sacos de ropa sucia, cuadrúpedos, aves y numerosos chiquillos—, empezaban a insultarse ambas damas por si la una pretendía cortar el paso a la otra. La coronela, sin consideración a su grado inferior, recordaba a la generala las aventuras amorosas de su señora madre o la época en que sus tías lavaban la ropa de los soldados. Hasta que el heroico Martínez, avisado del incidente, acudía a todo galope para meter su caballo entre ambas furias.

Los hombres, al recordar que esta mujer se batía lo mismo que ellos, encontraban lógico que se considerase superior a las otras, gordas aves domésticas que se habían lanzado al campo para marchar detrás de los combatientes, escarbando con el pico el terreno de la lucha, en busca de los residuos de la victoria.

Su fidelidad matrimonial era también muy admirada. Uno de los grandes jefes había recibido de ella varios latigazos cierto día que osó algunos atrevimientos con la amazona. El mismo personaje golpeado acabó por arrepentirse, y a impulsos de la admiración, fue en adelante un protector de Martínez y de su esposa.

Cuando Doroteo llegó a general, sus envidiosos atribuyeron toda la carrera del héroe a la influencia de Guadalupe. «No es que sea menos valiente que los demás —decían—; pero a causa de su compañera, los de arriba se fijan en sus acciones, que, realizadas por otros, quedarían ignoradas.»

Al terminar la guerra, cuando Martínez pasó a ser defensor del gobierno recién constituido, Guadalupe no quiso prolongar sus hazañas militares. Era ridículo que la esposa de un comandante de operaciones saliese al campo a perseguir a los rebeldes, muchos de los cuales había conocido ella meses antes como amigos, teniéndolos por excelentes personas.

Renació a las costumbres violentas de campaña, a los largos galopes, al automóvil sucio y hasta a las palabrotas aprendidas en sus años de existencia varonil. Fue en adelante la «señora generala» y quiso rivalizar con Martínez en esplendores de lujo.

Las gentes de la ciudad casi se sintieron cegadas por el resplandor de las joyas que en ciertos días la cubrieron desde la garganta al vientre. Doroteo había trabajado bien, lo mismo que todos los padres de familia mezclados en la revolución. No tenía hijos, como los otros, pero tenía a Guadalupe; y siempre que en sus correrías veía algo vistoso y de precio, sacaba el enorme revólver de su funda, diciendo: «Esto para mi vieja... y esto otro también».

Total: que la esposa del héroe de Cerro Pardo poseía una colección enorme de alhajas, y los maliciosos las encontraban iguales a las que habían comprado en Londres y en Nueva York ciertas familias del México anterior que andaban ahora vagabundas, lejos del país.

Guadalupe huía de la ostentación en los días ordinarios y se limitaba a llevar simplemente media docena de sortijas de brillantes, un reloj con pulsera de platino en una muñeca, otro igual en la muñeca opuesta y un tercer reloj más grande colgando del cuello.

Así se mostraba por las tardes a la admiración pública, ocupando uno de los ocho automóviles que poseía el héroe como recuerdo de sus campañas. Su paseo favorito era la calle central de la ciudad, una alameda con árboles seculares, de cuyas ramas pendían a veces hombres ahorcados. Eran ladrones, mestizos incorregibles que hurtaban gallinas, hortalizas y otras cosas igualmente preciosas a pesar de los decretos del general. Y Martínez, que era enemigo inexorable del robo, les aplicaba sin compasión la pena decretada por su dictadura revolucionaria.

Guadalupe casi tenía una corte. Las damas del pasado régimen —la aristocracia del país— la visitaban y adulaban, para defender de este modo su tranquilidad y sus bienes. Los subordinados de su esposo, cuando deseaban algo, preferían pedírselo a la generala, como si creyesen más en su autoridad que en la de Martínez. Ella los tuteaba con una bondad superior. Volvía a ser la compañera de armas que se había encargado muchas veces de guisar en el campo para su marido y todos los de su Estado Mayor.

Recordaba con cierta nostalgia los años de guerra, pero tenía por mejor el tiempo actual. ¡Ojalá no se acabasen nunca los insurrectos y su marido fuese perpetuamente comandante de operaciones!...

Martínez se sentía menos contento en su interior. Empezaba a pesarle la autoridad de su esposa. ¿De qué le servía haber llegado a héroe nacional, si Guadalupe le inspiraba un miedo superior a su voluntad? No valía la pena haber hecho una revolución para verse privado de realizar sus gustos.

Luego de pensar esto, miraba a su mujer largamente, con una reflexiva atención que ella no llegaba a adivinar, acostumbrada a tener en poco todo lo de su marido. Aún la encontraba hermosa a los treinta y tantos años, lo mismo que cuando se casaron. Producto de varios cruzamientos de españoles con indias, tal vez había además en sus venas cierta parte de sangre africana. Unos ojos grandes, húmedos y ligeramente oblicuos; una dentadura fuerte y deslumbrante entre los labios gruesos de rosa oscuro; una carne pomposa y pálida, y una cabellera exuberante, negra y con tendencia a rizarse apenas la abandonaba el peine, eran los componentes principales de su belleza.

Así la vio Doroteo durante diez años, como si fuese una criatura insensible al tiempo, y así la hubiese visto siempre.

Pero un día se dio cuenta de que empezaba a disgregarse su armonía corporal, como si las tres sangres que existían en ella se hubiesen cansado de permanecer revueltas, aislándose, para asomar cada una por separado a la superficie. Sobre la tez blanca empezó a esparcirse una especie de viruela subcutánea, formada de puntos negros pequeñísimos, como granos de pólvora. En una mejilla y en otras partes menos visibles se marcaban o desaparecían, según los días, grandes manchas violáceas. Era la madurez precoz de la criolla de diversos orígenes. Además, ¡sus palabras rudas y violentas, su ignorancia, su deseo de mantenerlo sometido, tratándole despectivamente en presencia de las gentes!...

Martínez vio todo esto de pronto, pero fue porque acababa de encontrar un término de comparación en otra mujer.

III

Cuando Guadalupe deseaba dar broma al general en presencia de sus contertulios, se expresaba así:

—Este viejo, aquí donde ustedes lo ven, anda enamorado, loco, detrás de la *Gringuita*.

Cerrando una mano, le apuntaba con el dedo índice, y añadía, amenazante:

—¡Que te pille yo, y verás lo que es bueno!

Pero a continuación, considerando que la broma había durado bastante, decía con gravedad:

—La *Gringuita* es una joven muy apreciable, que gana su vida y mantiene a todos sus hermanos. Además, ¡lo que sabe! Yo me quedo asombrada escuchándola. Parece mentira que una mujer pueda estudiar tanto... Perderías el tiempo, viejo. Esa no te hace caso a ti.

Era hija de un maestro de escuela que había muerto el año anterior. Se educaba en los Estados Unidos cuando esta desgracia la obligó a volver al país, dejando incompletos sus estudios. Quería servir de madre a sus hermanos menores, que después de muerto el padre, quedaban completamente solos en la casa. Seis años de vida en Nueva York habían desfigurado a esta joven mexicana, dándole otras costumbres y hasta un aspecto físico completamente diferente.

Los personajes de la ciudad la protegían, seducidos por sus finas maneras y por la sencillez con que hablaba de unos estudios que solo conocían ellos de oídas. La habían colocado como maestra en una de las principales escuelas y prometían ayudarla en la realización de todas las innovaciones que proyectaba.

Algunas solteronas feas y de carácter agriado torcían el gesto ante el entusiasmo pedagógico de los hombres.

—¡Claro!... ¡La *Gringuita* es tan primorosa!...

Martínez figuraba entre los protectores de la maestra.

—Yo soy un hombre de progreso, ¿saben? —decía al hablar de ella—; por eso me interesan los proyectos de esa niña que ha estudiado con los *gringos*. Su pobre padre tuvo una excelente idea al enviarla a Nueva York para que aprendiese lo que no sabemos nosotros. La aprecio mucho, por su seriedad sobre todo. En cuanto a su hermosura, de la que tanto hablan las malas lenguas, ¡pchs!...

El general hacía un gesto de duda que casi llegaba a ser despectivo. Tenía razón: la belleza de Dora no era extraordinaria. La maestrita poseía el encanto de la juventud, una juventud ágil y sana, mantenida por los deportes y la higiene.

Pero lo que se callaba Doroteo era que él la prefería a las beldades del país por lo mismo que resultaba distinta a todas. Como recuerdo de su madre —una extranjera que se había casado en México con el maestro para producir media docena de hijos y morirse inmediatamente—, tenía el pelo de un rubio ceniciento y los ojos verdes claros. En cambio, todas las mujeres del país eran morenas pálidas, con cabelleras de un negro intenso.

Dora iba vestida con unos trajecitos baratos, sencillos y elegantes, que el general había admirado muchas veces en los periódicos ilustrados. Tocaba el piano, cantaba en inglés y tenía la soltura y las formas gimnásticas de un muchacho.

La generala centelleaba de joyas, iba envuelta en sedas y bordados, como la imagen de la Virgen patrona de la ciudad; llevaba peinetas altas como torres sobre su apretada cabellera; tocaba la guitarra y prescindía de sentarse en los sillones y en todo mueble que tuviese brazos, por miedo a no poder introducir entre ellos sus exuberancias dorsales.

Cuando la maestrita se ponía bajo un rayo de Sol, su cutis blanco parecía dorarse con la luminosidad de un vello finísimo semejante al de los frutos en sazón. Igual había sido Guadalupe en otros tiempos, pero ahora un bigote cada vez menos discreto empezaba a entenebrecer su boca.

El héroe visitaba con frecuencia la escuela de Dora, lanzando discursos a los niños, en los que repetía que la revolución se había hecho especialmente para el fomento de la enseñanza. También se apresuraba a entrar en el salón de su mujer siempre que le avisaban que la maestrita hacía tertulia a doña Guadalupe. Delante de la gente balbuceaba preguntas sobre los progresos de los *gringos*, abriendo los ojos con asombro cuando la joven le hablaba de la grandeza de su amada Columbia University, en la que había pasado sus mejores años.

—Usted dirigirá una Universidad igual o parecida, señorita: yo se lo prometo. El gobierno dará los millones que se necesiten para construirla. Y si no los da, soy capaz de... En fin, ¿qué no haré yo por la instrucción? ¿qué no haré por...?

Iba a añadir «por usted», pero se detenía mirando a la pomposa generala. Luego, por un deseo irresistible de establecer comparaciones, comenzaba a admirar con ojos disimulados la belleza especial de esta joven que parecía un muchacho con faldas, sintiendo al mismo tiempo en su paladar el sabor ácido y picante de un fruto todavía verde.

Tuvo que abstenerse de sacar a bailar a la maestrita cuando se celebraban fiestas en la Comandancia.

—¡Pobre viejo! —le decía Guadalupe—. ¿No ves que aburres a esa pobre señorita? Además, la gente se ríe un poco de ti.

¡Reírse del héroe de Cerro Pardo!... Que probasen a hacerlo francamente, y él enviaría a los burlones a dar una vuelta por el *foyer* del teatro, donde funcionaba el Consejo de guerra siempre que lo exigía la salud de la patria.

Una mañana, con los ojos hinchados por el insomnio, le entregó un papel a su secretario.

—Sandoval, dígame qué le parece. Cuando yo era muchacho y aún no había aprendido a leer, inventé muchos versos como éstos, mientras punteaba la guitarra. Usted pondrá lo que les falte: yo entiendo poco en eso de la ortografía. ¿Qué me dice de ellos?

El poeta se acordó de dos ocasiones en que el héroe, irritado por su franqueza, le había dado varias bofetadas, manifestando luego su arrepentimiento con valiosos regalos. Olvidó los regalos para acordarse únicamente de los golpes, y tuvo prisa en manifestar su entusiasmo por los versos. Eran de amor, e iban dirigidos a una mujer cuyo nombre quedaba en el misterio, pero el secretario la reconoció desde la primera estrofa.

—Publíquelos mañana mismo en el mejor sitio de mi diario oficial. Como firma, la misma que llevan: *El caballero de la ardiente mirada*. Es un apodo que encontré en no sé qué novela, y me gustó tanto, que lo he guardado para mí.

Sandoval quiso marcharse con los versos, pero el autor todavía le dio otra orden.

—Mañana escriba a máquina un anónimo para la persona que usted sabe, y dígale que *El caballero de la ardiente mirada* y el general Martínez son una misma persona.

No consideró suficiente esta indiscreción, en vista de la serena indiferencia de la maestra, y pocos días después hizo una visita a la escuela, declarando a Dora de pronto todos los deseos, las esperanzas y las contrariedades que formaban lo que él llamaba «el mayor amor de mi vida».

—¡Oh, general!... ¡Haberse fijado en una pobrecita como yo!...

Parecía próxima a desmayarse de sorpresa, como si nunca hubiese sospechado esta pasión, extrañándose de ella con toda la ingenuidad de que es capaz el disimulo femenil. Pero hacía meses que se había dado cuenta del enamoramiento del héroe, riendo a solas de sus tímidas insinuaciones.

En vano Martínez habló de su amor. La maestrita movía la cabeza negativamente. La existencia no era para ella una sucesión de delicias. Graves deberes la obligaban a mirar las cosas con seriedad. Era pobre: debía mantener y educar a sus hermanos.

—Yo me casaré con usted —dijo Martínez con un tono dramático, como si arrostrase el mayor de los peligros—. Comprenderá usted que he pensado en eso antes de hablarla. Usted no es una «pelada»; usted es una señorita, una profesora que ha estudiado, y yo respeto mucho a las personas científicas...

Luego añadió triunfalmente:

—Por algo nos hemos batido en la revolución, para algo hemos establecido el divorcio.

Los enemigos de la revolución afirmaban que era más urgente que el divorcio dar una ley obligando a las parejas a casarse, pues la mayoría de las gentes del país, para evitar gastos y molestias, prescindían de las formalidades del matrimonio, viviendo en estado natural, como sus ascendientes. Pero Doroteo se sentía ahora satisfecho de haber dado su sangre por el triunfo del divorcio.

Dora no participaba de este entusiasmo. Pareció asustarse de verdad, temblando ante la idea de casarse con Martínez, más aún que si éste hubiese intentado una violencia contra ella.

—¡Qué horror!... ¡Divorciarse usted de la generala!... ¡Tener yo por enemiga a doña Guadalupe!...

Solo la suposición de que la amazona gloriosa pudiera perseguirla con su venganza hacía temblar las piernas de la maestra. El general participó por reflejo de esta inquietud. Su Guadalupe era realmente temible, pero esto no podía impedir que empezase a odiarla. ¿Hasta cuándo iba a sufrir su despotismo?...

Los meses sucesivos fueron de desaliento para el héroe. Dora evitaba los encuentros con él, apelando a ciertas astucias que el general no podía prever.

Cada vez la deseaba con mayor vehemencia. En ciertos momentos volvía a resucitar el guerrillero en el interior del comandante en jefe de operaciones.

¿No le era fácil robar a la profesora y llevársela al campo? Él tenía entre su gente muchos hombres de confianza. Pero a continuación se acordaba de sus enemigos, de los periódicos de la capital, de que Dora era «una persona científica» y el asunto metería ruido. ¡Un partidario de la instrucción y del progreso robando a una señorita del profesorado!... Además, pensaba en doña Guadalupe, que seguía repitiendo su cariñosa amenaza, pero cada vez con tono menos cordial, erizándosele un poco el mostacho, apuntándole con un índice como si le apuntase con un revólver. «¡Que te pille yo, y verás lo que es bueno!»

Por otra parte, las gentes empezaban a murmurar que la *Gringuita* tenía un novio. Era un joven de la localidad, que rivalizaba con Sandoval en la confección de versos «a la moderna» y además hacía discursos contra el gobierno. Su pobreza resultaba igual a la de Dora, pero esto no impediría que se casasen muy pronto. ¡Y mientras tanto, él, héroe nacional, gobernante omnipotente, tendría que mantenerse impasible al lado de su doña Guadalupe! ¡Ira de Dios! ¿Para esto había hecho la revolución?...

Los sucesos políticos le obligaron a olvidar momentáneamente sus tristezas amorosas. El «viejo barbón» fue derribado de la presidencia de la República por varios generales, antiguos amigos de él y de Martínez. Éste, a pesar de sus preocupaciones, supo inclinarse instintivamente del lado de los que iban a triunfar.

Cuando asesinaron a Carranza, el heroico Doroteo se encontró en excelentes relaciones con los vencedores y tan comandante de operaciones como en el gobierno anterior. Pero ¡ay! su alto cargo tal vez iba a quedar anulado por innecesario.

Los diversos partidos que infestaban el país de insurrectos en armas parecían haber ajustado una tregua junto al cadáver de Carranza. Todos mostraban un tácito deseo de someterse al nuevo gobierno, para hacer ver al mundo que en México es posible la paz, aunque solo sea por una temporada.

Los guerrilleros rebeldes se iban presentando a Martínez y a otros generales. Hasta Pancho Villa, el eterno insurrecto, se sometió a los nuevos personajes instalados en la capital, pero con una sumisión orgullosa y magníficamente retribuida. Le daban un millón de pesos, le pagaban los atrasos de toda su gente, y además le permitían que se estableciese en un pueblo, rodeado de sus más seguros partidarios. Lo importante era hacer ver en el extranjero que ya no quedaba ningún insurrecto.

Martínez se irritó al enterarse de lo que le regalaban a su antiguo maestro, como si esto representase una injusticia para él.

—Sea usted leal —decía con amargura—, manténgase disciplinado, y no le darán nada... ¡Pensar que no me he sublevado nunca y siempre he estado con los gobiernos!

Doña Guadalupe se preocupaba más aún que su esposo del nuevo estado político. Los gobernantes de ahora eran compañeros de revolución a los que no habían visto en varios años. Era preciso buscar un puesto de reposo bien retribuido, hasta que hubiesen otra vez insurrectos en el campo y jefaturas de operaciones. La verdadera historia de México no iba a cortarse para siempre.

Pensó en la conveniencia de que Martínez hiciese un viajecito a la capital para reanudar amistades. Luego dudó de sus condiciones para este trabajo. Era mejor que fuese ella. Precisamente su protector de los tiempos revolucionarios, aquel personaje del que había tenido que defenderse con el látigo, figuraba entre los gobernantes provisionales y era uno de los que aspiraban a la presidencia de la República.

Los periódicos de la capital anunciaron la llegada de la generala Martínez, «digna compañera del héroe de Cerro Pardo»; y pocos días después ocurrió el hecho inaudito, inexplicable, que produjo más emoción y extrañeza en el país que la mayor parte de las revoluciones anteriores.

Una mañana, los habitantes de la ciudad gobernada por Martínez vieron agruparse en el paseo de la Alameda y la plaza principal varios centenares de jinetes con grandes sombreros y la carabina apoyada en un muslo. Los jefes gritaban indignados:

—¡Han violado la Constitución!...

Los transeúntes empezaron a correr para meterse en sus casas. Que hubiesen violado a la Constitución les importaba poco. La pobre estaba hecha a estas pruebas y podía considerarse la persona más violada de todo México. En su vida no había servido para otra cosa. Pero la gente, que se imaginaba vivir libre por algún tiempo de la calamidad de las sublevaciones militares, huía miedosa al ver que volvían a empezar.

Martínez, con botas altas, dos revólveres al cinto y su gran sombrero campesino de fieltro adornado con el águila de general, escuchaba a su jefe de Estado Mayor.

—Todo está listo. Nuestra gente se muestra conforme. Ya se aburría de tanta paz. ¿Qué grito damos?

—«¡Han violado la Constitución! ¡Abajo el gobierno!» —dijo gravemente el caudillo.

—Eso ya lo hemos gritado, general. Pero falta un viva. ¿A quién le damos viva?

Martínez se rascó la cabeza por debajo del sombrero.

—No sé... Esperemos. Hay que pensarlo. Yo veré qué personaje quiere ponerse a la cabeza de nuestra revolución. No faltará alguno. Debemos salvar la patria.

Por el momento, los sublevados solo pudieron gritar: «¡Han violado la Constitución!». Pero ellos, por su parte, también deseaban violar algo; y como en toda sublevación mexicana bien ordenada y que se respeta, empezaron por asaltar, carabina en mano, las tiendas de los extranjeros o a derribar sus puertas si estaban cerradas, llevándose el dinero y los géneros. Además, golpearon e hirieron a unos cuantos olvidadizos del pasado que se atrevían a protestar y hablaban de sus cónsules, como si las revoluciones de los años anteriores no les hubiesen enseñado nada.

Los soldados querían terminar pronto su trabajo. Estaban enterados del programa de todo general que se subleva en una ciudad. Lo primero es marcharse antes de que lleguen las fuerzas mejor organizadas que guarnecen la capital con toda su artillería. Después vuelven a ella si han adquirido nuevas fuerzas en el campo.

Lo mismo ocurrió esta vez. Doroteo Martínez se fue de la ciudad con sus «leales»; pero como necesitaba consolarse de que hubiesen violado a la Constitución, se llevó a viva fuerza a Dora. Sus hermanitos lloraron mostrando los puños impotentes a un automóvil en el que gritaba y se agitaba la maestrita sin poder librarse de sus raptores.

Todo el resto de la nación se asombró tanto como el vecindario de la ciudad. Una sublevación no tenía nada de extraordinario. En diez años no se había visto otra cosa. ¿Pero sublevarse Martínez, que siempre había estado de acuerdo con los que mandaban?...

En el Palacio de México, el presidente provisional, los ministros y los personajes que dirigían al gobierno se miraban con extrañeza al comentar este acto inexplicable.

—Pero ¿qué le ha dado a ese hombre?... ¿Qué es lo que busca?... Si deseaba algo, no tenía mas que haberlo pedido.

El asombro les hacía suponer fuerzas ocultas y temibles detrás del sublevado. Algunos hablaron de meter inmediatamente en la cárcel a varios personajes de la capital para someterlos a un Consejo de guerra.

El poderoso caudillo que pasaba por ser el protector de Martínez y de su esposa parecía más indignado que los otros, para librarse de este modo de toda sospecha de complicidad.

Precisamente cuando hablaba de la conveniencia de fusilar a un hombre que no se había sublevado nunca y solo se decidía a hacerlo cuando los antiguos insurrectos acordaban mantenerse en paz, anunciaron a la generala Martínez.

Entró doña Guadalupe. Muchos de los presentes, que eran jóvenes y tenían aficiones literarias, creyeron ver la imagen de la Venganza. Parecía con más bigote; los ojos le brillaban de tal modo, que era difícil mirarla de frente. Sobre la torre de su cabellera temblaba un gran sombrero de terciopelo que había sustituido momentáneamente a la gran peineta de su vida de salón.

—¿Le parece a usted bien lo que ha hecho ese imbécil? —gritó el protector antes de saludarla—. ¿No merece que...?

Pero se detuvo, impresionado por el aspecto de la generala. Nunca la había visto tan interesante: ni aun cuando se defendió de él con el látigo.

—Vengo a pedir al gobierno —dijo solemnemente la amazona— que me dé el mando de un batallón. Yo me encargo de batir a ese sinvergüenzón.

Y añadió que lo traería allí mismo, atado con una cinta de sus enaguas.

El presidente, los ministros y demás personajes empezaron a mirar con cierto interés risueño a la generala, dejando a su compañero la tarea de contestarle.

—¡Calma, doña Guadalupe! —dijo éste—. Hablemos en serio. Un batallón no se le entrega a una mujer.

—Entonces, pido que se me permita marchar con las fuerzas que saldrán a perseguirle. Ya sabe usted que yo he hecho la guerra. Deseo ir como simple soldado.

El personaje intentó desviar la conversación, para no repetir su negativa.

—Pero ¿por qué se ha sublevado ese hombre? ¿Qué mal le ha hecho el gobierno?...

La generala contestó con un gesto de extrañeza. ¿Qué tenía que ver el gobierno en tal asunto?... Luego, sus ojos se humedecieron con lágrimas de cólera. Su voz se puso ronca y apretó los puños:

—¡Si él los quiere mucho a todos ustedes!... Acabo de hablar con personas que vienen de allá, y sé bien lo que digo. No; ese canalla no se ha sublevado contra el gobierno. Se ha sublevado únicamente contra mí... ¡Contra mí, que soy su mujer!

El empleado del cochecama

I

A las once de la noche, en el expreso París-Roma, el empleado procede a la operación de convertir en lechos el asiento y el respaldo del departamento que ocupo.

Mientras golpea colchonetas y despliega sábanas, empieza a hablar con la verbosidad de un hombre condenado a largos silencios. Es un expansivo que necesita emitir sus ideas y sus preocupaciones. Si yo no estuviese de pie en la puerta, hablaría con las almohadas que introduce a sacudidas en unas fundas nuevas, sosteniendo su extremo entre los dientes.

—Triste guerra, señor —dice con la boca llena de lienzo—. ¡Ay, cuándo terminará! Mi hijo... mi pobre hijo...

Es más viejo que los empleados de antes; no tiene el aire del *steward* abrochado hasta el mentón que acudía en tiempo de paz al sonido del timbre con un aire de *gentleman* venido a menos, de Ruy Blas que guarda su secreto. Más bien parece un obrero disfrazado con el uniforme de color castaña. Es robusto, cuadrado, con las manos rudas y el bigote canoso. Habla con familiaridad; se ve que no le costaría ningún esfuerzo estrechar la diestra de los viajeros. Su hijo ha muerto; su yerno ha muerto; los dos eran empleados de «la compañía», y los señores de la Dirección le han dado una plaza para que mantenga a sus nietos. El personal escasea; además, él conoce el italiano, por haber trabajado algún tiempo en un arsenal de Génova.

—Yo era antes torneador de hierro —dice con cierto orgullo—, obrero consciente y sindicado.

Una leve contracción de su bigote, que equivale a una sonrisa amarga, parece subrayar este recuerdo del pasado. ¡Qué de transformaciones! Luego, el viejo socialista añade a guisa de consuelo:

—Hay que tomar el tiempo como se presenta. Algunos «camaradas» son ahora ministros en compañía de los burgueses, para servir al país. Yo hago la cama a los ricos, para que coma mi familia... ¡Ay, mi hijo!

Adivino su deseo de echar mano a la cartera que lleva sobre el pecho para extraer cierto pliego mugriento y rugoso. Ya me leyó dos páginas media hora después de haber subido al vagón. Es la última carta de su hijo, enviada desde las trincheras. Conozco igualmente la historia del muerto: un mozo esbelto, de rubio bigote y finos ademanes, que atraía las miradas de las viajeras solas, haciéndolas reconocer la injusticia de la suerte, que reparte sus bienes sobre la tierra con escandalosa desigualdad. Le hirieron en Charleroi, y curó a los quince días; luego volvieron a herirle en el Yser, y pasó dos meses en cama; finalmente lo alcanzó un obús en un combate sin nombre, en una de las mil acciones oscuras por la posesión de unos cuantos metros de zanja. El padre consiguió verlo, una sola vez, en un hospital de París. En realidad no lo vio, pues solo tuvo ante sus ojos una bola de algodones y vendajes sobre una almohada; un fajamiento de momia, del que partían ronquidos de dolor y una mirada vidriosa y resignada.

—Le habían destrozado la mandíbula, señor; no podía hablar. El cráneo también lo tenía roto... Y ya no le vi más. Ahora lo tengo en un cementerio cerca de París, y voy a visitarle siempre que estoy libre de servicio.

No llora, no puede llorar. Su dolor, en vez de escaparse a través de los ojos, se esparce por el cerebro, corre entre las cordilleras de los lóbulos, se desliza como humo de suave locura por las revueltas callejuelas de sus anfractuosidades. Empieza a mostrar la pesadez del maniático, hablando a todos del muerto; ve el universo entero a través de su hijo.

A pesar de esto, se da cuenta de que yo deseo dormir y deja para el día siguiente la repetición de su historia, siempre nueva e interesante para él. «¡Buenas noches!» Media hora después, tendido en la oscuridad, oigo en el inmediato pasillo su voz que domina el chirrido de los ejes, la melopea de oleaje costero que lanzan las ruedas, los saltos crujientes del vagón, iguales a los de un camarote de trasatlántico. Habla con unos oficiales ingleses que van a embarcarse en Brindis; les lee la última carta de esperanza. Los cortos espacios de silencio traen hasta mí, caprichosamente, algunos renglones, como pedazos de papel arrastrados por el huracán: «Papá: cuando termine la guerra...».

II

Alguien ha anonadado con su presencia a los que ocupamos el resto del vagón. Los oficiales ingleses, con todas las condecoraciones que adornan sus pechos y su tez curtida por el Sol de exóticas campañas, no existen;

unas condesas italianas, que han de bajar en Turín y ostentan coronas en los forros de sus maletas, quedan como aplastadas en su compartimiento; yo doy gracias humildemente al igualitario progreso de los tiempos actuales, que me permite dormir separado por un tabique de madera de la persona que descansa en la pieza inmediata.

Dos señoras vestidas de negro han subido en París. Un grupo de hombres ha permanecido en el andén hasta el último instante mirándolas con mudo respeto: unos en traje civil, de sobria elegancia, esbeltos, bien afeitados, con un monóculo bajo la ceja arqueada, secretarios y agregados de la Embajada británica; otros con uniforme de marino, pero uniforme de batalla, sin faldones, sin dorados, apoyándose en un bastoncillo de paseo, ostentando en la visera de la gorra el reborde de laureles que distingue a los jefes superiores.

Circula por el vagón el nombre de una de las viajeras. Es una duquesa de la corte de Inglaterra, una amiga de la difunta reina Victoria, cincuenta años de historial británico encerrados en un cuerpo que debió ser hermoso y ahora aparece algo hinchado por la edad y plebeyamente enrojecido. Una corona de cabellos blancos suaviza la tez subida de color; los ojos son los únicos que conservan en su majestuoso azul el reflejo de la pasada gloria. Lleva un gorrito albo y encañonado debajo del luengo velo de luto. Su acompañante es más alta, más estirada, menos accesible, como si recogiese en su enjuta persona de dama de compañía todo el orgullo y la altivez de que se despoja la señora. La duquesa sonríe ante la solicitud demasiado expansiva del empleado del vagón, mientras la honorable doméstica la acoge con un gesto duro y frío.

Antes de dormirme, desfilan por mi memoria los recuerdos que guardo de esta anciana célebre que está tendida a cincuenta centímetros de mi cuerpo. La veo como la vi muchas veces en los grabados de las ilustraciones inglesas, con su diadema de brillantes y el pecho constelado de joyas y condecoraciones, asistiendo a las fiestas de su regia amiga, a sus jubileos de estrépito universal, a las coronaciones de su hijo y de su nieto. Es pairesa no sé cuántas veces. Posee calles enteras de Londres; vastos parques donde corre el zorro perseguido por un tropel de jinetes de casaca roja que galopan entre rugidos de trompas; castillos en Escocia al borde de lagos verdes

181

que hacen recordar las novelas de Walter Scott; vastas posesiones en Irlanda que sirvieron algunas veces de nocturno escenario a las hazañas de los fenianos de negro antifaz. Su primer marido fue virrey de las Indias, y ella recibió el homenaje de las muchedumbres pálidas y misteriosas en lo alto de un elefante blanco, dentro de un templete de filigrana de oro semejante a un relicario. Su segundo esposo presidió ministerios y arregló los destinos del planeta hablando hasta medianoche en la Cámara de los Comunes ante los hombres que simbolizan la majestad de Inglaterra con el sombrero calado y los pies en el respaldo del banco anterior. Dos lores discípulos de Jorge Brumell murieron por ella. Uno se pegó un tiro teniendo ante su boca un pañuelo de blondas, lo único que había conseguido de la gentil duquesa. Otro, desesperado, se hizo pastor metodista y fue a evangelizar ciertas islas de Oceanía, donde su primer sermón terminó en hoguera y festín de caníbales. Esta dama empequeñecida por los años, gorda y de mejillas rojas y brillantes como manzanas, ha cazado el tigre en Asia, el hipopótamo y el león en África, tiene un yate que es casi un transatlántico, en el que ha vivido años enteros, y no encuentra en toda la superficie del globo un lugar que tiente su curiosidad.

Antes de partir el tren, el empleado del vagón sabía ya el motivo que ha arrancado a la duquesa de su castillo cerca de Londres, haciéndola atravesar París de estación a estación.

—Va a Brindis —me ha dicho— para recibir el cadáver de su nieto, un aviador que acaba de morir en los Dardanelos.

III

Algo entrada la mañana salgo al pasillo. Los vidrios de las ventanas están opacos a causa del frío exterior. Por los regueros que traza el vaho al licuarse se ven montañas altísimas y blancas, bosques de hayas encaperuzadas de algodón, caseríos que tienen gruesos planos de nieve sobre las vertientes de sus tejados. Estamos atravesando la Saboya francesa; subimos, con bruscas alternativas de lobreguez de túnel y picante luz de nieve, las laderas de los Alpes. Nos aproximamos a Italia.

El viejo habla con la dama de compañía, que parece humanizada por la emoción. Tiene aún en la mano la carta mugrienta y trágica, que acaba de leer una vez más.

Cuando vuelvo de tomar el desayuno en el vagón-restorán, le encuentro solo. Me habla de la gran dama, que ocupa todo un departamento, y de su acompañante, que viaja con tanto desahogo como la señora. ¡El dinero que debe tener esta duquesa!... Y sin embargo, sufre lo mismo que él: más aún tal vez. Él tiene su hija, los hijos de su hija, y los tres niños que ha dejado el héroe oscuro cuya carta lee a todos. La gran señora no tiene a nadie en la tierra. Su nieto era el único heredero de su nombre y su fortuna. Las pairías, los millones, van a pasar a lejanos parientes.

Me señala una gran caja de cartón que ocupa derecha todo el espacio entre dos puertas. La ha entreabierto poco antes la dama de compañía. Contiene una corona que cubrirá en Brindis el féretro del aviador al ser descendido a tierra.

—¡Una maravilla! —dice—. La ha comprado en Londres esa señora alta y enjuta. Hay en ella palmas y flores, muchas flores, que parecen de verdad. Se podría adornar con ellas un centenar de sombreros de precio.

El antiguo obrero «consciente» reaparece a través de esta admiración.

—¡Ah, el dinero!... Hasta en la muerte nos separa. ¡Y pensar que cuando yo visito a mi pobrecito hijo solo puedo llevarle ramos de violetas de a 10 céntimos!...

Veo a la duquesa al pasar ante la puerta de su camarote. Está erguida en su asiento, con la capota blanca y negra, de la que pende un largo velo, enguantada, rígida, lo mismo que la vi en la noche anterior, como si no hubiese dormido. Contempla el nevado paisaje que pasa veloz por las ventanillas; pero su pensamiento se halla lejos.

Me entrego a la lectura, y de pronto me distrae un rumor de voces en el departamento inmediato. Es el empleado que habla y la duquesa que habla igualmente. Adivino fragmentos de la carta del pobre muerto: «Confianza, papá. Aún quedan para nosotros días felices...». La curiosidad me hace transitar por el pasillo. El viejo está de pie, con la gorra puesta, como corresponde a un hombre que viste uniforme. La gran señora ha perdido el arrebol de su fresca vejez; amarillea, se lleva a los ojos las puntas de un guante. Tal vez es ella la que ha llamado al hombre, al conocer su historia por el relato de su acompañante; tal vez el viejo se ha introducido en su camarote, con el atrevimiento del dolor.

Vuelvo a oír desde mi asiento el rumor de sus voces. Ahora es la duquesa la que lee, lentamente, con las vacilaciones que acompañan a una traducción. Tiene en las manos la última carta de su nieto; y el empleado, que no puede llorar, lanza ronquidos de pena cuando la voz de la duquesa hace una pausa. Su entusiasmo y su dolor ignoran la manera correcta de manifestarse: «¡Nombre de Dios, qué mozo!... Y pensar que estos son los que mueren, y quedamos nosotros, señora, que no servimos para nada».

Vuelvo a pasar ante la puerta abierta. El viejo se ha sentado junto a la gran dama, que llora en silencio. Sus manazas toman instintivamente, sin saber lo que hacen, la diestra enguantada y fina, oprimiéndola cariñosamente.

—¡Ah, señora duquesa!...

La voz suena respetuosa y tímida, pero sus manos y sus ojos son confianzudos y tiernos. Habla con ella lo mismo que si fuese una comadre llorosa de su barrio, abrumada por una noticia fatal. Decididamente la guerra ha trastornado todas las organizaciones. Los socialistas son ministros y los viejos obreros revolucionarios acarician las manos de las duquesas que lloran. Nos aproximamos a la frontera italiana. Veo el chamberguito con pluma de gallo y el ferreruelo gris de los cazadores alpinos. El tren refrena su marcha ante las primeras casas de la estación de Modàne. Vamos a cambiar de vagón. El empleado, con un esfuerzo doloroso, vuelve a la realidad y corre de un lado a otro para devolver sus billetes a los pasajeros. Yo le doy 5 francos. «Muchas gracias.» Y me abandona, sin bajar siquiera las maletas que están en la cornisa de red. Los oficiales británicos no le dan nada. El inglés supone que cada hombre recibe la recompensa de su trabajo, y no quiere ofenderle con una limosna llamada propina. Las condesas de las múltiples coronas le entregan con gesto teatral una pieza de 2 liras, y él se la guarda sin mirarla. Toda su atención está concentrada en el servicio de la duquesa. Llama a los mozos de la estación, les va pasando los bultos del equipaje, desciende al muelle para vigilar cómo los apilan en una carretilla. La gran señora se aproxima para decirle adiós, y él le estrecha la mano, ante los ojos escandalizados de la acompañante.

Algo siente entre los dedos que le estremece y le hace mirar su mano. La duquesa conoce la parsimonia de su acompañante, encargada de los pequeños desembolsos, y es ella la que da la propina. ¡100 francos!... El viejo duda ante el billete, ve a los nietos, ve a su hija que trabaja del amanecer a medianoche, pero luego lo rechaza.

—¡Ah, no, señora duquesa!

Él es de su mundo, y su mundo tiene reglas de hidalguía y buena educación como cualquiera otro. A nosotros pueden tomarnos el dinero; somos extranjeros que pasan indiferentes junto a su persona. Pero no aceptará un céntimo por servir a un camarada, a un amigo con el que ha chocado el vaso. Y él ha bebido con la gran señora; han saboreado juntos el vino de la tristeza y del consuelo, han tocado sus copas rebosantes de dolor. Adivina ella estos sentimientos confusos con su delicadeza de alta dama, y no insiste, volviendo a guardarse el billete. Habla en inglés, y su acompañante, con visible molestia, toma de la carretilla una gran caja de cartón, la corona admirada, y se la entrega al viejo.

—Para su hijo, para la tumba del héroe.

Y se aleja majestuosa a pesar de su ancianidad, marchando por el andén como si fuese una galería de la corte.

El empleado queda al pie del vagón, con los brazos ocupados por la caja, sufriendo la vergüenza de no poder ocultar sus lágrimas, que se deslizan hasta el duro bigote.

—¡Señora duquesa!... ¡Ah, señora duquesa!

Los cuatro hijos de Eva

I

Iba a terminar la siega en la gran estancia argentina llamada «La Nacional». Los hombres venidos de todas partes para recoger la cosecha huían del amontonamiento en las casas de los peones y en las dependencias donde estaban guardadas las máquinas de labranza con los fardos de alfalfa seca. Preferían dormir al aire libre, teniendo por almohada el saco que contenía todos sus bienes terrenales y les había acompañado en sus peregrinaciones incesantes.

Se encontraban allí hombres de casi todos los países de Europa. Algunos eternos vagabundos se habían lanzado a correr la tierra entera para saciar su sed de aventuras, y estaban temporalmente en la pampa argentina, unos cuantos meses nada más, antes de trasladar su existencia inquieta a la Australia o al Cabo de Buena Esperanza. Otros, simples labriegos, españoles o italianos, habían atravesado el Atlántico atraídos por la estupenda novedad de ganar 6 pesos diarios por el mismo trabajo que en su país era pagado con unos cuantos céntimos.

Los más de los segadores pertenecían a la clase de emigrantes que los propietarios argentinos llaman «golondrinas»; pájaros humanos que cada año, cuando las primeras nieves cubren el suelo de su país, abandonan las costas de Europa, levantando el vuelo hacia el clima más cálido del hemisferio meridional. Trabajan duramente verano y otoño, y cuando el viento pampero empieza a azotar las llanuras, asustados por la proximidad del invierno, regresan a los lugares de procedencia, donde la tierra empieza a despertar entonces bajo las primeras caricias primaverales.

Cada año vuelven, apretados como un rebaño en la proa de los mugrientos vapores de emigrantes, para trabajar en las estancias y reunir sus economías, soñando incesantemente con el lejano país. Parecen resbalar sobre el suelo de la República Argentina, sin hacer el menor esfuerzo para arraigarse en él. Una vez terminada la recolección, huyen, llevando en la faja el producto de su trabajo y dispuestos a volver al año siguiente.

La hora de la cena era el mejor momento de la jornada para los segadores de «La Nacional». Se reunían en grupos, atraídos por el vínculo del origen común o por el encanto personal de la simpatía. Cenaban al aire libre, sentados en el suelo alrededor de la marmita humeante. Aunque las noches fuesen cálidas, encendían hogueras, buscando la protección de las llamas y del humo contra los feroces mosquitos, dominadores de la llanura.

Algunos segadores que poseían un poder instintivo de dominación trataban a sus camaradas como jefes. Dentro de estos grupos que, procedentes de diversos lugares de la tierra, habían venido a juntarse en un rincón de la América del Sur, todos los procedimientos de selección social y las lentas evoluciones que modelan a un pueblo se realizaban en pocos días. Los que habían nacido para el mando o los que se distinguían de sus camaradas por cualquier don especial se elevaban rápidamente sobre ellos. Unos eran respetados por su coraje, otros por su palabra oratoria, otros por su experiencia.

El tío Correa, un vejete enjuto, descarnado, pero todavía fuerte a pesar de su edad, era el oráculo de los segadores españoles. Su conocimiento profundo de los hombres, sus consejos astutos, su larga familiaridad con la República Argentina, donde trabajaba hacía treinta años, le proporcionaban una sólida reputación.

Era una especie de patriarca para sus compatriotas —especialmente para los recién llegados—, y él se aprovechaba de tal prestigio escogiendo el mejor lugar cerca del caldero, cuando llegaba la hora de la cena, y el rincón más cómodo para dormir. También eludía los trabajos pesados, confiándoselos a alguno de sus fervientes admiradores.

Un anochecer, después de la cena, el tío Correa, sentado en el suelo, contemplaba su plato de metal ya vacío, dando chupadas al mismo tiempo a un cigarro que se resistía a arder.

Su camisa entreabierta dejaba a la vista la desnudez de un pecho cubierto de espesa pelambrera gris. En torno de él, unos veinticinco segadores españoles formaban corro sentados en el suelo, y los últimos fulgores de la hoguera se reflejaban en sus rostros barnizados por la causticidad del Sol.

Algunas estrellas empezaban a titilar sobre la púrpura de un cielo ensangrentado por el ocaso. Los campos se extendían pálidos, con los contornos esfumados por la incierta luz del anochecer. Los había que estaban ya segados y exhalaban por sus heridas todavía abiertas el calor almacenado en su seno. Otros conservaban su onduloso manto de espigas, que empezaba a estremecerse bajo los primeros soplos de la brisa nocturna. Las máquinas agrícolas se destacaban sobre el rojo sombrío del horizonte como animales monstruosos que empezasen a surgir de las profundidades de la noche. Los tractores automóviles y las trilladoras parecían tomar en la oscuridad creciente los mismos contornos de los seres gigantescos que habían corrido por estas llanuras en los tiempos prehistóricos.

—¡Ay, hijos míos! —dijo el tío Correa quejándose de un persistente dolor en sus articulaciones—. ¡Lo que ha de trabajar y sufrir un hombre para ganarse el pan de cada día!...

Después de esta lamentación siguió hablando, en medio de un profundo silencio. Todos los ojos estaban fijos en él. Sus compatriotas esperaban un cuento divertido que les hiciera reír o una historia interesante que les obligase a estirar el cuello con asombro y curiosidad, hasta la hora de acostarse. Pero en la presente noche el viejo se mostraba taciturno y más dispuesto a las lamentaciones que a distraer a camaradas.

—Y siempre será así —continuó—. El mal no tiene remedio. Siempre habrá ricos y pobres, y los que han nacido para servir a los otros tienen que resignarse con su triste suerte. Bien lo decía mi abuela, y eso que fue mujer. Eva es la que tiene la culpa de la falta de igualdad que hay en el mundo, y los que pasamos la vida rabiando para servir y engordar a los otros debemos maldecir a la primera mujer por la esclavitud a que nos condenó. Pero ¿qué cosa mala no han hecho las mujeres?

El deseo de quejarse que sentía esta noche le hizo recordar a un español llevado por la mañana al pueblo más próximo, o sea a treinta kilómetros de la estancia, para que lo curasen. Uno de sus brazos había sido alcanzando por el engranaje de una trilladora, sufriendo una trituración horrible. El infeliz iba a quedar mutilado para siempre, arrastrando una vida de miserias y privaciones.

El recuerdo de tal suceso aumentó la inquietud y la tristeza de los que escuchaban a Correa; pero como si éste se arrepintiese del silencio trágico que pesaba en torno de él, se apresuró a añadir:

—Es una víctima más de la injusticia de nuestra abuela. Eva es la única responsable de que las cosas marchen tan mal en nuestro mundo.

Y como sus camaradas, especialmente los que le conocían poco tiempo, mostraban un vehemente deseo de saber por qué motivo era Eva la responsable de sus desgracias, el viejo empezó a contar a su modo la mala broma que la primera mujer se había permitido con los hombres.

El tío Correa tenía «sus letras». En su país natal llevaba ejercidas diversas profesiones, mostrándose siempre un incansable lector de diarios. Además, había asistido a muchas reuniones políticas y trabajado en las elecciones, pronunciando discursos a su modo en las tabernas del pueblo.

Lo que iba a contar ahora no era un cuento. Se trataba de un «sucedido», aunque extremadamente remoto, pues ocurrió algunos años después que Adán y Eva fueron expulsados del Paraíso y condenados a ganar el pan con el sudor de su rostro...

¡Cómo hubo de trabajar el pobre Adán!... El tío Correa fue enumerando todas las cosas que el primer hombre se vio obligado a improvisar para cumplir sus obligaciones de padre de familia. En unos cuantos días tuvo que hacer de albañil, de carpintero y de cerrajero, construyendo una casa para albergar a Eva y a sus hijos.

Después hubo de domesticar a muchos animales, para que su trabajo resultase más fácil y su nutrición más abundante. Enganchó al caballo, puso el yugo al buey, persuadió a la vaca de que debía permanecer quieta en un establo y dejarse ordeñar resignadamente; también logró convencer a la gallina y al cerdo de que les convenía vivir cerca del hombre, para que éste pudiera matarlos cómodamente cada vez que le apeteciese alimentarse con sus despojos.

—Y además —continuó el segador—, Adán tuvo que desmontar las tierras vírgenes antes de cultivarlas, y echar abajo árboles inmensos, y todo lo hizo con herramientas de madera y de piedra inventadas por él. No olvidéis, hijos míos, que en esa época, Caín, que es el primer herrero de que habla la Historia, estaba todavía dando chupones a los pechos de su madre...

Como el hombre no vive solo de pan y las golosinas son las que hacen la vida agradable, Adán prestó más atención a su huerto, donde crecían los primeros árboles frutales, que a los campos, donde cultivaba otros artículos más sólidos e importantes para la nutrición. El tío Correa, excitado por los recuerdos de su país en esta pampa monótona, donde solo hay trigo y carne, iba mencionando los árboles de dulces frutos que embellecieron el primer huerto creado por el hombre. Describía la higuera, de hojas puntiagudas como manos abiertas, cuyo tronco rugoso y gris parece forrado con piel de elefante, y que en las mañanas de Sol deja caer de rama en rama un fruto que, al aplastarse en el suelo, abre sus entrañas rojas y granuladas. Había también en dicho huerto el naranjo, con su perfume de amor y sus redondas cápsulas de miel encerradas en esferas de oro; y las diversas clases de melocotones, y el plátano, y el melón, que vive junto al suelo para absorber mejor sus jugos, concentrándolos en una carne de dulce marfil.

A veces Adán recordaba el manzano del Paraíso y la serpiente enrollada a su tronco que había dado consejos a su mujer, inspirándole estúpidos deseos. Pero al contemplar luego su huerto, se encogía de hombros. La obra de sus manos le parecía más firme y de mayor porvenir que la creación improvisada del Paraíso.

—Podía sentirse orgulloso de su obra —continuó el viejo—, pero su trabajo le costaba. Habríais sentido lástima al verle tan consumido. Solo le quedaban los huesos y la piel, después de tantos esfuerzos. Parecía tener dos siglos más que su edad. En cambio, Eva podía pasar por su biznieta.

Esto último no sorprendía al tío Correa. En sus andanzas, había viajado por los países más adelantados y modernos, observando muchas veces que el marido trabaja con una intensidad extraordinaria, pasando el día fuera de su domicilio en lucha áspera por conquistar el dinero, mientras la mujer se queda en su salón tocando el piano y recibiendo visitas. Y como resultado de esta desigualdad en el trabajo, las mujeres parecen las hijas de sus esposos, y éstos mueren, generalmente, mucho antes que ellas.

—Yo no sé verdaderamente quién murió antes, si Eva o Adán —continuó el viejo—; pero apostaría, sin miedo a perder, que fue el pobre Adán. Eva debió sobrevivirle, siendo una viuda rica de las que saben administrar sus bienes; y así viviría mucho tiempo, amada y respetada por sus hijos, para que no los excluyese del testamento.

¡Pobre Adán!... A veces su cansancio era tan grande después del trabajo, que le faltaba la respiración y tomaba asiento en el umbral de su casa, para reposar un poco.

Había pasado el día entero cavando la tierra o domando el caballo salvaje y el toro feroz. Sentía un fuerte deseo de contemplar a su Eva unos instantes; el mismo deseo que sienten muchos de adorar a los seres que los maltratan; la admiración irresistible que nos inspira todo lo que nos cuesta muy caro. ¿Y esta mujer no le había costado el Paraíso?...

Eva parecía siempre hermosa, a pesar de que daba al mundo un niño todos los años, y a veces dos. No podía hacer menos, teniendo la misión de poblar la tierra entera.

Apenas Adán, sentado en el umbral de la puerta, se enjugaba el sudor de la frente y empezaba a gustar la dulce voluptuosidad del reposo, cuando la voz de Eva le arrancaba de este deleite fugitivo.

—Oye, Adán: ya que no tienes nada que hacer, podías entretenerte poniendo la mesa.

Otras veces Eva se mostraba injusta y cruel.

—Adán, lávame los platos. Es una vergüenza que estés ahí, mano sobre mano, mientras yo me mato de trabajar.

Pero en ciertas ocasiones tomaba el tono de una súplica dulce y acariciante.

—Oye, maridito mío: tú que eres tan bueno, ¿por qué no das un paseo al bebé en su cochecito? El último que ha nacido, ¿sabes? el que lleva el número setenta y dos. Ya ves, alma mía, que, sola como estoy, no puedo llegar a cuidarlos a todos.

Y el trabajador infatigable, procreador de un mundo entero, debía poner la mesa, lavar los platos y pasear al recién nacido en un cochecito de su invención.

Eva trabajaba igualmente. No era floja labor limpiar los mocos, todas las mañanas, a siete docenas de niños, lavarlos y ponerlos a secar al Sol, e impedir que se peleasen entre ellos hasta la hora del almuerzo. Pero su vida estaba agriada por otras preocupaciones.

Al encontrarse fuera del Paraíso, sintió inmediatamente los primeros tormentos del pudor y de la vergüenza. Su larga cabellera ya no le pareció bastante para ocultar su desnudez, como en los tiempos en que no había escuchado aún a la maligna serpiente. Viéndose en el mundo vulgar, como simple mujer de labrador, después de haber sido primera dama en el Paraíso, tuvo que hacerse a toda prisa un manto de hojas secas que la protegiese del frío y le permitiera mostrarse con un aspecto de persona decente ante los seres celestiales... Pero ¿cómo puede una señora tener buen aspecto llevando siempre el mismo vestido?... Esto equivalía, además, a colocarse al mismo nivel de los animales inferiores, que desde que nacen hasta que mueren llevan siempre el mismo pelaje, las mismas plumas o el mismo caparazón.

Eva era un ser razonable, capaz de las infinitas variaciones que forman el progreso, y por esto se dedicó a perfeccionar el arte del embellecimiento de su persona.

Con el noble deseo de sostener la superioridad humana sobre los demás seres creados, se hizo un vestido nuevo todos los días. Esta resolución no era dictada por la vanidad, ni por el frívolo deseo de gustar a los hombres o de hacer rabiar a las amigas, como han pretendido después algunos filósofos malhumorados.

Eva puso a contribución para su adorno todos los recursos de la Naturaleza: las fibras de las plantas, las pieles de los cuadrúpedos, las cortezas de los árboles, las plumas de los pájaros, las piedras brillantes o coloreadas que la tierra vomita en sus accesos de cólera.

La tarea de inventar nuevos vestidos y adornos fue tan importante para ella y de tal modo deseó la novedad y la variedad, que la vida cambió completamente en la granja de Adán. Los hijos no vieron a su madre en muchas horas, y a veces durante jornadas enteras. Los pequeños se revolcaban en el suelo, cubiertos de una costra de suciedad, mientras los mayores reñían a puñetazos para dominarse unos a otros, o golpeaban a los hermanos débiles que se resistían a servirles de esclavos.

A veces la tribu entera se ponía de acuerdo para saquear la despensa paternal, devorando en unas cuantas horas todas las provisiones que Adán había almacenado para una semana.

—¡Mamá! ¡Mamá!...

Un coro de voces infantiles estallaba en el interior de la casa, como si implorase socorro.

—¡Callad, demonios! Dejadme en paz. Es imposible tener un rato de tranquilidad en esta casa.

Y después de imponer silencio con voz amenazante, Eva reanudaba el curso de sus meditaciones.

—Veamos: ¿qué tal resultaría una capa de piel de pantera con cuello de plumas de lorito, y un sombrero de cortezas adornado con rosas y rabos de mono?...

Su imaginación no se cansaba de concebir las más prodigiosas creaciones para el ornato de su persona. Luchaba entre el deseo de mostrar los ocultos tesoros de su belleza y un sentimiento de modestia y de pudor propio de una madre.

Cuando se decidía por una falda corta que apenas le llegaba a las rodillas, inventaba inmediatamente, a guisa de compensación, unas mangas muy largas y un cuello que subía hasta sus orejas. Si, en un acceso de coquetería audaz, creaba un traje de ceremonia, sin mangas y muy escotado, buscaba inmediatamente volver a la virtud, fabricándose una falda que le cubría la punta de los pies y arrastraba la cola sobre el suelo, con un fru-fru semejante al ruido otoñal de las hojas secas.

Mientras tanto, Adán iba casi desnudo, mostrando sus vergüenzas de puro pobre. Su ropero solo contenía unas cuantas pieles de oveja viejas y rotas que estaban esperando una recomposición. Pero la mujer, ocupada en sus fantasías suntuarias, no encontraba nunca media hora libre para este remiendo.

El primer hombre mostraba una viva admiración por las transformaciones continuas que iba notando en Eva. Una mañana su cabellera ostentaba el rojo ardiente del mediodía; a la mañana siguiente tenía el oro suave de la aurora; dos días después sus cabellos mostraban la negrura profunda de la noche. Ciertas tardes venía al encuentro de Adán con una falda voluminosa, casi esférica desde el talle a los pies, y tan ancha, que le era difícil pasar la puerta. Pero como la moda está formada de cambios bruscos y contrastes violentos, al día siguiente mostraba una segunda falda, tan estrecha y ajustada como la funda de un espadín, y apenas si podía marchar, saltando lo mismo que un pájaro.

Su rostro también pasaba por estas extremadas transformaciones. A lo mejor estaba pálida, con la blancura del polvo de los caminos, cual sí acabase de sufrir una emoción mortal; otras veces sus mejillas eran tan rojas que parecían reflejar el fuego del Sol poniente.

Adán se sentía feliz al contemplarla, a pesar de que ella lo maltrataba lo mismo que antes, obligándole a desempeñar muchas funciones domésticas cuando venía cansado del trabajo en los campos. El pobre, gracias a tan costosas transformaciones, creía tener una mujer nueva cada veinticuatro horas.

Eva, en cambio, se aburría, con un tedio mortal. ¿Para qué adornarse tanto, si ningún otro ser humano, aparte de su marido, podía verla?... Sin embargo, estaba convencida de que era la admiración de todo cuanto le rodeaba.

Su vanidad había acabado por hacerla entender el lenguaje de los animales y de las cosas, incomprensible hasta entonces para las personas.

Cada vez que salía de su casa, la selva entera se animaba con un murmullo de curiosidad femenil; los pájaros dejaban de volar, los cuadrúpedos se detenían en mitad de sus carreras locas, y los peces sacaban la cabeza sobre la superficie de ríos y estanques.

—Veamos lo que ha inventado hoy para imitarnos —gritaban los loros y los monos insolentes desde lo alto de los árboles.

—¡Muy bien, hija mía! —aprobaba el elefante con lentos movimientos de su trompa y el toro agitando su armado testuz.

—¡Venid a ver la última creación de Eva! —piaban millares de pájaros en el follaje.

Esta ovación de la Naturaleza, que en los primeros días hizo enrojecer de orgullo a nuestra primera madre, fue acogida finalmente con indiferencia por ella. Era el aplauso de una muchedumbre inferior, y Eva aspiraba a la aprobación de sus iguales. La única persona ¡ay! que podía admirar los inventos y los matices de su buen gusto era su marido; y un marido es un ser respetable que merece cierta atención, sobre todo cuando mantiene la casa, pero resulta ridículo que las mujeres se vistan para no ser admiradas mas que por sus esposos. Es como si un poeta hiciese sus versos únicamente para leerlos a los individuos de su familia.

No; la mujer es una artista, y como todos los artistas, necesita un público grande, inmenso, a quien inspirar la admiración y el deseo, aunque no piense ni remotamente en satisfacer ese deseo... Y como no había en el mundo otro hombre que su marido, y éste le interesaba muy poco, Eva empezó a pensar en los bienaventurados que habitan el cielo y muchas veces habían ido a hacerle visitas cuando ella ocupaba el Paraíso.

Al llegar aquí, el tío Correa interrumpió su relato para dar una explicación que consideraba necesaria.

Como Dios es un rey, los que le rodean se esfuerzan por imitar a los cortesanos terrenales, adoptando todos los sentimientos y las pasiones de su regio amo con más firmeza que éste. Apenas el Omnipotente manifestó su cólera contra Eva y su marido arrojándolos del Paraíso, los habitantes del cielo rompieron sus amistades con ella y con Adán, retirándoles el saludo y evitando todo encuentro.

A veces, cuando Eva se contemplaba en el cristal de un pequeño lago que le servía de espejo, oía a sus espaldas un ruido de alas. Era un arcángel que iba a llevar un recado del Señor, cumpliendo sus funciones de mensajero celeste.

Eva lo reconocía, se acordaba perfectamente de que le había sido presentado asistiendo a sus recepciones en el Paraíso. Pero en vano tosía o cantaba entre dientes para atraer su atención, adoptando posturas interesantes; el viajero aéreo se resistía a reconocerla, batiendo con apresuramiento sus alas para alejarse lo más pronto posible.

—¡De qué le sirve a una ser hermosa y vestir bien, si no recibe visitas y está condenada a vivir al margen de la sociedad! —decía Eva amargamente.

Y a impulsos de su rabia, desgarraba sus trajes más originales apenas terminados, buscando además camorra al pobre Adán, para acusarlo de ser el único autor de la pérdida del Paraíso.

—Sí, tú fuiste, ¡no lo niegues! —gritaba ella—. Tú me hiciste perder aquel jardín tan agradable y distinguido, con todas mis brillantes relaciones. Tú hiciste no sé qué lío con la serpiente, excitando la cólera del Señor.

Y el pobre Adán solo sabía decir, como único remedio expuesto tímidamente:

—¡Si te ocupases un poco más de los niños! ¡Si dedicases menos tiempo a tus modas!...

Al oír estos consejos vulgares, la indignación daba a Eva un lenguaje poético.

—¿Quieres acaso que vaya desnuda? —decía con altivez—. Mira lo que hace el viento; es menos interesante que yo, no tiene cuerpo, y sin embargo se envuelve en una capa de polvo al correr a lo largo de los caminos y de un manto de hojas secas cuando atraviesa las selvas.

II

De vez en cuando un querubín volaba en torno a la granja, como un palomo perdido.

Huyendo por algunas horas de la tarea de hacer gorgoritos en los coros celestiales, había osado descender a las regiones terrestres, con la esperanza de que el Señor le perdonaría esta escapada cuando le contase lo que había visto y cómo progresaban los negocios de los humanos después del pecado original.

Eva, con sus ojos de mujer curiosa, no tardaba en descubrir la carita mofletuda que le estaba espiando medio oculta en las espesuras del follaje. Entonces, iniciando una de sus más hermosas sonrisas, lo llamaba:

—Oye, chiquitín, ¿vienes de allá arriba? ¿Cómo está el Señor?

Viéndose descubierto, el niño celestial se aproximaba hasta dejarse caer sobre las rodillas de nuestra madre.

El Señor se mantenía, como siempre, inmutable y magnífico.

—Cuando le veas —continuaba Eva—, dile que estoy muy arrepentida de mi desobediencia. ¡Qué tiempo tan agradable el que pasé en el Paraíso! ¡Qué espléndidas recepciones daba yo allá! ¡Y qué *buffet* tan distinguido!... ¡Ay, las tortas celestiales!...

Una de sus melancolías más dolorosas era a causa de las tortas celestiales. Eva lamentaba su pérdida tanto como la de la amistad de los bienaventurados.

En vano Adán se calentaba la cabeza buscando algo adecuado para sustituirlas. Hizo tortas de trigo, que roció con la miel de las abejas, recientemente subyugadas; secó los frutos de la viña, inventando las pasas antes que el vino, y así llegó a descubrir el *pudding*. Pero ninguna de tales golosinas pudo hacer olvidar a su mujer las tortas deliciosas que ella encargaba a los pasteleros del cielo para sus tés paradisíacos de cinco a siete de la tarde.

—Dile también —continuaba Eva— que ahora trabajamos y sufrimos mucho. Dile que deseamos verle, una vez solamente, para presentarle nuestras excusas. Mi marido y yo necesitamos convencernos de que Él no nos guarda rencor.

—Se hará como se pide —contestaba el pequeñuelo.

Y dando dos o tres golpes de ala, se perdía en las nubes.

Pero por más recados de esta clase que dio, nunca pudo conseguir una respuesta de lo alto. En general, la mayor parte de los volátiles celestes jamás volvían a las regiones terrenales, pero de tarde en tarde la mujer de Adán lograba reconocer la cara de alguno de estos seres alados.

—Sé quién eres, pequeño —decía—. La semana pasada te vi rondando por estos sitios. ¿Diste al Señor mi recado? ¿Qué es lo que contestó?

Las más de las veces los ángeles permanecían silenciosos o balbuceaban palabras sin ilación, como niños bien educados que no quieren decir cosas desagradables a una señora.

—¡Pero Él te habrá dado alguna respuesta! —insistía Eva—. ¡Vamos, habla!

Y una vez encontró a un querubín pequeñito, de cara mofletuda, que le respondió:

—Sí, señora. Su Divina Majestad ha contestado algo. Al darle yo su recado, me dijo: «¿Pero es que ese par de sinvergüenzas viven todavía?...».

Eva solo quiso ver en tales palabras una broma de niño falto de buena crianza. Juzgaba imposible que el Señor hubiera dicho esto. Si insistía en mantenerse invisible, era seguramente porque estaba muy ocupado en la dirección de sus dominios infinitos, no quedándole media hora libre para dar un paseo por la tierra.

Una mañana fue recompensada su fe en la bondad divina. Se presentó un mensajero celeste, saltando de nube en nube, y gritó a Eva:

—Escucha, mujer: si no llueve esta tarde, es posible que el Señor venga a haceros una visita corta. ¡Ha pasado tanto tiempo sin ver la tierra!... Anoche, hablando con el arcángel Miguel, le dijo: «A veces me pregunto en qué habrán venido a parar aquellos dos canallas desagradecidos que teníamos en el Paraíso. Me gustaría verlos».

Eva quedó aturdida por la noticia, y llamó a Adán, que trabajaba en un campo próximo.

¡Cómo describir la agitación que conmovió a la granja!... El tío Correa la comparaba con la fiesta del santo patrono en cualquier pueblo de España, cuando las mujeres limpian en la víspera sus casas, desde la puerta al tejado, preparando además la gran comilitona del día siguiente.

La esposa de Adán barrió y lavó los pisos de la entrada de la casa, de la cocina y del dormitorio. También puso una colcha nueva sobre la cama y frotó las sillas con arena y jabón. Después inspeccionó el guardarropa de la familia, y al ver que las pieles de cordero de su marido no estaban presentables, le confeccionó en un momento una casaquilla de hojas secas. ¡Para un hombre, bien estaba!

El tiempo restante lo consagró al adorno de su persona. Contempló con mirada perpleja unos cuantos centenares de vestidos que había hecho y rehecho, preguntándose con desconsuelo:

—¿Cómo me arreglaré para recibir dignamente a tan gran personaje? Verdaderamente, tengo muy poco que ponerme.

Miró con ternura una larga túnica negra, de corte severo, que no dejaba visible ni una línea de su blanco cuerpo. Pero a continuación pensó que, por ser hombres todos los visitantes, no convenía recibirlos con tanta austeridad.

Acababa de escoger uno de sus trajea mixtos, muy atrevido por un extremo y muy discreto por el otro, cuando llegó a sus oídos una verdadera tempestad de gritos y llantos. Toda su prole se sublevaba. Solo se componía de unos cien muchachos, pero se hubiera dicho que la tierra entera había empezado a gritar.

Por primera vez en su vida Eva contempló atentamente a sus hijos. Eran demasiado feos para presentarlos al Señor. Tenían los cabellos en maraña, las mejillas manchadas de barro seco y las narices cubiertas de costras. Eva, absorbida por sus inventos de modista, los había olvidado durante meses y meses.

—¿Cómo presento estos granujas a Dios?... El Todopoderoso va a creer que soy una sucia y una mala madre... Porque el Señor es hombre, y los hombres no comprenden lo difícil que es cuidar a tantos chiquillos.

Después de esto empezó a insultar a Adán, como si éste fuese el responsable del abandono en que vivían sus hijos.

Pero transcurría el tiempo y era urgente tomar una resolución. Luego de muchas dudas y titubeos, Eva escogió a los hijos preferidos (¿qué madre no los tiene?) para lavarlos y vestirlos lo mejor que pudo. Después empujó a los otros a puro cachete, hasta dejarlos encerrados en un establo, bajo llave, a pesar de sus protestas.

Ya llegaban los visitantes. Eva apenas tuvo tiempo de dar una última mano al arreglo de su persona. Sacudió su vestido para hacer desaparecer las arrugas de la lucha con la terrible chiquillería y se pasó un peine por los pelos alborotados.

En el horizonte, una columna de nubes, blanca y luminosa, descendió del cielo hasta posarse en la tierra. Empezó a sonar un ruido de alas innumerables, acompañado por las voces de un coro inmenso, cuyos «¡hosanna!» repercutieron a través del espacio infinito.

Los primeros viajeros celestes, desembarcando de la nube que los había traído, empezaron a remontar el sendero de la granja. Estaban envueltos en tal esplendor, que parecía que todas las estrellas del firmamento hubiesen bajado a la tierra para juguetear entre los bancales de trigo cultivados por Adán.

Iba delante la escolta de honor, compuesta de un destacamento de arcángeles cubiertos de cabeza a pies con centelleantes armaduras de oro. Después de haber envainado sus sables, se acercaron a Eva para decirle unos cuantos chicoleos, asegurando que no pasaban por ella los años y que se mantenía tan fresca y apetitosa como en los tiempos que habitaba el Paraíso.

—Los soldados son así —explicó el tío Correa—. Allá donde van se lo comen todo, y lo que no se comen lo rompen o se lo apropian. Cuando ven a una mujer sienten excitado su heroísmo, lo mismo que si oyesen sonar el toque de asalto...

Total: que algunos más atrevidos intentaron unir los actos a las palabras, abrazando a Eva. Pero ésta tenía cerca su escoba, y los obligó con una rápida contraofensiva a refugiarse en la huerta, donde se subieron a los árboles.

El viejo segador rió un poco, añadiendo después:

—El pobre Adán no sabía qué hacer. «¡Van a comerse todos mis higos y mis melocotones!», gritó levantando los brazos. Para él hubiera sido mejor un ciclón en su huerto que la entrada de la alegre soldadesca. Pero como era hombre de tacto, aunque juró un poco, acabó por callar.

El Señor llegaba ya. Su barba era de plata y su cabeza tenía como adorno un triángulo resplandeciente que lanzaba rayos lo mismo que el Sol. Detrás venía Miguel, con una armadura incrustada de piedras preciosas formando fantásticos dibujos. Cerraban la marcha todos los ministros y altos dignatarios de la corte celestial.

—El Creador saludó a Adán con una sonrisa de lástima —prosiguió el viejo—. «¿Cómo estás, infeliz?», le preguntó. «¿Tu mujer no te ha metido en nuevos líos?...» Después acarició a Eva, tomándole la barbilla. «¡Hola, buena pieza! ¿Aún continúas haciendo locuras?»

Conmovidos por tanta simplicidad, los esposos ofrecieron al Señor el único mueble que poseían, semejante a un trono. Era una silla de brazos como las mejores que se pueden encontrar en una granja rica.

—¡Qué asiento, hijos míos! —dijo el tío Correa con entusiasmo—. Ancho, blandísimo, hecho con madera de algarrobo de la mejor y con cuerda de esparto bien tejido; un sillón, en fin, como solo puede tenerlo un cura de pueblo rico.

Sentado en él Su Divina Majestad, fue escuchando lo que le contaba Adán, sus fatigas, sus malos negocios, las dificultades que había de vencer para ganar el sustento de él y su familia.

—¡Muy bien! ¡Me alegro mucho! —decía el Señor, mientras una sonrisa agitaba su barba resplandeciente—. Eso te enseñará a no desobedecer a tus superiores, y sobre todo, a no seguir los consejos de una hembra. ¿Creías acaso que ibas a comer gratis en el Paraíso y hacer al mismo tiempo lo que se te antojase?... ¡Sufre, hijo mío! ¡Trabaja y rabia! Así aprenderás lo que cuesta la libertad.

El Señor contempló luego a Eva. Desde mucho antes le había dirigido rápidas miradas de curiosidad y de indignación. Era la primera vez que veía a una mujer vestida. ¿De dónde había salido este animal de plumaje fantástico, este loro sin alas, cuya forma absurda y colores chillones no hubiera podido concebir Él, ni aun en sus momentos de más frenética creación?...

Dándose cuenta de que el Señor la observaba, Eva fue adoptando las actitudes que consideró más interesantes, esforzándose por hacer valer con ellas las gracias de su cuerpo y la elegancia de sus adornos. Al mismo tiempo sonreía, segura de sí misma.

—Y el Todopoderoso —continuó el tío Correa— no pudo menos de reconocer cierta gracia en estos adornos mujeriles que al principio había considerado feísimos.

—Continúa siendo la misma frívola de siempre —murmuró el Señor dirigiéndose al gran capitán Miguel, que le acompañaba a todas partes y se mantenía ahora de pie detrás de su sillón—. Es la misma cabeza de chorlito que conocimos en el Paraíso... Pero hay que confesar que sabe adornarse con gusto.

Tal vez estas consideraciones, unidas a las sonrisas de Eva y al humilde silencio con que Adán acogió las reprimendas del Señor, ablandaron el corazón de éste. Pareció arrepentirse de su anterior severidad, y añadió con un tono de benevolencia:

—No esperéis que os perdone, permitiendo que volváis a disfrutar por segunda vez los placeres del Paraíso. Lo que está hecho ya está hecho, y debéis sufrir los efectos de mi maldición. Mi palabra es sagrada; y si la retirase, me desconocería a mí mismo... Pero ya que he venido a veros, no quiero irme sin dejar un recuerdo de mi visita. A vosotros no puedo daros nada: los dos estáis malditos; pero vuestros hijos son inocentes y tendré mucho gusto en hacer un don a cada uno de ellos... Yo había creído que teníais una descendencia más numerosa. ¿Solo cuatro hijos? Seguramente que no me arruinaré con mis regalos. Anda, Eva, tráeme a tus pequeños.

Los cuatro pilletes se alinearon ante el Todopoderoso, que los examinó atentamente.

—Ven aquí, tú —dijo designando a un pequeño, serio y gordo, de mirada penetrante y cejas fruncidas, que había estado chupándose un dedo mientras escuchaba gravemente la conversación—. Te confiero el poder de juzgar a tus iguales. Serás el dispensador de la justicia; interpretarás según tu criterio las leyes hechas por los otros; poseerás el privilegio de establecer lo que es el Bien y lo que es el Mal, cambiando de opinión cada siglo. Sujetarás todos los delincuentes a las mismas reglas penales, medida tan cuerda y acertada como si los médicos pretendiesen curar a los enfermos con el mismo remedio. Tu situación será en el mundo la más estable e inconmovible. Podrá ocurrir que los hombres duden con el tiempo de todo lo que les rodea. Hasta llegará un día en que se atrevan a discutir mi existencia y a negarme. Pero no temas por ti. Tú serás la Justicia augusta e infalible, incapaz de equivocarse, sin la cual no es posible la vida. Los mismos que ostenten como un título de gloria su incredulidad absoluta, se indignarán si alguien tiene la audacia de poner en duda tu rectitud. Y si incurres en errores que cuestan la vida o la libertad a los hombres, la mayoría disimulará tu horrible equivocación, apelando al «carácter sagrado de la cosa juzgada».

El Todopoderoso hizo señal para que avanzase un segundo muchacho.

Era moreno, de aspecto jovial y atrevido, con la cabeza puntiaguda, la mandíbula cuadrada y unas orejas prominentes. Llevaba siempre en su mano derecha un bastón, con el que pegaba a sus hermanos. A la hora de las comidas se apoderaba de las porciones de los otros, amenazándoles si protestaban.

Al llegar a corta distancia del Todopoderoso se cuadró, con las manos pegadas a los muslos y los ojos fijos, lo mismo que un soldado alemán bien disciplinado.

Y el Señor le dijo:

—Tú serás el hombre de guerra, el héroe. Conducirás tus semejantes a la muerte, como el matarife guía los rebaños al matadero. Esto no impedirá que todos te admiren y te aclamen (hasta aquellos mismos que serán hechos pedazos bajo tu dirección), pues emplearás como fetiches de poder inagotable las palabras Gloria, Honor, Patria, Bandera. Los hombres hablarán con emoción de leyes morales y mandamientos religiosos que les ordenan "no matarás", "no robarás", "amarás a tu prójimo como a ti mismo"; pero tú, guerrero semejante a un semidiós, vivirás más allá del Bien y del Mal. Si los otros hombres matan, serán juzgados como criminales y terminarán sus días en un presidio o en el cadalso. Tú, por el contrario, te agrandarás en proporción de tus matanzas, y cuando las gentes te admiren cubierto de sangre humana, gritarán a coro: "¡Este es un verdadero héroe!".

»Si alguna vez deseas un territorio, lo primero que harás será apoderarte de él por la fuerza, exterminando a todos los que intenten resistirse en nombre de sus antiguos derechos. Siempre encontrarás jurisconsultos que se encarguen de probar, textos en mano, tu derecho a la posesión de las tierras conquistadas. Comete toda clase de atrocidades... pero vence. Nunca dejarás de tener razón si eres victorioso. Nadie osa pedir cuentas al conquistador, y en sus templos, los sacerdotes de todas las religiones cantarán por tu salud, celebrando tu triunfo. Inunda los países de sangre, pasa los pueblos a cuchillo, incendia las ciudades, mata, destruye, roba... Esto no impedirá que los poetas te celebren y los historiadores perpetúen tus hazañas más que si fueses un benefactor de la humanidad. Pero los que intenten imitarte y cometan tus mismas atrocidades sin vestir unas ropas de corte y color especiales llamadas uniforme, arrastrarán una cadena en el calabozo de una cárcel... Puedes retirarte. ¡Que avance otro!.

El tercero era un adolescente, seco de carnes, nervioso, con una palidez verdosa y los ojos de mirada astuta.

Reflexionó el Señor un instante antes de decidir lo que haría de él, y dijo finalmente:

—Tú dirigirás los negocios del mundo, siendo al mismo tiempo mercader y banquero. Prestarás oro a los reyes, lo que te permitirá tratarlos como si fuesen tus iguales; y si llegas a arruinar a toda una nación en provecho tuyo, el mundo admirará tu habilidad. Tus grandes combinaciones financieras extenderán el pánico por el universo entero, haciendo pesar sobre las ciudades horas de angustia mortal. Tus victorias en la Bolsa irán acompañadas por los pistoletazos de tus víctimas empujadas al suicidio y los llantos de sus familias. Provocarás guerras incomprensibles y favorecerás tratados de paz ruinosos, siendo responsable del envío de acorazados y de ejércitos expedicionarios para sostener tus reivindicaciones injustas y usurarias contra las naciones débiles.

»Tus hijos creerán proteger las artes manteniendo lujosamente bailarinas, cantantes o simples portadoras de costosos trajes y joyas inauditas para halago de su orgullo. Tú, retenido por tus negocios, envejecerás y llegarás tarde a la escena de la vida, para ser un Mecenas de esta especie, contentándote con proteger a los pintores.

»La disparidad de opiniones más absoluta acompañará el recuerdo de tu nombre durante treinta o cuarenta años, porque tu nombre, como el de los tenores y el de los cómicos, vivirá nada más lo que vivan las personas que te conocieron. "Sirvió al progreso humano", dirán algunos acordándose de tus flotas de buques mercantes y de las vías férreas con que surcasteis los desiertos. "Era un bandido", afirmarán otros pensando que por cada kilómetro de rieles colocados llenaste un cementerio de trabajadores. "Fue un monstruo, que para ganar sus riquezas sacrificó más vidas humanas que un conquistador." Y todos tendrán razón, todos dirán la verdad; porque lo que hay más divertido en la vida de los hombres es que todos ellos hablan de la verdad, de la verdad absoluta e indiscutible, ignorando que esta verdad absoluta no es mas que un ensueño y que siempre habrá tantas verdades como intereses... Acuérdate de esto y sigue tu camino.

Llegó el turno al cuarto muchacho, y éste avanzó.

—Viendo al tal mocoso, el Señor empezó a reír —dijo el tío Correa—. Apenas levantaba dos palmos del suelo; y el Omnipotente, como lo sabe todo, vio que era el hijo preferido de su madre.

Ésta únicamente dudaba de la justicia de su preferencia al comparar a este pequeño con el hermano de las orejas grandes, armado siempre con un garrote. La mujer se siente en todas ocasiones atraída por el guerrero; pero cuando el pequeño abría la boca, Eva, completamente subyugada, reconocía su superioridad sobre el belicoso mayor.

El Omnipotente examinó al diminuto personaje con un regocijo mal disimulado. Se fijó en sus robustos hombros, su cabeza enorme y su amplia frente. Su mirada era orgullosa y sus labios se contraían con una mueca en la que se mezclaban el menosprecio y la adulación. Tenía a la vez algo de comediante y de rey.

No parecía intimidado el chicuelo por la presencia del Creador. Se mantuvo erguido, con una mano sobre el pecho y la otra apoyada en el respaldo de una silla. Su frente elevada parecía aguardar la inspiración de lo alto. Mostraba la rigidez de un modelo, como si estuviera delante del escultor encargado de su futura estatua.

Su madre le conocía bien. Cuando sentía hambre y deseaba un pedazo de pan, nunca lo reclamaba a gritos, como los niños ordinarios. Tenía el sentimiento precoz de las fórmulas parlamentarias, no conocidas aún en el mundo, y decía gravemente:

—Señora Eva, permítame su señoría una pequeña interpelación: ¿puedo tomar un poquito de pan?

La madre apelaba a su auxilio cada vez que tenía necesidad de mantener tranquila a la numerosa prole, mientras se consagraba a la confección de sus trajes.

—Ven aquí, vida mía —suplicaba Eva—. Hazme el favor de divertir a tus hermanos con uno de tus discursos.

Y el niño, empujado por su propia elocuencia, hablaba horas y horas, sin saber ciertamente lo que decía, dando tiempo a la madre para terminar su obra.

—Tú serás el rey de la tierra —declaró el Todopoderoso—; tú serás el Orador, y con eso queda dicho todo. A pesar de su poder y su orgullo, tus hermanos vivirán al amparo de tu palabra. El guerrero te obedecerá; el juez te servirá y sostendrá, para mantener su propia situación; el banquero te dará cuanto le pidas, para que seas su abogado y defiendas sus terribles combinaciones. Tu único mérito consistirá en hablar bien, y eso es suficiente para que todos te consideren el hombre más sabio de la tierra.

»Sin necesidad de estudiar los asuntos, hablarás de ellos indefinidamente; si alguna vez necesitas mostrar conocimientos, serán de tercera o cuarta mano, y sin embargo las masas te aclamarán como un genio. En los tiempos difíciles todos te buscarán, viendo en ti la única esperanza de la patria. "Coloquémosle a la cabeza del gobierno, ya que habla mejor que todos", dirán las gentes.

»La humanidad se deja regir por una lógica absurda. Para gobernar una nación, para administrar su hacienda y hasta para mandar sus ejércitos, nadie vale lo que un buen orador, capaz de hablar a todas horas fácilmente y sin fatiga. Cuando surja una guerra, tú dirigirás desde tu sillón a los generales; cuando llegue el momento de negociar la paz, confiarán esta misión a un congreso de oradores. La palabra gobernará al mundo más aún que el sable. Habla, hijo mío, habla elocuentemente y sin cansancio, y el mundo será tuyo.

III

Adán lloraba silenciosamente, agradeciendo las bondades del Señor.

Sus cuatro hijos acababan de recibir la dominación de la tierra entera.

Sin embargo, su esposa se mostraba inquieta. Varias veces estuvo a punto de interrumpir al Omnipotente pronunciando una palabra, una sola, pero calló en el último instante. ¿Cómo iba a detener la ola de bienaventuranzas celestiales que se desplomaba sobre sus cuatro hijos?... Pero el remordimiento oprimía su corazón maternal.

Pensaba en la caterva de pequeños encerrada en el establo, que iba a quedar privada, por su culpa, de tan generoso reparto.

Al fin murmuró, aproximándose a Adán:

—Voy a enseñar los otros al Señor.

—Ya es tarde —objetó el marido—. Sería pedirle demasiadas cosas, y el Señor puede enfadarse.

Precisamente, en el mismo momento el arcángel Miguel, que había venido a visitar a los dos reprobos contra su voluntad, insistió cerca de su divino amo para que diese por terminada la visita.

Le era insoportable este capricho del Señor, pero protestaba de él con toda la circunspección de un ministro de la Guerra que lleva muchos siglos acompañando a su soberano.

—Majestad, se hace tarde —insinuó suavemente—. El Sol se ocultará dentro de poco, y las noches son ahora frescas. Sería imprudente, a los años de Su Majestad, prolongar esta visita.

Miguel parecía inquieto. Había una expresión de tristeza en los ojos de este guerrero rubio, y algunas canas brillantes como la plata cortaban el esplendor de su cabellera de oro.

Pensaba en Lucifer.

Lucifer había sido tan rubio, tan arrogante y tan guerrero como él. Ahora, con el nombre de Satanás, era feo y estaba caído y pisoteado, como todos los rebeldes que no triunfan.

Durante muchos siglos, Miguel había permitido a los pintores y los escultores celestiales que le representasen teniendo bajo sus pies y su poderosa lanza a Satanás, el camarada y el adversario de otros tiempos. No había miedo de que algún habitante del reino celestial intentase una segunda sublevación pretendiendo continuar la rebeldía de Lucifer. Eran demasiado listos los de arriba para incurrir en error tan grosero. Pero el arcángel se daba cuenta de que Satanás, inerte bajo sus plantas durante tantos siglos, como si se hubiese resignado para siempre a su derrota, empezaba a agitarse, queriendo renovar la lucha.

El ángel caído por su soberbia revolucionaria contaba indudablemente con refuerzos extraordinarios, y como éstos no podía encontrarlos en el cielo, Miguel temía que los buscase en la tierra, previendo una serie de batallas de las cuales no saldría siempre vencedor.

Los papeles de la eterna tragedia iban tal vez a cambiarse. Satanás podía resultar victorioso, irguiéndose a su vez con arrogancia sobre el cuerpo caído de Miguel, vencedor en otros tiempos y ahora vencido.

—Majestad —insistió el guerrero—, dejemos cuanto antes a estos importunos.

El Señor abandonó su sillón. Fuera de la granja sonaron las notas chillonas de las trompetas de los arcángeles tocando llamada, y los rubios soldados de la escolta divina descendieron de los árboles con tal violencia, que no dejaron en ellos fruto ni hoja. Una nube de langosta no lo hubiese hecho peor.

La guardia se formó en dos filas ante la puerta, presentando sus armas, mientras el divino soberano salía lentamente, apoyado en un brazo de Miguel.

Eva le cerró el camino.

—Majestad: un instante.

Y corrió al establo, abriendo la puerta.

—¡No he dicho toda la verdad! —gritó con una voz emocionada por el remordimiento—. Tengo otros hijos. ¡Piedad, Señor, para estos pequeños! ¡Dadles un don cualquiera! ¡Que vuestra divina misericordia no los olvide!

El Todopoderoso contempló a esta muchedumbre de niños con estupor y repugnancia. Al mismo tiempo, su ministro de la Guerra fruncía las cejas, llevando instintivamente la diestra a la empuñadura del sable.

Miguel reconoció al futuro enemigo en esta horda sucia y revoltosa. Con estos monstruos contaba su adversario infernal para triunfar en el porvenir. Eran sus últimas reservas, las tropas de la desesperación. ¡Qué lástima no poder aplastarlos allí mismo, antes de que llegasen a crecer!...

—Vámonos, Señor —dijo empujando dulcemente a su soberano—. No hay que dar nada a esta canalla. Es mejor que todos perezcan.

Y repelió a Eva con rudeza, ordenándole que no insistiese en su demanda presuntuosa.

—No puedo hacer nada, pobre mujer —dijo el Señor excusándose—. No me queda nada que darles. Sus cuatro hermanos se lo han llevado todo... No llores; no me gustan las lágrimas femeninas; yo reflexionaré y tal vez encuentre algo para ellos... Ya veremos más adelante.

Pero la madre no se dejó convencer por estas promesas vagas:

—¡Señor, dadles cualquier cosa, pero ahora mismo! No importa el donativo. ¿Quién sabe cuándo volverá por aquí Su Majestad?... Me contento con un pequeño regalo para cada uno; un empleo, una ocupación. ¿Qué va a ser, si no, de estos pobrecitos?...

El arcángel iba a ordenar que una escuadra de la escolta celeste apartase a viva fuerza a esta mujer tenaz, cuando el Omnipotente encontró una solución gracias a su sabiduría infinita.

También él deseaba perder de vista cuanto antes la granja y su chiquillería repugnante.

El Señor se acarició su larga barba de plata y dijo a Eva:

—No llores, mujer; ya les he encontrado una ocupación, y no será ligera. Todos estos trabajarán para mantener a sus cuatro hermanos, sirviéndoles eternamente.

Hubo una larga pausa, y el tío Correa terminó así:

—Vosotros y yo, y todos los que pasamos la vida encorvados sobre la tierra para sostener nuestra miserable existencia, somos los descendientes de aquellos infelices que nuestra primera madre encerró en el establo.

Los segadores quedaron en un prolongado y reflexivo silencio. Pero de pronto, una voz surgió de la penumbra:

—¿Y las mujeres?... ¿Qué hace usted de las mujeres?

El tío Correa, sorprendido y perplejo, paseó una mirada por el corro de oyentes, preguntando:

—¿Qué mujeres son esas? ¿Qué tienen que ver las mujeres con esta historia?

El segador medio oculto en la oscuridad, añadió:

—Eva, seguramente, tendría alguna vez hijas, pues de no ser así, no existirían mujeres actualmente, y las hay en todas partes... tal vez demasiadas; ¿no es esto, tío Correa?... Lo que yo pregunto es cuál fue la suerte de las hijas de Eva. ¿Nuestra primera madre presentó algunas al Señor, para que también les hiciera un regalo, o las encerró a todas en el establo en compañía de nuestros pobres abuelos?

Un murmullo de curiosidad se elevó del corro, semejante al que surge de una reunión electoral cuando el discurso del candidato queda cortado por una objeción imprevista.

Todos los ojos se volvieron hacia el viejo, que se rascaba la cabeza, mirando al suelo con una expresión de inquietud y de duda.

De pronto sonrió, triunfante.

—Bien se ve —dijo con una voz dulzona— que el que ha hecho esa pregunta es joven y sin experiencia. Eva era mujer y conocía demasiado bien las necesidades de las mujeres para perder el tiempo en peticiones inútiles. Dios, con ser Dios y disponer de todo lo existente, no puede dar nada a las mujeres después que han nacido.

Hizo una larga pausa para gozar del silencio con que la curiosidad y el interés acogían sus palabras.

—Antes de que ellas nazcan —continuó—, Dios puede darles la belleza y la gracia a manos llenas, y hasta algunas veces les da la discreción y el talento. Pero después que están en el mundo, su única esperanza es el hombre. Todo lo que son y lo que tienen lo deben al hombre. Para ellas es el trabajo de los pobres, el poder de los que gobiernan, las hazañas de los soldados, el dinero de los millonarios. Ellas son las que tuercen con más facilidad la dureza de la justicia... No; las mujeres no tienen nada que pedir a Dios, pues todo lo reciben de los hombres... Y los hombres, cuando trabajan por la gloria, por la ambición o por amor al dinero, no hacen en el fondo mas que trabajar por ellas y para ellas.

La cigarra y la hormiga

Reverbera en las blancas fachadas el Sol de las primeras horas de la tarde. Procuramos, en nuestros paseos por la plaza de un pequeño pueblo valenciano, no salirnos de las islas de sombra que trazan los plátanos sobre la tierra rojiza y ardiente.

Silencio de sueño, calma profunda de siesta veraniega. Los únicos que vivimos en este ambiente exuberante de luz somos mi amigo y yo, que conversamos bajo los árboles de la plaza, los niños que ganguean a gritos sus lecciones en la escuela próxima, siguiendo el venerable método morisco, y los enjambres de insectos que aletean, zumban y trepan en torno de los plátanos.

Calla de pronto el coro escolar, y por las ventanas abiertas llega hasta nosotros la voz de un niño, el más aplicado tal vez, que recita una fábula: *La cigarra y la hormiga*.

Como el griterío de una muchedumbre alborotada que contesta a ultrajantes alusiones, suena el *chín-chín* de numerosas cigarras moviendo sus cimbalillos entre las cortinas del follaje.

Mi amigo el naturalista se indigna mientras la voz infantil va desarrollando la acción de la conocida fábula, la cigarra imprevisora y alegre que canta sin pensar en el porvenir, y cuando llega el invierno, transida de frío y vacilante de hambre, va en busca de la hormiga para implorar un préstamo. El animal ordenado y económico, que tiene en torno los sacos llenos de cosecha y se prepara a invernar en opípara abundancia, no quiere oír la súplica de la bohemia y añade a su negativa la burla cruel: «¿No has pasado cantando el verano mientras yo trabajaba? Pues bien; ahora, baila».

—Me irrita esta fábula —dice el naturalista—. Es una historia inmoral, que enseña a los hombres desde su infancia el respeto a la avaricia y a la crueldad, el culto del egoísmo, la burla soez contra los idealistas, que piensan en algo más que la satisfacción de los apetitos materiales. Todo es mentira en este relato inventado hace miles de años. La imprevisora y loca cigarra de la fábula es un ser laborioso y dulce, explotado hasta la muerte. En cuanto a la hormiga, modelo de economía doméstica que los padres ofrecen a los hijos, es una bestia rapaz que desde el mundo de la pequeña animalidad influye fatalmente sobre los hombres. Nuestro planeta sufre guerras y se cubre de

sangre cada vez que a un Imperio se le ocurre organizarse como un hormi-
guero, imitando su férrea disciplina, su método para la acción, su soberbia,
que tiende a engañar y esclavizar todo cuanto le rodea...

• • •

—Esa fábula es una calumnia —continúa mi amigo—. Los caracteres de
sus protagonistas aparecen en ella escandalosamente invertidos. La hormiga es en realidad un ladrón y la pobre cigarra una víctima.

Al poeta La Fontaine (imitado después por el fabulista español) debemos
el triunfo de este embuste, que, confiado a la memoria de los niños, resulta
inmortal. Supo describir con exactitud el carácter del lobo, del zorro, del
gato y otros animales protagonistas de sus historias. Los había visto de cerca, eran de su país. En todas las latitudes del mundo hablan las gentes de
la cigarra a causa de la fábula, y sin embargo, son muy pocos los que han
visto cigarras. Este animal solo existe en la región asoleada del olivo, y París,
donde vivió La Fontaine, no tiene olivos.

Es indudable que tomó esta historia de los griegos. Los niños de la Ate-
nas de Pericles, al ir a la escuela con su capacito de esparto lleno de higos
secos y de olivas, se contaban el cuento de la cigarra imprevisora que tuvo
que pedir un préstamo a la hormiga. Lo habían oído a sus nodrizas y a sus
madres cada vez que éstas les recomendaban la necesidad de ser sobrios
y ahorradores. De aquí data el error, verdaderamente incomprensible en un
país como Grecia que tiene cigarras. La fábula, como casi todas las fábu-
las, procede del pueblo indostánico, gran contemplador de la Naturaleza.
Los poetas del Ganges, que conocían exactamente la vida de las bestias,
debieron poner la hormiga frente a otro animal. Los griegos lo sustituyeron
con la cigarra (monótono cantor que metían en jaulas para que meciese sus
siestas), y así ha llegado el relato hasta nosotros, falso e indestructible, como
muchas leyendas gloriosas de la humanidad; viejo y respetable, como el
egoísmo de los hombres, o lo que es lo mismo, como la historia del mundo.

El sabio Fabre, poeta de los insectos, fue el primero que, en nuestra época, escuchando a la cigarra en sus tierras de Provenza, se le ocurrió rectificar
con observaciones directas la exactitud de la fábula. Y quedó al descubierto
la gran mentira que ha servido de ejemplo moral a los hombres y aún con-

tinuará sirviendo, pues la humanidad no deshace camino, ni modifica fácilmente sus ideas elementales.

Fíjese, amigo mío: la cigarra no puede implorar un préstamo para vivir en invierno, por la simple razón de que solo vive unas semanas y muere en el verano. La cigarra no pedirá nunca una limosna a la hormiga (aunque ésta fuese capaz de concedérsela), porque los granos de trigo y los cadáveres de moscas y gusanos que guarda el negro pirata en los almacenes de su imperio subterráneo de nada pueden servirle. La cigarra no come, chupa. Esta bestia dulce y pacífica carece de mandíbulas y de boca. Su herramienta para la nutrición es una lanza perforada, una trompa sutil, con la que agujerea la corteza de las ramas. Su estómago delicado no puede resistir los cereales y los cadáveres que alimentan a la hormiga, bestia feroz de quijadas triturantes y patas cortadoras. Música del Sol, habitante de las alturas, poeta del follaje, se nutre únicamente con el vino de la Naturaleza, con la savia que circula por las arterias de los árboles. La cigarra no ha ido nunca en la realidad al encuentro de la hormiga. La ignora o huye de ella como de un enano grosero y maléfico. Es la hormiga la que la busca y la acecha para aprovecharse de su trabajo.

Ya ve cuán lejos estamos de la fábula ofensiva para la moral y la verdad, y cómo se transforman radicalmente los caracteres de sus protagonistas.

Cuando la primavera empieza a caldear el suelo, se animan las larvas que depositaron las cigarras muertas en el año anterior. Surgen de las entrañas de la tierra por un pozo circular que abren trabajosamente; se izan a la primera brizna de hierba que encuentran, desgarran su dorso repeliendo una envoltura seca como pergamino, y aparecen de un color verde tierno que rápidamente se oscurece. Luego trepan a los árboles, animando el silencio rumoroso de la Naturaleza con su música incansable. En las horas de Sol, la luz las embriaga con una borrachera ruidosa y agitan locamente sus címbalos, como los devotos del cortejo de Dioniso. Cuando todo el pueblo de los insectos desfallece de sed, ellas son las únicas que viven en una abundancia regalada.

Adivino desde aquí lo que ocurre sobre nuestras cabezas, a pocos pasos de nosotros, entre esas ramas de las que salen zumbidos y aleteos. Moscas, abejas de todas clases, y sobre todo hormigas, muchas hormigas, van erran-

do por las ramas en busca de una fuente. Las flores tienen la corola agosta-
da por el calor, las hojas duermen contraídas bajo el Sol, la vegetación, mar-
chita, espera el beso fresco del anochecer para reanimarse, recobrando su
vital expansión. Y mientras la muchedumbre alada o rampante corre sedien-
ta de un lado a otro, la cigarra se ríe de esta escasez. Con su rostro, que es
sutil, duro y perforante como una barrena, taladra uno de los innumerables
toneles de sus bodegas inagotables. Sin interrumpir su canto, ha abierto un
agujero profundo en la corteza de una rama hinchada por el calor, llegando
hasta la corriente de savia que circula madura por el Sol, como un vino de
generoso fermento. Conservando el tubo de succión hundido en este pozo,
bebe y bebe con sensual inmovilidad, entregada por entero a los encantos
del jarabe y de la estrofa. Es un Anacreonte del follaje, un poeta que declama
a gritos con la copa entre los labios y los ojos en el cielo.

Pero los sedientos la acechan; los parásitos acuden para explotar su des-
interés. Un rezumamiento de líquido azucarado en los bordes del brocal
denuncia los placeres divinos de su recogimiento. Los importunos alados
zumban pedigüeños en torno de la cigarra, interrumpiendo su musical embriaguez; pero los más temibles de estos intrusos son las hormigas, bestias
de un egoísmo desvergonzado y arrollador. Las más pequeñas se deslizan
por debajo del vientre de la cantora, que, bonachona y tolerante, levanta las
patas traseras para no estorbar su camino. Las grandes se estremecen de
cólera, beben en los raudales que se escapan del pozo, se alejan para dar
un paseo inútil por las ramas y regresan, cada vez más inquietas y agresivas.
Al fin, atacan a la dueña de la fuente, pretendiendo expulsarla para aprovecharse de su trabajo. Muerden al músico en el extremo de sus patas, le
tiran de las alas, montan sobre su dorso para pellizcarle las antenas. Algunos
bandidos más audaces se apoderan de su trompa de succión e intentan
extraerla del pozo...

Interrumpo al naturalista. Veo de pronto a los genios despreciados por las
muchedumbres que luego se apropiaron su gloria con un orgullo nacional;
veo a todos los artistas que abren fuentes de idealismo para la turba grose-
ra, e inmediatamente quedan expulsados de las márgenes de su obra; veo
a los poetas de la acción que derriban muros tradicionales, y nunca son los

primeros que entran por la brecha, pues los sobrepasan los hábiles que se ocultaban a sus espaldas, prontos a aprovecharse del esfuerzo.

—¡Lo mismo que en la vida humana! —exclamo con asombro—. ¡Igual que entre los hombres!

—Sí; igual que entre los hombres —contesta el naturalista, y continúa su relato.

La cigarra es un elefante comparada con la hormiga, un monstruo antidiluviano que podría aplastarla desplomándose sobre ella. Pero no tiene mandíbulas ni es carnicera. Alimentada con néctares florales, su humor es bondadoso y tolerante, como el de los filósofos que han llegado a penetrar el secreto de los seres y las cosas. Además, ¡es tan numerosa la muchedumbre de los enanos egoístas y rapaces!

Al fin, el gigante, cansado de tantas molestias, abandona el pozo, pero antes de alejarse levanta una pata con soberano desprecio y lanza un chorro de orina sobre la masa laboriosa.

—La venganza de los poetas —interrumpo yo, sonriendo.

—Sí, la venganza de los poetas. Pero ¿qué importa ese desahogo del bohemio cantor a la hormiga honrada, económica y amiga del orden? Ya ha logrado su objeto; ya se ha hecho dueña del trabajo ajeno. Lo malo es que el pozo se agota en su poder. Como carece de la bomba que atrae a la dulce savia, solo puede aprovechar el líquido que existía en el fondo en el momento de la conquista. Absorbe hasta la última gota, y cuando la fuente queda seca, marcha en escuadrón a la descubierta de la cigarra, que ha abierto un segundo manantial, y le roba igualmente el fruto de su trabajo.

¡Pobre cigarra! ¡Infeliz artista del mundo de las hojas, calumniada en el mundo superior de los hombres!... Como no almacena, es una bohemia indigna de respeto; como se alimenta de miel y canta a todas horas, no trabaja seriamente; como carece de mandíbulas y abandona el sitio a los que se deslizan a traición por debajo de su vientre, los usureros subterráneos, las bestias de patas ganchudas que engordan con los muertos, tienen derecho a robarle su obra.

La hormiga, avara y sin entrañas, la explota y la gobierna a pesar de su pequeñez, lo mismo que en el mundo de la criminalidad vertical, los hombres del «cofre-fuerte», de la mano imantada que atrae a los céntimos y del paño duro que exprime, dominan a las grandes masas.

Hasta en su muerte se ve explotada la cigarra por el triunfante parásito. Los restos del Orfeo del ramaje se disuelven en el estómago del negro burgués subterráneo.

Después de una vida de cinco o seis semanas, que le parece larguísima, la cantora cae de lo alto del árbol, extenuada por tanta música, tanta poesía, tanta embriaguez ruidosa. El Sol seca su cadáver y los transeúntes lo aplastan con sus pies.

Las hormigas salen formando batallones de sus oscuros cuarteles, donde viven sometidas a una disciplina a la prusiana, obedeciendo a su emperador, como un pueblo laborioso, culto y metódico.

Van a saquear para enriquecerse; van a invadir otros hormigueros con el propósito de esclavizar a sus habitantes y que trabajen para los conquistadores. La razón de Estado guía sus correrías. ¡Por algo la fábula presenta a estas bestias como modelos de orden y buenas costumbres!

En su avance triunfal, la vanguardia del ejército encuentra a la caída cigarra, y los que vivieron de su trabajo vuelven a vivir de su muerte. Las patas y mandíbulas despedazan la rica pieza, la disecan, la tijeretean, la parten en migajas para almacenarla en el depósito de provisiones.

Muchas veces el poeta aún está en la agonía y sus alas baten el polvo con los últimos temblores. No importa. Su cuerpo se ennegrece cubierto por el tropel de enemigos. Lo despedazan en vida, tiran de sus miembros, lo descuartizan con un sabio método de caníbales científicos.

Y esta es, amigo mío, no la fábula, sino la verdadera historia de *La cigarra y la hormiga*.

—¡Lo mismo que entre los hombres! —exclamo yo.

—Lo mismo que entre los hombres —repite el naturalista.

Libros a la carta

A la carta es un servicio especializado para

empresas,

librerías,

bibliotecas,

editoriales

y centros de enseñanza;

y permite confeccionar libros que, por su formato y concepción, sirven a los propósitos más específicos de estas instituciones.

Las empresas nos encargan ediciones personalizadas para marketing editorial o para regalos institucionales. Y los interesados solicitan, a título personal, ediciones antiguas, o no disponibles en el mercado; y las acompañan con notas y comentarios críticos.

Las ediciones tienen como apoyo un libro de estilo con todo tipo de referencias sobre los criterios de tratamiento tipográfico aplicados a nuestros libros que puede ser consultado en Linkgua-ediciones.com .

Linkgua edita por encargo diferentes versiones de una misma obra con distintos tratamientos ortotipográficos (actualizaciones de carácter divulgativo de un clásico, o versiones estrictamente fieles a la edición original de referencia).

Este servicio de ediciones a la carta le permitirá, si usted se dedica a la enseñanza, tener una forma de hacer pública su interpretación de un texto y, sobre una versión digitalizada «base», usted podrá introducir interpretaciones del texto fuente. Es un tópico que los profesores denuncien en clase los desmanes de una edición, o vayan comentando errores de interpretación de un texto y esta es una solución útil a esa necesidad del mundo académico.

Asimismo publicamos de manera sistemática, en un mismo catálogo, tesis doctorales y actas de congresos académicos, que son distribuidas a través de nuestra Web.

El servicio de «libros a la carta» funciona de dos formas.

1. Tenemos un fondo de libros digitalizados que usted puede personalizar en tiradas de al menos cinco ejemplares. Estas personalizaciones pueden ser de todo tipo: añadir notas de clase para uso de un grupo de estudiantes,

introducir logos corporativos para uso con fines de marketing empresarial, etc. etc.

2. Buscamos libros descatalogados de otras editoriales y los reeditamos en tiradas cortas a petición de un cliente.